KB236737

현대시 연구

배영애 著

국학자료원

학문의 선택을 가장 보람있게 살 수 있는 인생의 길이라고 믿었으나 두려움이 없이 다가간 지난 세월, 숱한 좌절과 고뇌 속에서 나의 만용을 탓하기도 하였다. 하지만 해가 거듭될수록 부족함을 채울 시간과 노력의 필요함이 더욱 절실해지고, 멈출 수 없는, 점점 빨라지는 나 자신의 발걸음을 느끼곤 하였다. 그리하여 지난 2, 3년 사이에 조금씩 용기를 내어 글들을 써보고 정리하였다.

여기에 실린 글들은 기회 닿는 대로 써서 발표한 것들이나, 특별한 이론이나 목적의식을 가지고 쓴 것은 아니다.

다만 시란 다의적인 해석체이고 시대적인 상황이나 방법론에 따라 다양한 해석이 가능하지만, 시의 가장 본질적인 것은 작가의식이라는 생각으로 통시성을 염두에 두고 접근하였다. 따라서 이 책의 글들은 거의가 작가의식의 변용 과정에 초점을 두어, 지속과 변이의 관점으로 작가와 작품을 분석하였다.

어쨌든 이 책은 1920년대에서부터 1970년대까지의 대략의 흐름으로 살펴보았으나 당시를 대표하는 시인들로 구성된 것은 아니다. 하지만 시대적 배려를 고려하여 구성하였다. 이 책 1부는 한용운, 오상순, 서정주, 김관식,

허영자, 성춘복 등 작가의 전반을 논의한 글로 구성하였고, 2부는 김광균, 황명, 신경림, 김승희 외 여성작가 등의 작가 전반이 아닌 시집 단위의 논의로 짜 보았다.

여러 가지 미비점으로, 아쉬운 마음 금할 길 없으나 나 자신을 부추기고 연구의 지속을 다짐하는 계기와 사랑하는 나의 딸에게 용기를 주기 위하여 이 책을 발간하기로 하였다.

이 책을 내기까지 학문의 도정에 오르도록 인도하신 이인복 교수님, 미숙한 글들을 마음으로 하나하나 읽어주시고 조언을 아끼지 않으신 존경하는 김학동 교수님, 두 분께 머리 숙여 감사드린다. 또한 지치고 힘든 날들을 용기와 웃음으로 지낼 수 있도록 도와준 가족과 후배들에게도 감사한 마음을 전하며, 쾌히 출판의 기회를 주신 국학자료원 정찬용 사장님께도 진심으로 감사드린다.

2001년 5월 구룡소에서, 배영애

차례

제1부 작가론

제2부 작품론

시의 서정성과 전환적 의미
— 김광균의 『黃昏歌』를 중심으로

제1부

작가론

『님의 沈默』의 심층구조와 의미화 과정

— 한용운론

1. 서 론

만해 한용운은 한국 근대 시사에서 일관되고 뚜렷한 흐름을 형성한 개성적 시인으로 평가받고 있다. "1920년대 완벽하고 확고한 자기 세계의 시적 공간을 구축한 시인"[1], "自然沒入과 神秘主義的 色調가 濃厚하여 瞑想的인 사상을 노래한 詩人"[2], "新文學史上 가장 높고 넓으며, 깊은 인간성을 표현한 사랑의 證道歌의 시인"[3] 등의 평가가 한용운의 근대 시사적 입지를 잘 말해 주고 있다. 그에 대한 연구는 주로 불교정신에 바탕을 둔 사상적 접근[4], 작품론, 작가론[5]의 수준에서 이루어져 왔

---

1) 김 현, 『상상력과 인간─시인을 찾아서』(문학과지성사, 1991), 118쪽.
2) 白 鐵, 「主潮 밖에 선 諸傾向의 文學」, 『新文學思潮史』(민중서관, 1953), 234쪽.
3) 宋 穆, 「님의 沈默의 構造」, 『님의 沈默 全篇解說』(과학사, 1974), 444쪽.
4) 김해성, 『現代佛敎詩人硏究』(대광출판사, 1981).
5) 김재홍, 『한용운 문학연구』(일지사, 1982).
   김학동, 『현대시인 연구』(새문사, 1996).
   김우창, 『궁핍한 시대의 詩人』(민음사, 1977).
   문덕수・함동선 공편, 『한국시인론』(보고사, 1996).
   윤재근, 『萬海詩 「님의 沈默」 연구』(민족문화사, 1985).
   이경교, 「선시의 전통」, 『한국 현대시 정신사』(집문당, 1995).

다. 그러나 작품의 미적 구조의 특성을 연구한 글은 그다지 많지 않은 것이 사실이다.

필자는 『님의 沈默』을 연작시의 형태를 가진 의도된 텍스트로 보며, 작품에 존재하는 계열적 구조를 크게 두 흐름으로 파악하고자 한다. 이 두 가지의 흐름은 단순한 대립의 관계가 아니라 조화와 순환의 관계에서 형성된다. 작품의 의미는 이러한 구조적 대립에서 역동적으로 생성된다. 작품의 구조적 차원에서 이루어지는 이와 같은 역동성이 『님의 沈默』의 전체 구조와 각각의 작품 속에 내재하는 의미 구조를 만들어 내고 있다. 본고에서는 『님의 沈默』을 기본 텍스트로 삼아 이러한 역동성이 지니는 의미가 무엇인지를 살펴보고, 이를 통해 한용운 시의 구조적 미학을 밝히는 데 논의의 초점을 둔다.

기존의 연구 중에도 『님의 沈默』에 집요하게 되풀이되는 여성편향성6)에 대한 언급이 더러 있지만, 이러한 연구들은 단순히 『님의 沈默』의 여성적 어조에 주목하였을 뿐, 텍스트의 심층 속에 존재하는 남성성을 간과하는 경향이 없지 않았다. 또 이들 간의 역동적 조합이 어떤 의미를 생성해 내는가에 초점을 두어 살펴보고자 한다.

詩는 詩作品과 詩性으로 나눌 수 있다. 詩性은 詩의 본질이요, 작가 의식의 발현이다. 여기서 詩性은 시작품의 적절한 분석을 통해 드러나게 된다. 작품은 하나의 의도된 의미의 조직체이며, 작가의 의도를 읽어낼 수 있는 매체이다. 따라서 작품을 적절하게 분석해 내지 않고서 작가의 의도를 읽는다는 것은 불가능에 가깝다. 작가의 의도는 시에 있어서 구조와 수사법으로 드러난다고 볼 수 있다. 텍스트가 의도하는 의미를 추

오세영, 『한국 현대시 분석적 읽기』(고려대학출판사, 1998).
송재갑, 「만해의 불교사상과 시세계」, (『東岳語文論集』 9집, 1976).
6) 김윤식은 한국시의 여성편향성을 1. 고아의식, 유아의식 2. 님을 향한 지향성 3. sister complex 4. anima, animus 5. 스타일로서 女性韻 등 5가지로 구분하였다[김윤식, 「한국시의 여성적 편향」, 『근대한국문학연구』(일지사, 1975), 449~456쪽 참조].

출해 내는 것은 작가의 의도, 즉 詩性을 이해하는 데 중요한 작업이 된다.

이러한 점에 주목하여, 텍스트의 분석을 통해 한용운 시의 특성을 구명해 내려고 한다. 각각의 작품 속에서 여성성과 남성성은 대립되는 두 개의 계열적 구조를 형성하고 있을 뿐 아니라, 이것이 역동적으로 대립, 조화, 순환의 관계를 형성하고 있기 때문에 새로운 의미를 생성해 내게 된다. 따라서 본고에서는 이를 통해 시의 의미가 어떤 식으로 확대되고 있는지를 밝히고, 또한 만해의 시가 가지는 특성과 세계관을 밝혀 보고자 한다.

2. 심층의 대립구조

『님의 沈默』은 하나의 의도적 텍스트로서, 고도로 상징화된 틀임이 여러 연구를 통해 밝혀진 바 있다. 이러한 상징성 때문에『님의 沈默』에 대한 구구한 해석이 가능했고, "만해 시에의 열쇠는 없다"[7]라고 언급되기까지 하였다. 만해 시의 해석이 어렵게 여겨진 이유는『님의 沈默』이 고도로 상징화된 하나의 의도적 텍스트이기 때문이다.

만해 시가 '여성편향성'을 지니고 있다는 지적은 작품 분석에 하나의 지침을 마련해 준다. 실제로『님의 沈默』의 88편의 시들은 대부분 여성 화자의 발화에 의해 사건이나 의미를 전달하는 구조로 되어 있다. 이 여성 화자는 주로 이별, 슬픔, 죽음, 구속 등을 노래하고 있다. 그러나 만해 시의 의미는 여기에 그치지 않고 만남, 기쁨, 희망 그리고 자유의 세계까지 의미를 확장해 간다.

---

7) 이상섭,『언어와 상상』(문학과지성사, 1991), 229쪽.

여기서 한 가지 사실에 주목해 볼 수 있다. 만해 시에서 여성 화자가 갖는 의미가 무엇인가 하는 점이다. 또 이별·슬픔·죽음·구속 등 '–징표'의 언어들이 의미의 핵심을 형성하지 않고 만남·기쁨·희망·자유 등의 '+징표'적 의미가 의미 구조의 핵심을 형성하고 있다는 점도 문제시된다.

텍스트 속에서 부정적 세계와 긍정적 세계는 심층구조에서 닫힘과 열림의 세계로 각기 하나의 의미적 계열체를 이룬다. 이는 『님의 沈默』의 전체를 포괄하는 의미적 계열체이면서, 각각의 시에서 핵심적 의미 구조로 나타나고 있다. 닫힘의 세계에서 열림의 세계로 가기 위해 기다림과 사랑의 기재가 있어야만 한다. 부정과 긍정의 대립은 표층적으로 이별과 만남, 구속과 자유, 죽음과 삶의 대립으로 나타난다. 그러나 이들이 단순히 대립하기만 하는 것이 아니라, 서로 역동적으로 순환하면서 새로운 의미를 형성해 내고 있다는 점이 중요하다. 이를 작품 분석을 통해 구체적으로 살펴보기로 한다.

1) 이별과 만남

앞서 제시한 바와 같이 '이별', '만남'의 대립은 『님의 沈默』 시집 전체를 포괄하는 구조이면서, 각각의 시에 내재하는 의미 구조이다. 만해 시에서 이별은 중요한 모티프이다. 이별은 '님의 부재'로 인해 생겨난다. 여기서 '이별'은 능동적 이별이 아니라 타의에 의한 어쩔 수 없는 이별이다. 그러나 이별이 이별로 그치는 것이 아니라, 만남을 끌어내는 모티프로 작용한다는 것이 중요하다. 또한 이별과 만남을 시간의 개념과 연결하고 있음이 주목된다.

　나는 영원의 시간에서 당신 가신 때를 끊어내겠습니다. 그러면 시간은 두 도막이 납니다.
시간의 한 끝은 당신이 가지고 한 끝은 내가 가졌다가 당신의 손과
나의 손과 마주 잡을 때에 가만히 이어 놓습니다.
그러면 붓대를 잡고 남의 불행한 일만을 쓰려고 기다리는 사람들도
당신의 가신 때를 쓰지 못할 것입니다.

— 「당신 가신 때」에서

위의 시에서 현재의 시간과 미래의 시간은 이별과 만남으로 대립된다. 그러나 시적 화자의 "영원의 시간에서 당신이 가고 없는 시간을 끊어 내어 그 시간의 한 끝을 지고 있다가 이어 놓겠다"는 태도는 이별을 단절로 보지 않음을 드러낸다. 즉 포기하거나 절망하지 않고 극복의 의지와 태도를 표명한 것으로 볼 수 있다. 이별의 시간에 대한 이러한 태도는 초월적 세계관의 반영이라 볼 수 있다. 시간에 대한 초월 의식은 이별과 만남을 연결하는 하나의 매개체로 작용한다. 만해 시의 시간 개념은 일상의 시간 개념과는 다른 차원이다. 이는 현재에 대한 부정이면서, 과거와 미래를 직접 연결하는 새로운 차원의 시간 개념인 것이다.

이처럼 불행한 현재는 사라지고 과거와 미래가 직접 합일하는 이유는 작가의 의지가 시의 심층에 존재하기 때문이다. 타의에 의한 강제적 이별은 만남에 대한 욕망과 의지를 더욱 강화시킨다. 이별이 단절된 현재의 시간 속에 존재하는 것이라면, 만남은 영원의 미래지향적 시간 속에 존재한다. '이별'은 '만남'을 전제로 하기 때문에, 이별 자체는 중요하지 않다. 오히려 만남에 대한 기약이 중시될 뿐이다.

만남에 대한 자세는 매우 강렬하면서도 은근한 한국 고전 시가의 여성 화자들의 태도와 일맥 상통한다. 시간을 이어놓는 '나'와 남의 불행만을 쓰는 사람들은 의미적으로 대립된다. '나'는 그들과는 달리 '님'과의 이별을 인정하지 않는다.

결국 당신이 돌아와 시간이 이어지면 이별의 시간은 흔적조차 없어지

기 때문에, '님'이 존재했던 과거와 '님'이 존재할 미래의 시간이 연결되는 것은 시적 화자에게 당연시되는 것이다.

> 가을 바람과 아침볕에 마치맞게 익은 향기로운 포도를 따서 술을 비졌읍니다.
> 그 술은 고이는 향기는 가을하늘을 물들였읍니다.
> 님이여 그 술을 연잎잔에 가득히 부어서 님에게 드리겠읍니다.
> 님이여, 떨리는 손을 거쳐서 타오르는 입술을 추기셔요.
>
> 님이여 그 술은 한 밤을 지나면 포도주가 눈물이 되지마는, 또 한밤 지나면 나의 눈물이 다른 포도주가 됩니다. 오오, 님이여!
>
> ―「포도주」 전문

이 시에서는 "成道修業의 결과 해탈을 얻을 때까지 그의 영혼이 육체와 함께 無始無終으로 반복되는 윤회사상을 '포도주와 눈물'에 비유해서 표현하고"[8] 있으면서, 만남을 위한 끊임없는 시간의 반복 윤회의 경지를 드러내고 있다.

또 '포도주'가 한밤을 지나면 '눈물'이 되고 또 한밤을 지나면 다른 '포도주'가 된다고 한 것은 시간의 문제와 관련이 있음을 보여준다. 포도가 술이 되기 위해서는 숙성에 필요한 최소한의 시간이 필요하듯 '님'을 위해 준비하는 인내와 기다림의 시간이 필요함을 함축하고 있다.

> 이별은 미의 창조입니다.
> 이별의 미는 아침의 바탕(質)없는 황금과 밤의 올(絲)없는 검은 비단과 죽음 없는 영원의 생명과 시들지 않는 하늘의 푸른 꽃에도 없습니다. 님이여 이별이 아니면 나는 눈물에서 죽었다가 웃음에서 다시 살아날 수가 없습니다. 오오 이별이여.

---

8) 김학동, 앞의 책, 284쪽.

미는 이별의 창조입니다.

—「이별은 미의 창조」 전문

당신과 나와 이별한 때가 언제인지 아십니까.
가령 우리가 좋을 때로 말하는 것과 같이 거짓이별이라 할지라도
나의 입술이 당신의 입술에 닿지 못하는 것은 사실입니다.
이 거짓이별은 언제나 우리에게 떠날 것입니다.

—「거짓이별」에서

위의 시에서도 이별은 부정적 세계로 굳어지지 않고, 오히려 '죽었다가 다시 살아나는 영원한 생명력을 얻는 것'이며 동시에 창조라고 표현된다. '입술이 닿지 않는 육체적인 이별'은 이별이 아니라 '거짓 이별'이다. 여기서 '이별'의 두 가지 측면을 생각할 수 있다. 하나가 육체적인 이별이요, 다른 하나는 정신적 이별의 측면을 고려할 수 있는데, 육체적 이별보다는 정신적 이별을 문제시하고 있다.

이는 심리적으로 이별을 인정하지 않는 화자의 태도와 관련되어 있다. 중요한 것은 언제라도 다시 만날 수 있다는 기약 그 자체다. 시의 표층에서 다루어진 이별이 단순히 함께 있지 못하는 상태라면, 만남은 앞으로 기약되는 소망의 세계이다. 이별이 타의에 의한 것이라면, 만남은 자의적 욕구에 해당된다.

이처럼 이별이 만남으로 승화될 수 있는 것은 의지와 사랑이라는 매개체가 존재하기 때문이고, 의지라는 매개체를 통해 이별은 만남으로 치환된다. 이 두 개념의 대립과 치환은 독자에게 하나의 강렬한 의미를 전달하게 된다. 그것은 부정적 현실을 극복하는 요인이 바로 자신의 의지, '님'에 대한 간절한 사랑과 소망의 감정에서 비롯하는 인간 본연의 욕구이면서 진리가 되기도 한다.

이별과 만남의 간극 사이에는 기다림이라는 시간이 존재한다. 기다림

은 '님'에 대한 사랑에서 비롯된다. 사랑은 기다리는 의지이다. 이러한 의지가 만남을 예견하는 것이다. 이 기다림은 만남으로 가기 위한 통과 제의와도 같다. 절대적인 사랑은 고통을 수반할지라도 새로운 만남을 열어준다.

> 죽은 줄 알았던 매화나무 가지에 구슬 같은 꽃방울 맺혀 주는 쇠 잔
> 한 눈 위에 가만히 오는 봄기운은 아름답기도 합니다. 그러나 그밖
> 에 다른 하늘에서 오는 알 수 없는 향기는 모든 꽃의 죽음을 가지고
> 다니는 쇠잔한 눈이 주는 줄을 아십니까.
> [……]
> 천지는 한 보금자리요, 만유(萬有)는 같은 소도(小島)입니다.
> 나는 자연의 거울에 인생을 비춰 보았습니다.
> 고통의 가시덤불 뒤에 환희의 낙원을 건설하기 위하여 님을 떠난
> 나는 아아 행복입니다.
>
> —「낙원은 가시덤불」에서

위의 시에서 시적 화자는 죽은 줄 알았던 매화나무 가지에 꽃망울이 맺히는 것처럼, 낙원은 가시덤불 사이로 오고, 인생은 자연의 이치와 같이 죽어서 다시 태어나는 순환의 원리로 보고 있다. 그렇지만 시적 화자는 허무적인 태도가 아니라 언젠가는 고통의 시간이 끝나고 환희의 낙원이 올 것임을 예견하는 긍정적 세계관을 가지고 있다. 시의 마지막 행에서 "아아 행복입니다"는 '나'의 노력과 의지로 만들어질 세계에 대한 확신이다. 전통적인 고대 시가에서 '님'은 '나'를 버리고 떠나고 '나'는 무작정 '님'만을 고대하는 소극적인 인물이었다면, 만해의 시에서는 적극적이며 의지가 강한 모습으로 드러난다.

> 당신은 나로 하여금 날마다 날마다 당신을 기다리게 합니다.
> [……]

가슴 가운데 저기압은 인생의 해안에 폭풍우를 지어서, 삼천세계(三
天世界)는 유실되었습니다.
벗을 잃고 견디지 못하는 가엾은 잔나비는 정(情)의 삼림에서 저의
숨에 질식되었습니다.
우주와 인생의 근본문제를 해결하는 대철학(大哲學)은 눈물의 삼매
에 입정(入定)되었습니다.
나의 '기다림'은 나를 찾다가 못 찾고 저의 자신까지 잃어버렸습니다.

— 「고대(苦待)」에서

위의 시에서도 이별은 '눈물에서 죽었다가 웃음에서 다시 살아날 수
있는' 미래를 창출한다. '삼매'는 眞空妙有라는 절대경지를 말하며, 벗을
잃고 견디지 못하는 가엾은 '잔나비'는 대철학의 세계와 반대편에 있는
실체다. 나의 '기다림'은 나를 찾다가 못 찾고 제 자신까지 잃어버렸다
는 것은 절대경지를 향한 무한한 노정을 의미한다. 동시에 이별은 기다
림의 끈질김임을 시사한다.

내가 당신을 기다리고 있는 것은 기다리고자 하는 것이 아니라
기다려지는 것입니다.
말하자면 당신을 기다리는 것은 정조보다도 사랑입니다.
남들은 나더러 시대에 뒤진 낡은 여성이라고 삐죽거립니다.
구구(區區)한 정조를 지킨다고.
[……]
나는 님을 기다리면서 괴로움을 먹고 살이 찝니다.
어려움을 입고 키가 큽니다.
나의 정조는 자유정조(自由貞操)입니다.

— 「자유정조」에서

기다림의 이유가 육체의 순결 때문이 아니라 마음 속에 내재한 정신
에 있음을 강조하는 시적 화자와 오직 구구한 정조의 문제만을 기다림

의 이유로 보는 타자와는 대립되는 위치에 있다. '님'을 기다리는 자체
가 괴로움임을 드러내지만 "살이 찌고 키가 큰다"는 의미는 무엇일까.
이것은 희망이며, 초극적인 자세의 드러냄이다. 이는 肉眼과 心眼의 대
립이기도 하다. 여성적인 목소리에 남성적 마음을 드러냄은 기다림의
끈질김과 기다림의 고통과 기쁨을 함께 표현한 것이다.
　이들 시에 나타난 의미 구조를 요약해 보면 다음과 같다.

이별 ⇔ 만남
기다림(사랑)

　여러 시를 통해 반복되어 나타나는 이러한 시적 구조는 이별이 만남
으로 승화되기 위해서는 기다림, 즉 사랑의 지속성이 전제되어야 함을
강조하는 것이다. 기다림은 사랑을 바탕으로 한 행위의 표출이다. 또한
초극적 자세의 일면이기도 하다. '님'이 어떠한 대상으로 상징되건, 그
것은 문제가 되지 않는다. 시적화자는 기다림을 사랑의 대속적 행위로
인식한다. 그러므로 사랑과 기다림은 같은 선상에서 해석되는 의미요소
인 것이다. 뿐만 아니라 만해는 여성화자를 차용하여 의미의 왜곡과 의
미의 확장을 이루어낸다. 이런 사실은 만해시의 해석에 있어서 주요한
의미를 지닌다. 이는 만해 시의 여성성과 남성성을 다루는 다음 장에서
재검토되겠지만, 작품의 수용적 측면을 고려한 결과라고 볼 수 있다.

2) 구속과 자유

　'구속'도 이별과 마찬가지로 시에서 중요한 모티프가 된다. 여기서 구
속은 '님'에 대한 자신의 선택에 의한 구속이다. 시적 화자가 구속을 선
택하는 이유는 이별이 만남으로 승화되는 시간 속으로 들어가기를 희구

하기 때문이다. 따라서 구속은 진정한 자유를 위한 통과제의임이 역설적으로 표현된다.

> 남들은 자유를 사랑한다지만 나는 복종을 좋아하여요
> 자유를 모르는 것은 아니지만 당신에게는 복종만 하고 싶어요
> 복종하고 싶은데 복종하는 것은 아름다운 자유보다도 달콤합니다.
> 그것이 나의 행복입니다.
>
> 그러나 당신이 나더러 다른 사람을 복종하라면 그것만은 복종할 수
> 가 없습니다.
> 다른 사람을 복종하려면 당신에게 복종할 수가 없는 까닭입니다.
>
> ―「복종」 전문

위의 시에서 '나'는 자유를 얻기보다 복종을 선택하겠다고 말한다. 복종이 오히려 자유 의지의 표현이며, 자유 이상의 가치를 지닌 것으로 제시되는 것이다. 그 이유는 당신을 향한 복종이기 때문이요, 자신의 의지가 반영된 선택이기 때문이다.

만해의 시에서 구속과 자유의 대립도 하나의 의미적 계열체를 이루고 있다. 시적 화자는 '님'에게 구속되어 있다. '님'은 아무런 약속도 없이 떠나갔지만, '나'는 '님'이 떠남으로 해서 기다려야 하는 구속적 삶을 살 수 밖에 없는 존재이다. 그러나 이러한 대립 관계는 오히려 사랑을 통해 해체되어 버린다. 구속조차 자유와 다를 바 없는 행복이라는 태도가 이 것을 잘 설명해 준다.

> 남들은 님을 생각한다지만
> 나는 님을 잊고저 하여요
> 잊고저 할수록 생각하기로
> 행여 잊힐까 하고 생각하여 보았습니다.

[……]

구태여 잊으려면
잊을 수가 없는 것은 아니지만
잠과 죽음뿐이기로
님 두고는 못하여요.

아아 잊히지 않는 생각보다
잊고저 하는 그것이 더욱 괴롭습니다.

— 「나는 잊고저」에서

'님'은 떠났지만 항시 마음에 남아 잊을 수 없다. '님'이 부재한 상태는 시적 화자를 '님'에게 오히려 구속되게 만든다. 잠과 죽음을 통해서만 '님'을 잊을 수 있지만, 이것은 결국 잊는 것이 아니다. 그러나 시적 화자는 구속이 괴로움이 아니라 '잊고저 하는 그것'이 더욱 괴로움을 토로한다.

여기서 구속을 시적 화자가 '선택했음'에 주목할 필요가 있다. 구속은 진정한 의미의 자유를 얻기 위한 방편으로 선택된다. 즉 시적 화자의 의지에 의해 선택된 것이다. 이별이 만남으로 치환되기 위하여 사랑이라는 의지의 매개체가 필요했던 것처럼, 구속이 자유로 치환되기 위해서도 '의지'라는 매개체가 있어야 함을 말해준다.

님이면은 나를 사랑하련마는 밤마다 문밖에 와서 발자취 소리만 내고
한 번도 들어오지 아니하고 도로 가니 그것이 사랑인가요.
그러나 나는 발자취나마 님의 문밖에 가본 적이 없습니다.
아마 사랑은 님에게만 있나봐요.

아아 발자취 소리나 아니더면 꿈이나 아니 깨었으련마는
꿈은 님을 찾아가려고 구름을 탔었어요.

— 「꿈 깨고서」 전문

　꿈속에서도 '님'을 찾으려고 시적 화자는 소망하지만, 그렇게 열렬히 사랑해도 "나는 발자취나마 님의 문밖에 가본 적이 없"을 뿐이다. 그러나 '님'을 찾아 가려는 '나'의 노력은 되풀이된다. 시적 화자가 '님'을 찾으려는 이유는 '님'을 통하여 진정한 자유를 얻을 수 있기 때문이다. 그러므로 '님'에 대한 구속은 결국 구속이 아닌 것이다. '님'을 찾는 것은 자유(해탈)를 얻기 위함이다.

　　나는 선사(禪師)의 설법을 들었습니다.
　　너는 사랑의 쇠사슬에 묶여서 고통을 받지 말고 사랑의 줄을 끊어
　　라. 그러면 너의 마음이 즐거우리라고.

　　그 선사는 어지간히 어리석습니다.
　　사랑의 줄에 묶이운 것이 아프기는 아프지만 사랑의 줄을 끊으면
　　죽는 것보다 더 아픈 줄을 모르는 말입니다.
　　사랑의 속박은 단단히 얽어매는 것이 풀어 주는 것입니다.
　　그러므로 대해탈(大解脫)은 속박에서 얻는 것입니다.
　　님이여, 나를 얽는 님의 사랑의 줄이 약할까봐서 나의 님을 사랑하
　　는 줄을 곱들렸습니다.

—「선사의 설법」 전문

　구속은 열림을 향한 자유의지다. 그러므로 시적 화자는 '님'에 대한 구속을 끊어버리는 것이 '죽는 것보다 더 아픈' 것이라고 말한다. 그래서 '나'는 스스로 '님'의 사랑의 줄에 감기는 것이다. 이것은 '님'을 사랑하는 것이 곧 구속되는 것을 의미한다. 그리고 이러한 사랑의 자세는 시작되어 진정한 해탈과 자유를 향한 전진기지인 셈이다. 사랑의 사슬에 매이는 것은 구속과 닫힘의 세계로의 이행이 아니라, 이것은 열림과 희망을 전제로 한 행위일 뿐이다.
　위의 시들에 나타난 의미 구조를 요약해 보면 다음과 같다.

구속 ⇔ 자유
기다림(사랑)

구속이 자유로 치환되기 위해서는 사랑의 줄로 더 단단히 자신을 '님'에게 동여매어야 한다. 그러므로 사랑은 곧 기다림이 되는 것이다. 이러한 인내심이 전제되지 않고서 진정한 자유와 사랑은 있을 수 없는 것이다.

'님'과의 정신적, 사상적 합일을 갈구하는 이러한 갈망은 결국 "현실 대상(불완전한 대상)에 충실한 '我執'을 초월한 我空的 智慧와 공간적 대상을 초월한 本質的 智慧와 시간적 사고를 초월한 絶對的 智慧"[9]의 상태로 나아가고자 염원하는 다른 모습이기도 하다.

3) 죽음과 삶

만해 시에서 '죽음'은 하나의 중요한 모티프로 등장한다. 그에게 있어서 죽음은 초극되어야 할 대상이고 단절이 아니며 다음의 생으로 이어지는 관계로 쓰이고 있다.

하늘에는 달이 없고 땅에는 바람이 없습니다.
사람들은 소리가 없고 나는 마음이 없습니다.

우주는 죽음인가요
인생은 잠인가요
[……]

우주는 죽음인가요
인생은 눈물인가요

---

9) 김용태, 「般若의 文學的 意味」(《현대문학》 124호), 118쪽.

인생이 눈물이면
죽음은 사랑인가요.

—「고적한 밤」에서

하늘의 푸른빛과 같이 깨끗한 죽음은 군동(群動)을 정화(淨化)합니다.
허무의 빛인 고요한 밤은 대지에 군림하였습니다.
힘없는 촛불 아래에 사리뜨리고 외로이 누워 있는 오오 님이여.
꽃배는 님을 싣고 소리도 없이 가라앉았습니다.
나는 슬픔의 삼매(三昧)에 '아공(我空)'이 되었습니다.

꽃향기의 무르녹는 안개에 취하여 청춘의 광야에 비틀걸치는 미인
이여.
죽음을 기러기 털보다도 가볍게 여기고 가슴에서 타오르는 불꽃
을 얼음처럼 마시는 사랑의 광인(狂人)이여.
[……]

—「슬픔의 삼매」에서

닻과 키를 잃고 거친 바다에 표류된 작은 생명의 배는 아직 발견도
아니 된 황금의 나라를 꿈꾸는 한 줄기 희망의 나침판이 되고 향로
가 되고 순풍이 되어서 물결의 한 끝은 하늘을 치고 다른 물결의 한
끝은 땅을 치는 무서운 바다에 배질합니다.
님이여, 님에게 바치는 이 작은 생명을 힘껏 껴안아 주셔요.
[……]

—「생명」에서

당신이 아니더면 포시럽고 매끄럽던 얼굴이 왜 주름살이 잡혀요.
당신이 기룹지만 않다면 언제까지라도 나는 늙지 아니할테여요.
맨 첨에 당신에게 안기던 그때대로 있을 테여요

그러나 늙고 병들고 죽기까지라도 당신 때문이라면 나는 싫지 안

하여요.
나에게 생명을 주든지 죽음을 주든지 당신의 뜻대로만 하셔요.
나는 곧 당신이에요.

―「당신이 아니더면」 전문

　죽음과 삶은 대립적 관계이지만 만해의 시에서는 죽음이 초극되면 다
시 생으로 삶의 현장으로 환원된다. "우주는 죽음인가요"에서 죽음은 영
적 공간이며 무한한 세계다. 그러나 만해는 죽음의 연장이 삶이요 삶의
연장이 죽음이라고 인식하고 있다. 죽음을 두려워하지 않고 전생(轉生)
으로 보는 시적 화자는, 죽음을 희생적 제의로 보기도 한다. "죽음과 생
명을 당신의 의지에 달려있다"고 말하는 것은 역시 인간의 생사관에 관
한 언급으로 볼 수 있다. 진정한 사랑은 죽음을 초극할 수 있어야 하며,
사랑으로 인해 죽음과 삶의 경계가 무너진다. 만해의 시에서 죽음과 삶
은 특별한 차이가 없으며, 죽음은 삶 이상의 가치를 지닌다. 왜냐하면
죽음으로써 고통을 감내하고 새로운 삶을 기약할 수 있기 때문이다.
　위의 시들에 나타난 의미 구조를 요약해 보면 다음과 같다.

죽음 ⇔ 삶
기다림(사랑)

　텍스트 분석을 통해 밝혀진 시의 의미 구조를 가지고 작가의 의도를 추
출해 보기로 하자. 위의 분석에서 이별과 만남, 그리고 구속과 자유, 죽음
과 삶의 대립이 열림의 세계로 합일한다. 이것은 시의 심층 분석에서 드러
난 바 시적 화자의 의지가 존재하고 있기 때문에 가능한 것이다. 시적 화
자의 의지는 사랑과 기다림이라는 희생적 태도를 통해 구현된다.
　결국 만해 시의 이러한 의미 구조는 결국 닫힘과 열림이라는 이중의
세계관이 하나의 우주로 통일되고 있음을 보여준다. 또한 이러한 세계

관은 '님'을 되찾으려는 의지와 진정한 자유가 죽음을 초극하여 영원한
삶, 기쁨의 세계로 나아감을 보여준다. 이것이 생경한 관념이나 계몽적
어조로 나타나는 것이 아니라 사랑하는 '님'을 여읜 여성 화자의 목소리
로 드러난다는 것이 중요하다.

3. 만해시의 여성성과 남성성

　이별과 만남, 구속과 자유의 대립, 순환의 역동성, 이 대립 개념들을
연결하는 매개항인 의지적 측면이 중요한 시적 의미를 생산한다. 이별
과 구속이 상황 자체라면, 의지는 만남과 자유의 세계를 끌어오는 원동
력이다. 따라서 이러한 의지적 측면에서 오히려 작가의 시 정신을 읽어
내야 하는 것이다. 이렇게 본다면 작가의 목소리는 의지적이고 남성적
이어야 한다. 그러나 앞서 제시되었듯이 이러한 의미 구조가 여성 화자
의 목소리로 전달된다. 그러면 이 여성화자의 목소리가 시에서 어떤 역
할을 하는지 살펴보기로 한다. 88편의 시 가운데, 작가의 창작 동기가
비교적 명백히 드러난 다음 두 편의 시들을 인용해 보기로 한다.

　　님은 내가 사랑할 뿐 아니라 나를 사랑하나니라.
　　[……]
　　나는 해 저문 벌판에서 돌아가는 길을 잃고 헤매는 어린 양이 기루
　　어서 이 시를 쓴다.

　　　　　　　　　　　　　　　　　　　　―「군말」에서

　　여러분이 나의 시를 읽을 때에 나를 슬퍼하고 스스로 슬퍼할 줄 압
　　니다.
　　나는 나의 시를 독자의 자손에게까지 읽히고 싶은 마음은 없습니다.

그 때에는 나의 시를 읽는 것이 늦은 봄의 꽃수풀에 앉아서 마른 국
화를 비벼서 코에 대이는 것과 같을 지 모르겠습니다.

—「독자에게」 전문

위의 시들을 면밀히 검토하면, 『님의 沈默』은 목적지향적 시집임이
드러난다. "나는 해 저문 벌판에서 돌아가는 길을 잃고 헤메는 어린 양
이 기루어서 이 시를 쓴다"는 구절은 작가의 창작 동기를 직접적으로
드러낸 것이다.

또 작가는 "나의 시들을 독자의 자손에게까지 읽히고 싶은 마음"이
없음을 분명히 한다. 이것은 작가가 자신이 처한 이별, 구속의 현실 세
계가 다음 세대까지 이어지지 않기를 바라고 있기 때문이다. 위의 두 편
의 시는 작가의 진솔한 남성의 어조가 드러나 있다.

죽음이 한 방울의 찬 이슬이라면, 이별은 일천 줄기의 꽃비다.
죽음이 밝은 별이라면 이별은 거룩한 태양이다.
[……]
아아 진정한 애인을 사랑함에는 죽음의 칼을 주는 것이요, 이별은
꽃을 주는 것이다.
아아 이별의 눈물은 진이요 선이요 미다.
아아 이별의 눈물은 석가요 모세요 짠다크다.

—「이별」에서

이 시 역시 앞에 제시된 두 편의 시들과 같이 여성적 어조가 거의 느
껴지지 않는다. 이 시들의 공통점은 작가의 생각이 비교적 직접적으로
토로되고 있다는 점이다. 이를 통해 한 가지 사실을 유추해 볼 수 있다.
즉 한용운이 본래 '여성편향적 작가'는 아니라는 사실이다.

만해의 시는 여성적 어조를 택했지만, 결코 이별이나 한 등의 전통적
정조가 핵심적 의미를 형성하는 시가 아니다. 이별과 구속은 사랑과 기

다림으로서 만남과 자유를 지향하고 있다. 이별과 구속은 극복되고 치유되는 현상으로 그려진다. 이러한 치유나 극복의 과정이 순환과 윤회의 원리가 아니면, 불교의 我空 사상으로 표출된다. 앞서 제시되었듯이, 만해 시에 여성성이 남성성과 혼재하고 있는 것은 어떤 의도성의 효과를 고려하여 놓은 것이다. 작가의 이러한 의도는 심층에 존재하는 자신의 남성적 어조, 즉 교화와 설득의 목소리를 감추려고 하는 것으로도 풀이할 수 있다. 따라서 만해의 시는 단순히 자신의 사랑, 그리움, 혹은 여성의 에로스적인 정서를 노래한 시로 풀이되지 않는다.

> 오셔요, 당신은 오실 때가 되었어요, 어서 오셔요
> 당신은 당신의 오실 때가 언제인지 아십니까, 당신의 오실 때는 나의 기다리는 때입니다.
>
> 당신은 나의 꽃밭으로 오셔요, 나의 꽃밭에는 꽃들이 피어 있습니다.
> 만일 당신을 쫓아오는 사람이 있으면 당신은 꽃 속으로 들어가서 숨으십시요.
> 나는 나비가 되어서 당신 숨은 꽃위에 가서 앉겠습니다.
> 그러면 쫓아오는 사람이 당신을 찾을 수는 없습니다.
> 오셔요, 당신은 오실 때가 되었습니다. 어서 오셔요.
> [······]
>
> 만일 당신을 쫓아오는 사람이 있으면 당신은 나의 죽음의 뒤에 서십시오.
> 죽음은 허무와 만능이 하나입니다.
> 죽음의 사랑은 무한인 동시에 무궁입니다.
> 죽음의 앞에는 군함과 포대가 티끌이 됩니다.
> 죽음의 앞에는 강자와 약자가 벗이 됩니다.
> [······]
>
> ― 「오셔요」에서

이 시에서의 화자는 능동적인 모습으로 나타난다. "감추어 주고자 하는 의도"와 "오실 때가 되었다"고 하는 언술은 예언자적 태도이고, "당신은 나의 죽음의 뒤에 서십시오"는 희생을 위한 각오이며 죽음에 대한 의연한 결의다. 또한 "죽음의 앞에는 강자와 약자가 벗이 됩니다."는 화해의 의미로, 강자와 약자는 '나'와 '님'의 관계를 드러내기도 하고, '님'을 쫓는 무리와 '님'과의 관계이기도 한 것이다. 이러한 대립은 동시에 의미의 대립도 성립케 한다.

"한용운의 시를 일상적인 언어코드로 읽거나 단일 기호체계로 풀이하면 엉뚱한 시로 변질되고 만다."10)라고 한 지적은 만해의 시가 심리적·문화적·사회적 배경 속에서 이루어진 의도적인 글쓰기 양식을 가지고 있음을 시사한다. 이정자11)는 만해 시의 여성성을 '아니마'라는 개념을 사용하여 설명하나 전통적 서정성에 초점을 맞추고 있어 심층구조에 내재되어 있는 남성성을 분석해 내려고 시도하지는 않았다.

그러나 만해가 승려로, 독립운동가로 누구보다도 강직하게 살았던 시인이었음을 고려할 때, 여성화자의 두드러진 사용은 '아니마'의 흔적으로 볼 수도 있다. 시 아닌 그의 다른 글에서 나타나는 힘과 강직한 논리성은『님의 沈默』에 흐르는 정서와는 확연히 차이가 난다. 그의 논설들은 그의 남성적 어조를 그대로 표출하고 있다. 그러나 시에서는 여성화자의 목소리가 남성적 어조를 감추고 있다. 이는 전통적 여성화자의 목소리를 사용함으로써 독자에게 친근하게 접근하려는 의도로 풀이될 수 있으며, 또한 한용운 자신이 전통적 서정시의 형식적 측면을 선택한 결과라고도 볼 수 있다. 그 이유는 전통적 시인인 소월의 시에서 여성화자가 전체시의 40% 정도라면 만해는 76.2%의 여성화자를 등장시키고 있기12) 때문이다.

---

10) 박철회 외 10인, 「기호(記號)의 해체(解體)와 생성(生成)」, 『한용운』(서강대 출판부, 1997), 148쪽.
11) 이정자, 『한국 시가의 아니마 연구』(백문사, 1996), 190~213쪽.

대부분의 시가 교훈이나 설득을 목표로 하다 보면, 상징성보다는 서술성이 강해 시적 응축성이 약화되고 미학적인 측면도 손실되는데 반해, 만해는 여성 화자를 사용하여 시의 전달적 측면과 미학적 측면에 모두 성공하고 있는 것이다. 이러한 원인으로는 시어의 사용과 구조적 짜임을 들 수 있다.

"하나의 단순한 문이 주저의, 유혹의, 욕망의, 안전의, 자유로운 응접(應接)이 이미지들을 환기시킬 때 영혼의 세계에서는 일체의 것이 얼마나 구체적이 되는가"13)에 관심을 갖고 만해의 시를 볼 필요가 있다.

시에 있어서도 심층에 나타나는 정조는 그의 논설 등에 나타나는 강직한 남성의 목소리 그대로임이 확인된 바 있다. 이러한 구조적 특성을 가지고 있기 때문에, 만해 시는 단순한 사랑의 노래로 읽히지 않고, 이별과 구속은 남녀의 단순한 이별과 구속이 아니라, 민족적·집단적 정서의 한 부분으로서의 의미를 획득하게 된다.

이는 여성화자의 목소리로 발화되나, 남성적이고 의지적인 핵심구조들을 심층에 숨기고 있는 담론이기 때문에 가능해진다.

4. 결 론

이상에서 살펴본 바와 같이, 만해의 시는 완벽한 구조의 대립을 이루면서도 서로 융화하고 있다. 이러한 융화는 자연의 순환법칙과 불교의 윤회 사상, 空 사상 등의 시적 형상화로 해석될 수 있다. 시의 표층 구조에서 드러난 이별/만남, 구속/자유, 죽음/삶 등의 대립관계는 구속, 죽음 등은 억눌림의 상황을 대변하면서 주체와 객체의 합일을 지향한다. 이

---

12) 이정자, 위의 책, 216쪽.
13) 가스통 바슐라르, 곽광수 옮김, 『공간의 詩學』(민음사, 1990), 390쪽.

것은 만남의 의지를 드러내는 것이기도 하다. 또한 이 표층 구조는 고도의 철학적 깊이를 담아 내는 것으로써 죽음과 재생, 혹은 自我와 他者가 합일을 시적 담론 속에 숨기는 책략이기도 한 것이다. 이러한 만남을 위한 시적 구조의 의미는 "충격과 시련을 통해서 자기 인식과 세계인식을 갖도록 하는 이니시에이션(initiation)의 기능"14)을 하며, 현실을 극복하는 힘의 원천이 개인의 의지임을 독자들에게 강도있게 역설하는 기능도 한다. 달리 표현하면 만해의 시는 산문시의 형식에 교화의 복음을 담은 의도를 생경하게 표출하지 않고 여성적 목소리를 차용으로 시인의 의도를 표현하고 있는 것이다. 담론 속에 드러난 '여성성'은 시 작품의 미숙성15)이라기보다 오히려 독자 수용의 측면을 고려한 의도적 수사법인 셈이다. 시인의 의도를 효과적으로 전달하기 위한 글쓰기의 한 방법이며 시적 형상화 측면을 고려한 결과이기도 하다.

만해의 시는 단순한 기다림과 사랑의 노래가 아니라, 죽음을 초월하는 의지적 자세, 곧 남성적 힘의 목소리가 숨겨진 노래이기 때문에 시적 화자의 목소리는 더욱 애절하고 상대적으로 간절한 호소력을 갖게 되는 것이다.

이러한 요소들은 독자들에게 무한한 상상의 세계를 제공하며 시의 깊이와 미적 구조를 형성하고 있을 뿐만 아니라 독자의 참여를 가능게 하는 텍스트의 빈 공간이라 할 수 있다. 독자들 제 나름의 해석으로 작품의 여러 곳에 드러나는 의미를 채우는 작업에 동참하게 하는 역할을 가능케 한다.

만해의 시가 산문성이 강하지만 상징성과 은유가 결여된 시로 볼 수 없는 이유도 여기에 있다. 시에 드러나는 여성화자, 구조의 반복과 수미상관의 대립적 구조를 통한 수사법 등은 자신의 남성적·의지적·교훈적 어조를 쉽게 전달하기 위한 장치들이다. 만해의 시적 장치는 마틴 하

---

14) 김준오, 『시론』(삼지원, 1996), 166쪽.
15) 오세영, 앞의 책, 74쪽.

이데거가 말한 "옹색한 시대의 시인의 본질이랄까, 시인의 사명과 같은 것"16)으로 풀이할 수 있다. 만해 한용운의 이와 같은 방식, 곧 옹색한 시대의 시인이 지켜야 할 율법은 세계와 대립관계를 이루면서도 時運을 극복하는 사랑과 희망의 노래가 되고 있다.

16) 마틴 하이데거(Martin Heidegger), 「詩人의 使命은 무엇인가」, 김광수 역, 『詩의 理解』(민음사, 1983), 345쪽.

자조적 虛無와 生의 본질추구
— 오상순론

1. 서 론

吳相淳은 1920년 7월 25일자 ≪폐허≫에 「時代苦와 犧牲」이라는 산문으로 등단하여, 1963년 작고하기 직전까지 창작활동을 한 시인이다. 또한 그는 유달리 문학청년과 소녀들을 좋아하여, 그를 따르는 문학 애호가들을 중심으로 1953년부터 청동문학회를 결성하여 195권이나 되는 방대한 분량의 문집을 만들기도 하였다. 그러나 정작 본인의 시집은 한 권도 내지 않아, 사후에 구상 시인이 주축이 되어 그가 타계한 20일 후에 『아시아의 마지막 밤 風景』을 상재하게 되는데, 이 책은 그의 유일한 시문집으로 66편의 시와 4편의 산문이 실려 있다.

吳相淳은 우리의 近代詩史에서 특이한 경력을 지닌 시인으로, 평생을 독신으로 살았으며 일정한 주거지도 갖지 않았다. 또한 그는 일본 동지사대학 종교철학과를 나와 전도사와 교원 등을 역임하였으며, 기독교와 불교 경전을 두루 섭렵하고 범상의 궤도에서 벗어난 삶을 영위하였다. 이러한 삶의 여정이 詩作과 맞물려, 그를 '관념의 시인' 혹은 '허무의 시인', '형이상학적 시인'으로 평가하기도 한다.

하지만 그에 관한 본격적인 연구는 활발하지 않은 편이며, 지금까지 이루어진 주된 연구로는 정공채의 평전[1]과 구상, 정태용 그리고 김윤식과 김용직, 김열규 등의 단편적인 논의가 있고, 석사논문 한 편이 있을 뿐이다. 이와 같이 그에 대한 연구가 이루어지지 않고 있음은 여러 가지 이유가 있겠지만, 우선 분량적으로 많지 않은 그의 작품과 변화없이 일관된 관념적 시세계를 들 수 있다. 그에 대한 기존의 평가는 긍정적이거나 부정적인 두 가지 측면에서 이루어지고 있는데, 정태용은 오상순의 시를 "허무는 허무 이상으로 상승되지 못하고 신비적 몽상으로 방황한다"고 하였으며, 김윤식은 "해바라기에서 한갓 포우즈 이상은 아니다"라고 부정적 평가를 하고 있다. 반면에 구상은 "공초 선생의 시는 에토스적이고, 존재론적이고, 구경적(究竟的)인 시"라고 평하면서 그를 '시를 체현한 구도의 시인'이라 평하였다. 또한 김용직은 吳相淳의 「방랑의 마음1」을 들어 시세계가 내면세계의 확대로 이행하는 모습이라는 단편적인 지적을 하고 있다.

여하튼 吳相淳은 그 당시에 보기 드문 형이상학적이고 철학적으로, 일관된 시세계를 보인 시인으로 '무소유'를 실천한 시인이었다. 또한 그는 《폐허》 동인이면서도 단순한 퇴폐적 경향의 허무성을 기조로 하지 않고, 생의 신비, 즉 생의 본질을 탐구하려는 태도를 보여 당시의 시인들과는 변별성이 있는 시인임에는 틀림없다.

吳相淳은 그 시대의 증인인 동시에 순수한 영혼의 상징으로 시대를 초월하는 위력을 지니고 있는가 하면, 또한 순수 세계의 한 모습을 보여주기도 했다. 따라서 본고에서는 吳相淳의 작품을 통시적으로 고찰하여 그의 시적 특성이 어떻게 형이상학에 닿아 있는지 그 변이 과정을 살피고자 한다.

---

1) 정공채, 『우리 어디서 만나랴』(백양출판사, 1984).

2. 시적 사유의 바탕이 된 예술관

吳相淳은 1894년 서울 장충동에서 목재상을 경영하는 吳泰兗의 5남 1녀 중의 차남으로 태어났다. 어려서는 매우 유족하였으나, 그의 나이 13세 때에 모친이 사망함으로써 환경이 갑자기 바뀌게 된다. 하지만 개화된 부친의 덕으로 1900년에 어의도(효제 초등학교)에 입학, 1912년에 경신학교, 1917년에 일본 동경의 同志社大學 예과 종교철학과를 졸업하고, 귀국하여 1920년부터 문단활동을 하게 된다. 그러나 그는 개인적인 문제로 귀국하였으나 곧바로 집으로 돌아오지 않고 방랑생활을 하게 된다. 방랑과 그가 체득한 종교적인 체험은 시적 사유의 바탕이 되었다고 할 수 있다.

1921년 ≪폐허≫ 창간호에 실은 「종교와 예술」에서 표명한 그의 예술관은 곧바로 그의 시론이라 할 수 있고, 시창작의 지침이 되었을 것이라는 추측을 가능케 한다. 즉 예술과 종교를 하나로 인식하는 태도는 사상의 중요성을 강조한 것으로, 이것은 후일 그의 시를 관념적인 경향을 띠게 하는 요인이 되었다.

> 자신을 종교와 예술의 열애자라고 하면서 취미깊은 생활과 가치많은 생활이 진정 인생의 2대 요구인 이상, 예술과 종교야말로 인생의 수수께끼를 푸는 지렛대요, 생명의 비밀을 여는 열쇠임이 분명하다.
> 예술과 종교는 인생의 쌍둥이다. 그것들은 같은 우주의 깊은 밑바닥에서 배태되며, 같은 생명의 혈액에 의해 길러짐으로써 생겨났다.
> 예술과 종교는 함께 직관적으로 우주의 眞相을 해석하며 직관적으로 삼라만상 중에 있는 深玄하고 오묘한 뜻을 포착해 왔다. [……]
> 高踏脫俗의 사람이라면 능히 직각으로 범상한 눈이 꿰뚫어 보지 못하는 우주, 인생의 진상을 통찰하며 현상계의 밑바닥 속에 잠재한 큰 의의를 이해함으로써 이를 예술작품에 올리고 제 인격의 영광에

실현해야 할 것이다.

— 「종교와 예술」에서

이와 같은 吳相淳의 주장은, 시도 예술의 한 분야로 당연히 사상성이 가미될 때 미감과 품격의 조화가 이루어진다는 것을 함의하고 있다. 이러한 이유로, 그의 대부분의 작품은 시적 서정성이나 형상화보다는 시적 형이상학을 훨씬 강조하고 있다. 특히 그의 시적 형이상학은 인간 본연의 태어남과 사라짐의 문제를 인간의 숙명적인 삶과 우주적인 삶으로 연결하여 시의 과제로 삼고 있다. 그러나 그의 시에서 표현된 삶에 대한 인식은 허무의 정조가 아니라 깊은 철학적 인식을 표방하고 있어 단순한 비애로 흐르지 않는다.

앞에서도 언급하였듯이 이렇게 그의 시적 사상성을 중시하고 있는 것은 그의 삶의 체험에서 기인한다. 그의 생애에 있어서 아버지의 잦은 재혼으로 인한 가정화목의 파괴는 그의 초기시에서 모성에 대한 그리움으로 나타난다. 이 모성애에 대한 그리움은 단순한 어머니에 대한 애정의 차원이 아니라 삶과 죽음에 대한 깊은 응시로 확장되어 그의 시의 주요한 모티프로 작용한다. 이것은 그의 철학적 소양과 학문의 영향으로 풀이할 수 있다. 이런 경향은 그의 시를 관념적으로 흐르게 하였다. 이러한 현상을 시적 우수성으로 치부할 수는 없다 할지라도 그의 주요한 시적 특성이 되는 것만은 부인할 수 없다. 그의 시가 삶에 대한 허무를 주축으로 형상화되고 여기서 한 걸음 나아가 민족애를 형상화한다고 하더라도 그의 시의 핵심은 인생에 대한 깊은 회의와 천착이다.

모성의 상실에서 비롯된 '생에 대한 깊은 회의'는 삶을 부정적으로 보지는 않더라도 허무로 인식하게 된다. 이 인생에 대한 깊은 허무의식은 점점 심화되면서 그의 시세계의 주축이 된다. 요컨대 그의 생에 대한 응시가 '생에 대한 허무를 초극하려는 의지'로 확장되면서 우주의 혼으로 지향하게 되는 것이다.

3. 생명의 신비와 우주적 자각

그는 처음에 1920년대 ≪개벽≫ 5호에 6개의 짧은 단상을 발표하는데,
이때부터 그의 생에 대한 관심이 드러나고 있다. 여기에 발표된 시들은
전체적으로 볼 때 초기시에 해당되는 작품들로, 어머니에 대한 그리움
을 드러내고 있으나 생명의 신비감 또는 생명에 대한 애착으로 표현되
고 있다. 또한 그는 일제시대의 조국을 재생코자 하는 이상을 갖고 ≪폐
허≫의 동인으로 활동하게 되는데, 이러한 의지로 쓰여진 시들이 「힘의
동경」·「힘의 비애」 등이다. 이들 시에는 약자의 비애를 표현하고 있지
만 그의 시에서 표현되고 있는 힘의 실체는 단순한 역사적·물리적 '힘'
의 표현이 아닌, 우주적 실체에 대한 자각으로 드러난다.

그 후 1922년에 그는 그의 대표시 「아시아의 마지막 밤 풍경」을 위시
하여 「어둠을 치는 자」·「미로」·「타는 가슴」과 1924년 「폐허의 제단」·
「허무혼의 독백」 등을 발표하고, 그 후 자신의 존재와 허무에 사로잡히
게 되어 ≪조선문단≫에 「방랑의 마음·2」를 싣게 된다. 1949년에는 ≪문
예≫ 5호에 「한잔술」을 발표하면서 불교적인 관념의 세계가 더욱 뚜렷
해짐과 함께 삶에 대한 낙관적 인식이 싹트게 된다. 또한 「一塵」·「해바
라기」·「한마리 벌레」·「대추나무」 등에서는 우주와 자아가 혼연일체
가 되어 자연과 합일하는 조화의 세계를 이루고 있다. 그 후 계속해서
그는 생명의 경이와 우주와의 조화, 그리고 삶에 대한 초탈한 경지를 보
이고 있다.

吳相淳의 시세계의 특성은 한마디로 「방랑의 마음」에 거의 표방되어
있다고 해도 과언이 아니다. '인생은 잠시 머물다 가는 구름'에 비유하
여 그의 인생에 대한 주요한 인식을 드러내고 있다. 하지만 이러한 의식
이 처음부터 싹트기 시작하기보다는 변화가 모색되는데, 이 과정을 요

약해 보면 대개 3단계로 나누어 볼 수 있다. 첫번째 단계는 1920~30년 대까지의 초기시를 모성 상실과 생의 응시로 본다면, 두번째 단계는 1930년대 후반에서 1940년대까지로 삶의 허무와 초극의지가 시의 중심 이 되고, 세번째 단계는 1950년대부터 만년까지 우주와의 조화와 범상 적 삶에서 일탈로 구분할 수 있다.

1) 모성의 상실과 생의 응시

《개벽》 5호에 실린 작품 중 「疑問」·「때때신」·「創造」·「나의 고 통」·「생의 철학」 등은 모성 상실과 자기동일성을 추구한 것이라 할 수 있다. 그가 일본에서 돌아와 활동하면서 곧바로 발표한 짧은 형태의 작품 들로, 생에 대한 응시와 자각, 그리고 모성에 대한 뜨거운 열망이 주제화 된 작품들이다. 이들과 거의 같은 시대에 쓰여진 「滿 10주년 前에 世上을 떠나신 어머닌 靈位에 올리는 말」은 1920년에 발간된 《서울》 임시호에 실린 작품으로, 어머니에 대한 그리움을 직설적으로 토로하고 있다. 이 시는 세상을 떠난 지 10여 년이나 되는 어머니의 제삿날에 지방을 대신한 아주 이색적인 내용으로 되어 있는데, 여기서 우리는 모성에 대한 그리움 의 절절함이 그의 시적 모티프가 됨을 감지할 수 있다. 이처럼 吳相淳의 초기시에서 모성애에 대한 간절한 마음을 찾아볼 수 있다.

어머니의 죽음은 누구에게나 정신적인 충격이 됨을 두말할 나위 없지 만, 당시의 나이 20세로 철학을 공부한 그에게 '어머니의 죽음'이 크나 큰 정신적 충격뿐만 아니라 인생에 대한 깊은 회의를 느끼게 하였음은 어쩌면 당연한 것인지도 모른다.

백발의
팔순 늙은 할머니

걸음마 겨우 떼어놓는
초치의(初齒)의 어린아이 얼굴과 얼굴을 서로 대하고
눈과 시선이 서로 마주칠 때
나는 묻고 싶었다
할머니에게
당신은 그 아이를
아시나이까?
나는 묻고 싶었다
어린아이에게
너는 저 할머니를
아느냐고……

―「의문」 전문

세살때 끌던 나의 신
나는 울고 싶다
너를 볼적마다
생의 신비에…….

―「때때신」 전문

　위의 시들은 ≪개벽≫지에 처음 발표한 것으로, 어린 시절 어머니에 대한 그리움을 다루고 있다. 특히 「의문」은 핏줄에 대한 사랑을 다룬 것으로, 시적 화자와 초치의 어린아이 그리고 팔순의 늙은 할머니가 등장하고 있다. 이러한 관계설정은 인간이 태어나 병들고 늙고 죽는 삶의 단편을 보여주는 것이며, 동시에 자신의 어린 시절의 안타까운 사랑을 회상하고 있는 것이라고도 할 수 있다. 그러므로 이 '의문'은 몰라서가 아니라, 어쩌면 안타까움, 아니면 당연히 알아보고 서로 웃고 웃는 할머니와 어린 아이의 사랑, 즉 어머니에 대한 육친의 정을 그리워하는 자신의 심정을 뒤틀어 놓은 것이다. 이 시에서 시적 화자는 아이와 할머니의 사이를 오가며 과거와 현재를 연결하는 소통자로서, 어린아이가 시적 화자의 유년이라면 할머니는 어머니의 현재의 모습이다. 이렇게 세 사람의 관계를 설정한 것은 시적 화자의 모성에 대한 안타까운 느낌을 시에서 강조한 것이다.

이와 같은 유형의 시가 「때때신」인데, 이 시에서 시적 화자는 "세 살 때 끌던 나의 신/너를 볼 때마다 울고 싶다"고 하면서 어린 날의 추억을 더듬고 있다. 여기에서도 어린 시절에 대한 환상의 절실함을 시행의 도치로 강조하고 있다. 결국 '때때신'인 '너'는 어머니의 잔상인 동시에 나의 행복했던 유년의 상징물인 것이다. 그러나 이 시의 마지막 행 "생의 신비"는 '때때신'을 단순한 기억이나 회상을 넘어서 인간의 삶과 죽음까지의 의미로 확산시키는 구실을 한다.

'때때신'은 생에 대한 의식을 되새기는 매개물인 단순한 사물에서 '생의 신비'로 확장되고 있는데, 이는 시적 비약이다. 이러한 시적 비약은 형이상학에 근거한 것으로 시인의 개인적 체험과 연관이 있다고 할 수 있다. 즉 그의 철학적 사유를 바탕으로 가능한 비약적 표현이다. 그러므로 '때때신'은 예사로운 신발이 아니다. 어머니와 吳相淳의 추억이며, 인간의 태어남과 죽음이라는 본질문제와 연계될 수 있는 것이다. 그래서 시적 화자는 이 신발을 볼 때마다 울고 싶어진다. 울고 싶어지는 이유가 '때때신'은 그리운 어린 시절을 떠올리는 것이기도 하지만, 동시에 어머니의 부재, 곧 어머니의 죽음을 상기시키는 것이 되기 때문이다.

그러나 이 시에서 시적 화자의 회상적 태도는 죽음에 대한 거부나 부정적인 태도를 보이는 것만은 아니다. 오히려 인간의 삶에 대한 깊은 응시가 베어있음을 마지막 행의 "생의 신비"에서 보여주고 있다. "생의 신비"는 인간의 삶과 죽음에 대한 인식을 암시하는 것인데, 죽음 자체로써 인간 부재는 곧 신의 신비, 신의 작용을 더한 것으로 인간의 힘으로 어쩔 수 없음을 드러내고 있다. 그러나 숙명론적이기보다는 숭고한 의식이라는 표현으로 시인의 시적 출발이 된다고 할 수 있다. 아래의 시에서는 초기의 비약적 표현이 훨씬 구체화된 생의 응시로 나타나고 있다.

다섯자 육괴(肉塊) 속에
육의 피는 끓고
영의 불꽃은 탄다.

고통과 번뇌를 못견디는 나
대령(大靈)의 무형한 공기펌프를 빌어
전신의 피를 모두 다
뽑아 짜내어
투명 순백한 옥화병(玉花甁)속에 넣어
쇠마개로 봉하여
공중에 매단다.

―「몽환시」에서

불꽃아
오- 무섭고 거룩한 불꽃아
다 태워라
물도 구름도 흙도 바다도 별도 神도 佛도
그 밖에 온갖 것을 통틀어
오- 그리고 우주에 충만하여 넘치라.
[……]
허무야
오- 허무야
불꽃을 끄고
바람을 죽이라!
그리고 허무야

너는 너 자체를
깨물어 죽여라.

―「허무의 선언」에서

무쇠로 만든 것 같은
그 손을 주먹 쥐어
터질 듯이 긴장하게
부술듯한 확신 있는 모양으로
어둠을 치도다 허공을 치도다!
그리고 어둠과 허공을 깊이 잠근
안개의 바다를 치도다.

— 「어둠을 치는 자」에서

　　이들 「몽환시(夢幻詩)」와 「허무혼의 선언」에는 더욱 구체화된 삶에 대한 연민과 고뇌가 그려져 있다. 특히 두 시에서 '불꽃'의 심상은 삶의 허무와 극복의지의 표상이기도 하다. 다시 말하면 '불꽃'의 심상은 시적 화자의 열정과 고뇌를 함축한 것으로, 바람의 심상과 동일한 위상이나 「몽환시」에서 밝힌 것처럼 '肉의 피'와는 상반되는 의미를 지닌다. 시적 화자 '나'는 "대령(大靈)의 무형한 공기펌프를 빌어/ 전신의 피를 모두 다/ 뽑아 짜내어"라고 한다. 이것은 시적 화자 자신에 대한 자괴감과 더불어 번뇌의 물리침을 의미한다. 그런데 여기서 대령(大靈)은 시적 자아와 대립적 위치에 존재하는 절대자이며 '옥화병'과 같은 의미를 지닌다. 자신의 피를 뽑아 '옥화병' 속에 넣어 쇠마개를 봉하여 공중에 매달고자 하는 것은, 자신의 영혼, 정신적 수양 혹은 자신을 혼돈한 시대 속에서 단련하여 영혼의 대령을 얻는 경지에 이르려 함이다. 이러한 시적 화자의 고뇌는 '다섯자 육괴(肉塊)'와는 대립으로 표출된다. 이처럼 시인은 靈과 肉의 대립을 계속하며 그 의미를 중첩시키고 있다. 이것은 현세적인 것에 가치를 두기보다는 정신적인 삶에 무게를 두고 있음을 의미한다.
　　마찬가지로 「허무혼의 선언」에서도 '불꽃'은 동일한 개념으로 표현되는데, '불꽃'은 거룩하고 무서운 실체로, 우주를 충만케 하는 영혼의 위력이 되고 있다. '불꽃'은 단순히 젊음의 열정으로 상징되지 않고, 영혼과 정신적 갈등으로 의미가 부여된다. 1연에서 "오 무섭고 거룩한 불꽃"을 2연에서는 "허무야/ 오 허무야/ 불꽃을 끄고"라고 명령을 한다. 그렇다면 불꽃과 허무의 관계는 어떻게 되는가. '불꽃'이 시적 화자의 새로운 삶으로 나아가고자 하는 의지의 상징이라면, 이보다 더 강렬한 의지가 허무다. 그렇기 때문에 吳相淳의 시에서 허무는 단순하고 부정적 속성의 니힐이 아니고 생에 대한 사랑인 것이다. 그래서 시적 화자는 허무, "너 자체를/ 깨물어 죽여라"고 하는 것이다. 이 강렬한 표현은 정신적 깊이를 더하고 있으면서 허무의 일상적 의미는 부정하고 있는 것이다.

「어둠을 치는 자」에서 이와 같은 일상적인 허무가 부정되는 모습이 드러난다. 시적 화자는 똑같은 강렬함으로 '어둠'을 몰아내고자 한다. '어둠'은 '허공 깊이 잠근 안개의 바다'와 같은 의미망으로 연결되는데, 이 의미는 앞날에 대한 전망과 시대적 고뇌를 의미하기도 하지만 자신의 내면의 갈등, 번민이 될 수도 있다. 그러나 시적 화자는 "무쇠로 만든 / 터질듯이 긴장하게 / 부술듯이 확신 있는" 자세로 허무를 중심의미로 표현하면서도 한편으로 부정하는 것은 현실을 극복하고자 하는 의지의 강렬함을 표명하는 것으로 볼 수 있다. 또한 이것은 허무를 초극하려는 의지로 형상화되어, 새로운 세계를 지향하는 시적 현실이고 원천이다. 한마디로 吳相淳은 현실을 대처함에 있어 허무로 흡입되지 않고, 허무혼의 주목을 위하여 생의 현실을 바로 직시하고 있음을 보여주는 것이다.

2) 삶의 허무와 초극의지

吳相淳은 앞에서도 언급하였듯이 불교와 기독교의 교리와 경전을 두루 섭렵한 시인인데, 그는 특히 불교에 입문하여 삶에 대한 인식의 전환을 가져온다. 그가 다른 시인과는 달리, 삶과 현실에 대한 인식을 허무적인 시각으로 바라보거나 눈물로 호소하지 않는 바탕에는 불교적 사유가 작용한다. 그는 인생을 바라봄에 한낱 구름과 같은 것으로 인식한다. 그리하여 그는 오히려 허무를 즐기면서 허무를 극복하려는 태도로 일관한다. 인생에 대한 허무와 삶의 고뇌를 한낱 구름에 비유한다. 무엇에도 집착하지 않는 구름에 비유하는 것은 인간이 주재할 수 없는 운명의 한계인식을 드러내는 것으로써, 그 운명을 극복하려는 자세와 의지를 보여준다.

「방랑의 마음·2」·「쏜살의 가는 곳」·「생의 序曲」·「한잔술」 등은 보편적이고 일반적인 인간의 운명의식이 전제되어 있다. 그리고 이 운명을 굽어보는 시인의 자세가 드러난다.

흐름 위에
보금자리 친
오— 흐름 위에
보금자리 친
나의 혼……

—「방랑의 마음·1」에서

나그네의 마음
오— 영원한 방랑에의
나그네의 마음
방랑의 품속에 깃들린 나의 마음

나는 우다
모든 것이 다 있는 그 세계 보고
나는 우다
모든 것이 다 없는 그 세계를 보고

—「방랑의 마음·2」에서

위의 시에서 영원한 방랑은 삶의 보이지 않는 면, 즉 인간의 힘으로 움직여지지 않는 세계의 허무를 바라보기 위한 노력인 것이다. 이러한 '방랑'의 의지는 결국 보이지 않는 심연을 향한 구도의 몸짓이다. 그런데 시인은 생의 허무를 극복의 대상으로 보는 것이 아니라 즐기고 있는 것이다. 그러면서 한편으로는 '허무'를 극복하기를 시적 화자는 바란다.

현실의 상황이 불투명하거나, 현실의 전망이 보이지 않을 때, 작가는 더욱 강렬한 의지로 정신적 세계를 바라보면서 인간의 근원인 허무에서 벗어나고자 한다. 이러한 노력은 '삶'을 인식하는 데 바쳐져 '흐름 위에 보금자리 친 나의 혼'이 잠시 머물다 가는 것이 바로 우리의 삶이고 인생임을 시인은 고백한다. 이러한 인식 아래서는 어느 것도 상하가 없고 차별이 없다. 그렇기 때문에 시적 화자는 '모든 것 다 있는 세계에서 모든 것 다 없는 세계'를 엿볼 수 있게 된다. 이런 행위는 고통을 이기는 방법으로 세계를 비극적으로 보는 시적 화자의 여유로 드러난다. 그리고 세계에 대한 인식을 '無'에 기초할 때 가능한 것으로써, 보이지 않는 세계에 대한 가치를 부여할 때 가능한 것이다. 그리고 시인의 깊은 정신적 세계에 대한 천착에 비중을 크게 둘 때 나타나는 현상이기도 하다.

시인은 「쏜 살의 가는 곳」에서도 "귀신의 휘파람같은 알 수 없는 소리치며-/ 오- 그러나 그 살을 쏘는 이는 그 누구요/ 그 살의 떨어지는 곳은 그 어디요"라고 삶을 표현하기도 하는데 「쏜 살의 가는 곳」에서 상징되는 '쏜 살'은 바로 운명이요, 인생인 것이다. '인생의 삶'은 내 것도 아니며 우리 것도 아닌 것으로 '높고 속모를 하늘과 바다' 같은 것으로 단정한다. 이러한 인식은 삶을 방기하는 자세로 표출되지 않고, 오히려 인생은 가없는 공허이지만 삶의 진실을 찾고 생의 허무를 이겨내기 위한 몸짓으로 이어진다. 이것이 그의 욕망이며, 시적 진실이다. 그리하여 그는 허무를 극복하기 위해, 아니 진정한 허무의 실체를 보기 위해, 세계 밖의 세계를 자세히 바라보기 위해 평생을 노력한다. 이런 노력은 그의 시를 관념적 세계로 흐르게 하는 요인이 된다.

3) 범상궤도에서의 일탈과 우주와의 조화

　吳相淳은 온유하면서도 열정적인 성격으로, 스스로를 '二흡과 同曲', 즉 시와 담배로 표현하는 낭만적인 시인이었다. 그러나 그는 당시의 여느 시인과는 다른 관념의 세계를 시적 대상으로 표현한 시인이었다. 그의 시에는 영혼·생명·불멸 등과 같은 관념어가 많이 나타나는데, 이것은 그가 추구한 세계의 본질이 인간의 현세적 삶에 있지 않음을 드러내는 것이다. 특히 1950년대 이후의 작품에는 더욱 더 깊은 우주와의 교감과 정신의 세계가 나타난다. 그렇다고 하여 그의 시가 신비주의로 흐르고 있다는 말은 아니다. 다만 생명의 본질에 대한 천착이 시적 표현으로 드러나고 있음이 그의 시적 특성이라 해야 옳을 것이다.

　「불나비」·「해바라기」·「일진」·「대추나무」 등에서 인간 존재에 대한 자각이 구체화되어 드러나는데, 여기서 시적 대상물들은 시적 자아를 매개하는 대상들로써 생명에 대한 강한 발언을 대신하고 있는 것들이다. 자연물로 자리 이동하여 생명의식을 자조적인 허무의 원형으로 그려본다. 이것은 동시에 시인의 강력한 생명의식의 표출인 것이다. 인간화된 자연물의 생명성은 다시 영원한 인간의 삶의 모습으로 되돌아온다.「영원회전의 원리」·「새 하늘이 열리는 소리」 등은 지금까지의 시적 세계보다는 더욱 심오한 우주와의 교감과 영혼의 울림을 표현하고 있는 시들이다. 시인은 자연을 통한 자아의 성취와 초월성의 터득을 시로 표현하고 있다.

> 불빛속에 침투되어 무한히 감추어진
> 생명과 죽음을 빼앗고도 남음이 있을……
> 그 속 모를 불빛의 신비에 심연속에
> 마구 뛰어들어 날아들어
> 부닥쳐 몰입하려는 너 뼈저리게 안타까운…….

꽃가루인양 향기롭고 보드럽고
꽃잎파리 마냥 고운 나래의 기적이여

—「불나비」에서

나는 하나의 티끌이다
이 하나의 티끌 속에
우주를 포장(包藏)하고
무한한 공간을
끝없이 움직여 달린다.
[……]

오! 그러나 그러나
한 번 감정이 역류하여 노기를 띠고
한데 뭉쳐 터지면
황홀하고 신비한 광채의 무지개 찬란한 속에
우주는 폭발하여 무로 환원하나니

오! 그러나 그러나
일진의 절대 불가사의 한 운명이여!
오!
일진의 절대 신비한 운명이여!

—「一塵」에서

　위 두 편의 시는 1950년대 쓰여진 시들로 전쟁 후의 상황 속에서 인간
의 생명에 대한 뜨거운 열정이 내재된 작품이라 할 수 있다. 우리는 위
의 시에서 시적 화자의 강렬하고 역동적인 움직임을 보게 되는데, 이 움
직임은 새로운 모색을 위한 외침으로 나타난다.
　「불나비」에서 "그 속모를 불빛의 신비에 심연속에/ 마구 뛰어들어 날
아들어/ 부닥쳐 몰입하려는 너 뼈저리게 안타까운"은 처절한 생존 투쟁

의 처절한 몸부림을 형상화한 것으로 볼 수 있다. 그리고 이 '불나비'의 몸짓은 우리 인간의 삶을 형상화하고 있다. 위대한 정신의 승화를 위한 자기 구도의 몸짓이라는 이중의 시각을 상징하기도 한다. 그 다음에 "꽃가루인양 향기롭고 보드럽고/ 꽃잎파리 마냥 고운 나래의 기적이여"는 바로 이러한 의미를 가능케 하는 대목이다. 죽어 타버리는 '나비'의 육신이 '고해'의 바다에서 허덕이는 인간의 모습을 '불나비'의 처절한 몸짓으로 구현하고 있는 것이다. 그러나 이러한 처절한 '불나비'의 몸짓은 인간의 가장 깊은 이치, 삶과 죽음의 내밀한 비밀을 역동적으로 보여주는 것이다. 그리고 치열한 자기와의 싸움을 이기고 난 후의 황홀경을 표현한 것일 수도 있다. 다시 말하면 '불나비'는 그 치열한 삶 속에서 죽지 않고, 다시 고운 나래를 펴고 움직이는 것은 생명의 환희요 비밀이다. 이 생명의 비밀을 시인은 단순한 '불나비'의 생명으로만 보지 않고 인간의 삶과 죽음의 본질로 확대, 치환하여 보여주고 있는 셈이다.

「一塵」에서도 시적 화자는 어떤 의미로는 「불나비」와는 반대편에서 인간의 생명성을 표현하고 있는지 모른다. 그러나 시인이 말하고자 하는 속 깊은 말은 결국 같은 맥락에서 설명되는 것이다. 작은 먼지와 같은 보잘 것 없는 인간의 모습, "한 알의 원자에 불가한 나"는 우주의 신비와 불가사의를 내포한 것이며, 동시에 "일월성신과 지구가 움직여 돌아간다"의 주체인 것이다. 여기서 시인은 인간 생명의 불가사의를 드러낸다. 마치 '불나비'가 그토록 강인하게 제 생명의 원천을 바라보듯이, '一塵', 작은 먼지 같은 인간의 삶이 영원한 우주의 근원임을 인식하는 것이다. 「一塵」에서 이 생명의 본원성이 마지막 연의 시적 자아의 직접적인 진술로 드러나서 시적 진부성으로 떨어지지만, "황홀하고 신비한 광채의 무지개 찬란한 속에/ 우주는 폭발하여 무로 환원하나니"는 태초의 인간의 생성과 사라짐을 바라보는 심미안에서 표현된 것이다.

결국 작가의 심미안은 우주와의 조화를 추구하는 데서 비롯되는 것이고, 인간의 생성과 우주 자연의 생성 이치를 같은 시각으로 바라보는 시인의 철학에서 출발한다. 그 철학은 곧 시인의 신성으로 작용하며, 이 신성으로 인하여 인간의 온갖 고통과 고뇌를 포용하고 용서하는 안식으로 표현하게 된다. 지금까지 환희로 여겨지지 않던 삶과 허무의 세계도 우주적 교감으로 새로운 환희의 세계로 바뀐다.

봄이 온다
순간이자 영원한
생명의 봄이 온다
[……]

이 어머어마한
대 자연의 추이 유동과
영원질서의 심포니, 하모니 속에
영겁에서 영겁으로 유유히
생멸유전(生滅 流轉)하며
유희 삼매(遊戱三昧)에 도치하여
[……]
색공일여(色空 一如) ― 생사여래(生死如來)
유무상통(有無相通) 하며
무한한 샘 솟는
영원청춘의 상징이며 본존이여

　　　　　　　　　　―「영원회전의 원리」에서

물결이 거슬러 흘러도
매운 연기가 억수로 휩쓸어도
미움을 모르는 가슴은
산을 닮았다
바다를 닮았다
하늘을 닮았다.
[……]

그리고 새 삶의 길이 보이리니
그것은 어쩌면 하늘의 목소리……
오오
이 밤의 향연이여
새 하늘이 열리는 소리여.

—「새 하늘이 열리는 소리」에서

계절의 독백이란 부제가 붙은 「영원 회전의 원리」는 7연으로 이루어
져 있다. 자연의 순환을 거듭되는 연첩과 반복의 형식으로 표현하고 있
다. 인간의 삶과 죽음, 태어남의 이치를 병행구문으로 상징하고 있다. 이
것은 인간과 자연을 하나의 순환고리로 표현하기 위한 것이다. 마지막
연에서 "색공일여(色空一如)…… 생사여래(生死如來)/ 유무상통(有無相
通) 하며/ 무한한 샘 솟는"이라고 한 것은 자연과 인간의 태어남 사라짐
을 상통하는 하나의 원리로 보는 표현이다. 결국 여기에서 이 시의 주제
가 태어남과 죽음이 한 곳에서 오는 것이고, 존재함과 존재하지 않는 것
이 하나로 통한다고 하는 것이다. 더 나아가면, 인간의 生老病死는 우주
의 이치에 있음을 드러내고 있다. 이러한 자연의 이치를 깊이 지각한 吳
相淳은 범상적 삶의 일탈을 꿈꾸지 않을 수 없었으며, 그의 시적 표현은
관념적일 수밖에 없다.

마찬가지로 「새 하늘이 열리는 소리」는 1962년 시인이 작고하기 직전
에 쓴 것인데, 이 작품에서도 시인의 신성이 작용하고 있는데, 시적화자
는 저 우주의 힘과 평화를 감지하고 있는 것으로 묘사된다. 시적 화자의
모습은 영혼의 속삭임을 듣고 있으며, 이것은 스스로 "산을 닮았다/ 바
다를 닮았다/ 하늘을 닮았다"고 표현된다. 이 역시 자신의 삶을 자연과
의 동일시하고자 함이 투영된 것으로 시인의 초월적 자세의 반영인 것
이다. 계속해서 이러한 시적 특성이 나타나고 있다. 인간의 존재를 허무
로 인식하는 것에서 시인의 태도는 시인의 위대한 정신, 즉 영혼의 울림

을 경청하려는 자아의 모습으로 나타난다. 그리고 이러한 시인의 시적 모색은 현세의 모든 고통과 불만을 내세의 화해로 연결한다. 그리하여 시인은 "삶에 지친/ 모든 마음들이 이리로 오면/ 생각이 트이고/ 외로움이 걷히고/ 슬픔이/ 걷히고/ 사랑이 열리고"로 표현한다. 현실적 삶의 외로움과 슬픔을 우주적 사랑으로 변이하면서 시인의 삶의 욕망은 '밤의 향연'을 즐기는 것, 즉 '어두움', '조용함'으로 표현된다. 영원한 삶의 세계를 바라보려는 시인의 태도가 "하늘이 열리고 밤의 향연"을 즐기는 것으로 묘사되고 있다.

시인 吳相淳은 삶의 여정과 시적 현실은 결코 행복한 모습은 아니었다. 그러나 그는 "물결이 거슬러 흘러도/ 매운 연기가 억수로 휩쓸어도/ 미움을 모르는 가슴은"으로 유연하고 달관한 태도로 삶을 영위하였다. 그리고 인간의 슬픔과 기쁨, 죽음과 삶을 하나로 통합하는 정신 세계를 시적으로 표현하기 위해 평생 노력하였다. 이러한 그의 꾸준하고 일관된 태도의 모색은 그의 시적 특성이며 시적 이상이었다.

4. 결 론

문학 작품과 작가와의 상호관련성은 램브란트나 괴테의 주장이 아니더라도 작품의 폭넓은 해석을 위해 전기적 사실도 함께 고찰할 필요가 있는데, 이러한 관점에서 吳相淳의 시적 변이를 살펴본 바, 그의 방랑벽은 그의 가정사와 무관하지 않으며, 그의 시가 관념적인 것은 그의 同志社大學 예과 종교철학과 졸업과 그의 다양한 종교적 체험에서 비롯됨도 무시할 수 없다.

특히 그의 초기 작품에는 인간의 보편적인 정서, 사랑과 그리움이 표현되고 있지만, 이것은 모성의 상실과 인간의 생에 대한 관심이 주조로 되어 있어, 깊은 서정성에 함몰되지 않고 오히려 인간의 삶에 대한 깊은 응시로 나타난다. 그 후 그의 시세계는 확장되지만 결코 다른 세계로 나아가지 않고, 초기의 시세계가 점점 더 깊어지면서 삶의 허무와 그 허무를 초극하려는 의지를 상징하면서 시세계가 확장된다. 따라서 그 당시의 삶의 현장을 초극하여 바라보려는 의지로 사물을 바라보게 되어, 사물의 표층보다는 사물의 이면을 시적 표현의 중심으로 삼는다. 이것은 그의 시가 이상적이고 추상적 세계로 흐르게 되는 요인이며 관념의 요소가 되는 것이다. 그러나 이러한 시적 과정은 그의 시세계를 인간의 삶의 본질에 천착하게 하는 동인인 것이다.

吳相淳은 인간의 보편적 정서인 사랑과 미움, 원망이 우주와의 연결로 표출하면서 관념성이 짙어진다. 그의 시적 특성은 바로 여기에 있다. 그의 우세한 관념적 세계는 시에서 주로 삶과 죽음의 본연으로 추구되지만 비애의 정조가 아니라고 하는 것도 그 특징이다. 그럼에도 불구하고 그의 관념적 세계는 시적 단점으로 치부되는 경향이 있어, 그에 관한 새로운 조명이 있어야 할 것이다.

그는 평생을 인간의 모든 보편적 삶을 포기하고 살다간 시인으로, 그의 관념적인 시적 특성은 당연한 귀결인지도 모른다. 그는 자연의 한 모습으로 살고자 하였으나 인간을 사랑하는 열정적인 모습으로 생의 본질을 추구하였다. 특히 그가 활동한 1920년대와 1930년대는 우리의 근대 시사에서 보기 드물게 눈물과 비애의 서정과 조국애로 일관된 경향을 지니는 시기였다. 그러나 이때, 그는 당시의 분위기와는 다소 다른 인간의 삶과 죽음의 본연을 표상하는데 주력하였으며, 평생을 인간의 심연의 모습을 형상화하려고 노력하였다. 비록 그가 남긴 작품이 많지 않다 할지라도 그의 작품 속에는 진정한 그리고 지순한 삶의 자취가 담겨 있어, 읽는 이로 하여금 이율배반의 분노를 느끼지 않게 한다.

평생 아무것에도 얽매이지 않고 살다가 빈손으로 돌아간 그, 그러나 가장 호화로운 장례식을 치른 시인, 조용하고 편안한 유택을 가진 시인,

吳相淳의 시는 인간의 본연의 모습을 다시 한번 되새기면서 삶을 반추할 여유를 갖게 한다.

1999년 11월 어느 날 그의 유택 앞에 철 아닌 철에 핀 한 잎의 진달래를 보면서, 인간이 태어나고 죽는 그 심연의 곳으로 돌아간 순수한 영혼의 시인을 기리면서, 참다운 시란 무엇이고 시인이란 어떤 존재이어야 하는가를 생각해 본다.

'꽃'의 심상과 변이과정
— 서정주론

1. 서 론

미당 서정주는 1935년 『詩建設』에 「自畵像」을 발표하면서부터 본격적인 시작 활동을 하였으나, 1936년 《동아일보》 신춘문예에 「벽」이 당선되면서부터 시인으로서의 자리를 확고하게 굳히게 된다. 그 이후 그는 《시인부락》을 창간, 주재하면서 「문둥이」·「대낮」·「房」을 발표하였고, 1941년에는 첫 시집 『花蛇集』을 출간하기도 한다. 이후 시집 『歸蜀途』(1948년)·『서정주시선』(1956년)·『新羅抄』(1960년)·『冬天』(1968년)·『질마재 神話』(1975년)·『떠돌이의 詩』(1976년)·『西으로 가는 달처럼……』(1980년)·『鶴이 울고간 날들의 詩』(1982년)·『노래』(1984년)·『안잊히는 일들』(1984년)·『팔할이 바람』(1988)·『山詩』(1991년)·『늙은 떠돌이의 시』(1993)까지 상재하여 모두 14권의 시집을 발간하기도 하였다. 그는 60여 년의 긴 詩歷과 다양한 시적 변용으로 우리의 시단에서 견인차 역할을 하였으며, 그는 '언어의 정부'[1]니, '詩壇의 귀재'[2] 또는

---

1) 고 은, 「서정주 시대의 보고」(《문학과 지성》, 1973. 봄호), 181쪽.
2) 「文化人動靜」(《문예》, 1948. 4월·5월 합병호), 37쪽.

'시의 道師'[3]로 불리며, 시단의 주목을 받았다.

이러한 그에 대한 관심은 다양한 논의로 전개되었는데, 그에 대한 본격 연구는 1949년 조연현[4]을 필두로 1960년대 김학동[5]에 이르러 본격화되기 시작하였으며, 1970년대 이후에는 생존 작가임에도 불구하고 수많은 학위 논문과 다양한 시각의 연구[6]가 이루어졌다. 이것은 미당의 업적과 족적이 우리의 詩史에서 간과할 수 없는 것임을 대변하는 것이기도 하다. 그리고 이러한 대부분의 연구가 긍정적인 평가로 이루어지고 있으나 초기에 이루어진 연구 중에서는 그의 시세계가 시대와 사회에 역행하고 있다는 부정적 지적도 있다. 그러나 대부분이 그의 시적 세계가 다른 시인에 비하여 매우 깊고 다양하다는 긍정적인 견해가 우위라고 할 수 있다.[7]

그러나 본고에서는 이러한 양분된 두 갈래의 평가와는 달리, 기존의 논의를 바탕으로 그의 시적 변용을 살펴보고자 한다. 미당 서정주는 60년의 긴 詩歷 속에서 끊임없이 새로운 시적 모색을 추구하였으며, 이러

---

3) 박두진, 『한국현대시론』(일조각, 1970), 303쪽.
4) 조연현, 「원죄의 형벌―서정주론」(≪문학과 사상≫, 1949. 12).
5) 김학동, 「서정주 시인론」(『동양문화』5집, 1966. 5).
     , 「서정주 초기시에 미친 영향」(『어문학』16, 한국어문학회, 1967.5).
6) 천이두, 「지옥과 열반」(≪시문학≫, 1972. 6-9).
  김인환, 「서정주의 시적여정」(≪문학과 지성≫, 1972. 여름).
  송하선, 「서정주연구」, 고려대 교육대학원 석사학위논문, 1976.
  김우창, 「구부러짐의 형이상학」, 『궁핍한 시대의 시인』(민음사, 1977).
7) 고 은, 『서정주 시대의 보고』(문학과지성사, 1973), 김우창, 『서정주 연구』(동화출판사, 1972) 등의 평가는 부정적인데, 특히 김우창은 현대시 50년의 실패를 가장 전형적으로 드러내는 시인으로 서정주를 지적하면서 서정주의 시적 발전이 평속적인 입장으로 나아가고 있으며, 이러한 평속적인 발전, 즉 육체와 정신의 갈등에서 개인과 사회의 갈등 그리고 종교적인 세계로의 이행은 현실감각의 마비라고 평하고 있다. 이와는 반대로 긍정적 평가를 한 조연현은 서정주의 시적 출발을 굴욕의식, 유랑의식, 죄의식에서 출발하지만 주체의 재형성을 위해 동양 정신이 수용되는데『귀촉도』이후부터 새로운 호흡과 의욕이 질서를 찾아가고 있으며, 『신라초』부터 신라의 광명을 찾는데 성공하고 있다고 언급하고 있다.

한 시인의 노력이 시적 변용으로 드러나고 있기 때문이다. 그리고 그의 시적 변용은 시적 공간의 확대뿐만 아니라 시인의 내적 세계의 확대와 변이까지도 가져오는 결과를 낳았다. 그러므로 그의 시적 변용에 대한 고찰은 시적 특성과 시인의 의식세계를 밝히는 주요한 실마리가 된다.

본고에서는 이러한 관점에서 '꽃'을 중심으로 한 시적 변용을 탐색하고자 한다. 왜냐하면 미당의 시에서 '꽃'은 깊은 시적 함의를 지니고 있을 뿐만 아니라, '꽃'은 초기에서부터 후반기까지 줄곧 나타나는 주요한 모티프로써, 시인의 현실세계와 영적 세계까지도 함축하는, 변용의 폭이 대단히 큰 것이기 때문이다. 미당의 시에서 '꽃' 이외에도 시적 깊이를 이루는 중요한 모티프로 '하늘'과 '바다' 등이 있기는 하나, '꽃'은 '하늘'과 '바다'의 두 세계를 연결하는 매개역할을 하고 있을 뿐만 아니라 시인의 삶과 가장 가까운 것으로 상징되고 있어, 본고에서는 '꽃'을 중심으로 시의 주제적인 측면과 시적 표현의 양상을 동시에 살피고자 한다.

2. 원초적 욕망의 꽃 ― 육체적 구속과 저항

미당의 시에서 '꽃'은 영(靈)과 육(肉)의 대립적, 혹은 융합의 관계를 드러내며 계속 변주한다. 그리고 '꽃'은 시적 공간의 확대와 변이과정에서 핵심이 되는데, 초기의 '꽃'의 의미는 삶의 부정적 지표를 지닌 것으로 드러난다. 그의 말처럼 "비극의 조무래기들을 극복하고 강력한 의지로 태양과 가지런히 회생하고 싶은" 욕망이 '꽃'의 상징으로 드러난 것이다. 말하자면 젊은 날의 삶에 대한 갈증이 '꽃'으로 표상되고 있다.

미당의 시에서 인간적인 열정과 욕망, 새로운 삶에 대한 의욕이 '꽃'의 세계로 변용되는데, 이 '꽃'은 본래의 순수한 자연적 세계의 상징이 아니라 강렬한 생의 의지와 현실에 욕망의 표출, 그리고 전통의 계승이나 인간의 영혼에 관한 영원성까지도 함축하고 있는 것으로 나타난다. 그렇기 때문에 미당의 시에서 '꽃'은 일반적인 시적 의미와는 달리 시인의 존재에 대한 인식과도 맞닿을 수 있는 것이다.

시에서 '꽃'은 긍정적인 객관적 상관물로 작용하지만, 미당의 시에서 '꽃'은 시인의 육체적 욕망과 정신적 절박감이나 불안정의 극복을 위한 자구책으로 투영되고 있다. 그리고 한편으로는 시인의 추구와 도피의 이상이 결합된 현상적 존재이기도 하다.

미당의 '꽃'은 인간의 원초적 욕망의 세계를 상징하며, "白熱한 그리이스 神話的 肉體나 부엉이 같은 暗黑이나 絶望"[8]을 드러낸다. 하지만 그의 '꽃'은 "시인의 정신적 轉機를 추구하려는 최초의 표현"[9]이기도 하다.

「화사」나 「문둥이」·「정오의 언덕에서」·「대낮」·「벽」 등의 시에서 '꽃'은 '先人들의 無形化된 넋의 세계에 접촉'하려는 원초적 욕망의 세계에서 출발한 것이며, 정신적인 세계의 비약을 암시하기도 한다.

> 사향박하(麝香薄荷)의 뒤안길이다.
> 아름다운 베암……
> 을마나 크다란 슬픔으로 태여났기에, 저리도 징그라운 몸둥아리냐
>
> 꽃다님 같다.
> 너의할아버지가 이브를 꼬여내든 達辯의 혓바닥이
> 소리잃은채 낼룽그리는 붉은 아가리로
> 푸른 하눌이다. ……물어뜯어라. 원통히 물어뜯어.
> [……]
> 돌팔매를 쏘면서, 쏘면서, 사향방초(麝香芳草)人 길

---

8) 서정주, 『화사집』 발문.
9) 이용훈, 「개인적 생명의식에의 집념」(『국어교육』 16, 한국국어교육연구회), 89쪽.

저놈의 뒤를 따르는 것은
우리 할아버지의안해가 이브라서 그러는게 아니라
石油 먹은듯……石油……가쁜 숨결이야
[……]
크레오파투라의 피먹은양 붉게 타오르는 고흔 입설이다……슴여라!
베암.

우리순네는 스믈난 색시, 고양이같이 고흔 입설……슴여라! 베암.

— 「화사(花蛇)」에서

 여기에서 화자의 경험적 공간은 시적 의미의 중심이 된다. '꽃'은 환각과 정신적 혼돈의 공간적 이미지를 상징한다. 그의 초기시 「벽」·「문」의 시에서 보인 불안의식이 이 시에서는 정신적 방황과 혼돈 상징으로 구체화되고 있다. 즉 "사향 박하의 뒤안길"과 "사향방초ㅅ 길"은 실재적 공간이면서도 시인의 정신적 공간이다. '박하의 뒤안길'이나 '방초ㅅ 길'은 발산 즉 향기의 의미를 지니고 있는데, '박하'는 향기가 짙은 식물로 주체하지 못하는 강한 감정의 노출을 상징한다. 이러한 징표가 '방초ㅅ 길'로 다시 한번 강조되면서, "석유 먹은 듯…… 석유 먹은 듯…… 가쁜 숨결이야"로 시적 표현이 극대화된다. '꽃'이 뒤안길, 즉 은밀한 공간과의 결합으로 인하여 그 의미는 더욱 육감적인 낮은 세계를 상징하게 된다.
 또한 '아름다운 배암'은 '꽃'과 같은 부정적 의미를 지니게 된다. '꽃뱀'이라는 의미는 결국 '이브를 꼬여낸 것'으로, '크레오파트라의 붉은 입술', '스믈난 색시 고양이' 같은 입설로 등가되면서 부정적 의미는 심화된다. 이것은 육체적 세계를 지향하는 시적 화자의 강렬한 본능의 표출인 것이다. '배암'에 의해 강렬한 욕망이 구체화되는 셈이다. 이러한 의미의 확장은 "석유 먹은 듯…… 석유 먹은 듯…… 가쁜 숨결이야"와 정점을 이룬다. 여기에서 석유의 의미는 민간에서 볼 수 있는 뱀을 쫓는

데 쓰이는 수단이다. 그러므로 '석유'는 '뱀'과 상극이 되는 것이다. "석
유 먹은 듯 헐덕이며 가쁜 숨을 몰아쉬는 뱀"은 에로티시즘이나 성적
충동의 상징이라고 볼 수도 있으나 실제로 '쫓기고 있는 뱀'의 상징이
다. 이것은 결국 현실에서 쫓기듯 살아가는 시적 화자의 삶을 은유하는
것이다. 그리고 이러한 숨가쁜 삶을 "스며라! 베암"과의 등가적인 반복,
이것 역시 '뱀'의 도망, '숨다'라는 의미의 강조이다. 이러한 강박관념은
또 한 편으로는 시적 화자의 본능의 강렬함을 '푸른 하눌'을 "물어뜯어
라. 원통히 물어뜯어"로 표현하면서 강한 거부의 반응으로 드러난다. 현
실에 대한 시적 화자의 대항적 자세가 '뱀'의 쫓김의 자세로 나타나고
있는 것이다. 뿐만 아니라 시적 화자의 욕망은 '푸른 하늘'의 의미로 순
화되지 않고 오히려 이상적 공간인 '하늘'의 시적 수용으로 시적 화자의
내면적 갈등이 강조될 뿐이다. '하늘'은 '뱀'의 쫓김을 방관하는 것이기
때문이다. 그러나 여기에서 '하늘'은 '꽃'을 매개로 점차 시적 화자의 무
의식적, 이상적인 역사의 공간으로 전환되기 시작한다.

굳이 잠긴 재ㅅ 빛의 문을 열고 나와서
하눌ㅅ 가에 머무른 꽃봉오리ㄹ 보아라

한없는 누예실의 올과 날로 짜 느린
채일을 물은듯, 아늑한 하눌ㅅ 가에
뺨 부비며 열려있는 꽃봉오리ㄹ 보아라
[……]
가슴같이 따뜻한 삼월의 하눌ㅅ 가에
인제 바로 숨 쉬는 꽃봉오리ㄹ 보아라

— 「密語」에서

앞에서 언급한 바대로 여기서 '꽃'은 하늘가에 피어 있는 비실제적인
꽃이다. 이 '꽃'은 '굳게 닫힌 잿빛 문' 안에 거주하는 亡者들의 영혼, 즉

존재에 대한 상징이라 할 수 있다. 그리고 이때의 '하늘'은 '꽃'과 함께 부정적인 속성이 아닌 지상적인 가치가 천상적인 가치로 바뀌는 공간기호[10]인 것이다. 그리고 인간의 현실적인 욕망과 다른 차원으로 상징되고 있다. 동시에 여기의 '꽃'도 앞의 '꽃'과는 다른 모습으로 드러난다. 「密語」의 '꽃'은 긍정적인 새로운 세계의 상징인 것이다.

「密語」에서 시적 화자가 사색적인 태도를 견지하고 있음이 '꽃'의 의미변이로 감지할 수 있다.

왜냐하면 「密語」에서 '꽃'은 실제의 꽃이 아닐 뿐만 아니라 시적 화자의 속삭임, 정상적인 소통의 상황이 아님을 드러내기 때문이다. 시적 화자는 死者들과 소통으로 현실의 갈등을 해소하기를 원한다. "가신 이들의 헐덕이는 숨결로 곱게 곱게 씻기운 꽃"은 결국 시적 화자의 내면의 승화를 상징하기도 하는데, 이것은 '死者'와의 소통으로 가능해진다. 스스로 '死者'와의 속삭임을 하고 있는데, 이것은 일종의 독백이다. 이 독백은 소통이 원활하지 않은 상황의 극복을 드러내면서, 지금까지와는 다른 시적 화자의 태도를 엿보게 한다. 시적 화자는 강렬한 태도와 욕망의 분출로, 자신의 갈등을 해소하던 것과는 다르게 '뺨 부비며' 그리고 '가슴같이 따뜻함'으로 세계와의 단절을 극복하고자 한다. 이 소통의 중심에 있는 '꽃'은 '현존하는 사람과 사람 사이에 다리를 놓아 발란스를 맞추는 媒婆'[11]의 역할을 담당한다. 그러므로 '꽃'은 '탈 중력적이고 탈질료화의 몽상으로 현실이 주는 장애와 한계를 초월하고 비상하고자 하는 의식'[12]의 표상이 되기도 한다.

그리고 시적 화자의 바램과 희망으로 형상화된 '꽃'은 시인의 앞에 놓여진 불만족스러운 운명 앞에서 어떤 가능성의 현신이기도 하다. 그러므로 '하늘'은 지금까지 시적 의미를 지니지 않던 것과는 달리 '꽃'과 등

---

10) 정유화, 『서정주 시의 기호론적 연구』(중앙대 대학원, 1996), 99쪽.
11) 정봉래, 『시인 未堂 徐廷株』(좋은글, 1993), 339쪽.
12) 유혜숙, 『서정주 시의 이미지 연구』(시문학사, 1996), 65쪽.

가화되면서 시적 의미가 부가되기 시작한다. 또한 '꽃'은 일반적인 살아 있는 식물 이미지가 아닌 초월적인 삶의 의미를 지닌 물질의 세미오시스[13)의 발현이 되면서 더 많은 의미를 함축하게 된다. 그래서 미당의 '꽃'은 "맞나는 샘물마닥 목을추기며/ 이끼 낀 바위ㅅ 돌에 택을 고이고"의 여유로운 삶의 자세로 표현될 수 있는 것이다. 그리고 "자칫하면 다시못볼 하늘을 보자"라는 시적 화자의 희망이 '꽃'과 '하늘'로써 표출되고 있는 것이다.

3. 순화된 나르시스의 꽃 — 욕망과 현실순응

미당의 시에서 '꽃'은 시인의 현실적 갈등과 비극적 상황을 드러내기도 하지만 현실에 대한 순응의 자세를 표상하기도 한다. 특히 시집『귀촉도』에 오면 미당의 '꽃'은 인간세계의 질서와 다른 세계를 표방하는데, 이것은 생에 대한 지극한 열정을 드러내면서 내적 갈등을 순화하는 자세로 나타난다.

> 눈물 아롱아롱
> 피리 불고 가신님의 밟으신 길은
> 진달래 꽃비 오는 西域 三萬里.
> 흰옷깃 염여 염여 가옵신 님의
> 다시오진 못하는 巴蜀 三萬里.

> ―「歸蜀途」에서

---

13) 리파떼르가 사용한 용어, 미메시스와 대립되는 개념이다. 시를 읽거나 이해하는 데 있어서 해석자의 축어적, 혹은 미메시스적 독서가 좌절될 때, 해석자는 비유적 의미를 찾아내어 해석을 도모하게 된다. 이때 비유적 의미를 생성하는 과정이 곧 세미오시스다.

이 시에는 '괴로움과 눈물, 바람의 늪에 빠지지 않고 새로운 세계를 지향'14)하는 시적 화자의 자세가 드러난다. 그리고 한편으로는 지금까지의 갈등의 표출이 아닌 '정돈과 안정과 재기의 몸짓'15)이 드러난다. 그런데 이러한 전환적인 시적 화자의 자세는 "진달래 꽃비 오는 西域 三萬里"로 구체화된다. 여기서 '진달래 꽃비'는 아름답고 평화로운 이상적 세계의 상징이다. 이 공간은 '西域 三萬里'와의 등가로 성찰과 반성의 회상 공간이 되기도 하는 것이다. '西域 三萬里'는 인간의 실제 삶과는 상당히 먼 거리이지만 시적 화자가 상상하는 이 공간은 淨土인 것이다. 여기에서 시적 화자는 현실의 모든 고통과 욕망을 떨쳐버리고 인생을 바라볼 수 있는 것이다. 이곳은 모든 슬픔과 기쁨이 교차하는 곳으로, 엄밀한 의미에서 시적 화자의 관조의 대상인 것이다. 그리고 반성의 계기를 마련하는 곳이기도 하다. "피리 불고 가신님", "흰옷깃 염여 염여 가웁신 님"의 공간은 시적 화자의 내면의 비극적 인식을 함축하고 있지만, 생의 본질에 대한 성찰, 그리고 황량함 등과 함께 현실에 대한 새로운 희망을 가져보려는 극복의 의미가 더 크게 작용하는 곳이라 할 수 있다.

미당은 지금까지 욕정과 인간의 갈등을 중첩하여 표현하던 '꽃'의 심상에서 벗어나 먼 거리에서 '꽃'을 바라보는 자세를 취하는데, 이러한 태도는 '꽃'과 '하늘'의 등가화로 나타난다. 지금까지 미당의 시에서 '꽃'이 원초적인 생명력의 상징이었다면, 이것이 '하늘'과 연계를 맺으면서 관능적인 색채가 흐려지고 점점 현실을 초월하고자 하는 노력으로 전환된다. 그러나 미당은 현실을 완전하게 극복하지 못하고, 현실과 이상, 즉 삶과 죽음의 세계를 끝없이 반복하며 삶의 의욕이나 생의 본질 등에 천착한다. 이러한 양면성이 '꽃'의 의미로 상징된다. 그리하여 '하늘'과 함께 나르시스에 젖은 '꽃'으로 자신의 내면의 변이 양상을 드러

___

14) 정봉래 편, 앞의 책, 130쪽.
15) 조연현, 『한국현대작가론』(청운출판사, 1977), 33쪽.

내면서 새로운 시적 공간 이동으로 삶의 자세를 가다듬는다.

"쉬여 가자 벗이여 쉬여서 가자/ 여기 새로 핀 크낙한 꽃 그늘에/ 벗이여 우리도 쉬여서 가자"(「꽃」)라고 하는 시적 화자의 태도는 부정적이고 비극적인 현실에 대해 거부하고 갈등하던 자세와는 다르게 수용하고 현실을 긍정하면서 자신을 달래고 있음이 드러난다. 변화된 삶의 자세가 '꽃'의 새로운 의미 변주로 나타나기 시작한다. '꽃'의 의미가 전환됨은 시적 화자의 인식의 변화에서 오는 것이라 할 수 있다. "새로 핀 크낙한 꽃 그늘에 우리도 쉬어 가자"라고 하는 것은 체념에 가까운 자세를 드러 내는데 이것이 '우리도'라고 표현되고 있는 것이다. 지금까지 남과 다르 게 투쟁하고 거부하던 치열한 삶의 자세에서 이제는 적당히 현실의 흐름 속에 묻혀 살기를 희망하는 것이다. 이것은 일종의 나르시스적인 삶의 태도인 것이다. 이러한 시적 태도의 변이는 삶의 애착과 성찰로 이어지 기도 한다. "한송이의 국화꽃을 피우기 위해/ 천둥은 먹구름속에서/ 또 그렇게 울었나보다// 그립고 아쉬움에 가슴 조이든/ 머언 먼 젊음의 뒤안 길에서/ 인제는 돌아와 거울앞에 선/ 내 누님같이 생긴 꽃이여"(「국화 옆 에서」)에서 시인은 '국화꽃'으로 누님의 삶을 비유하면서 '자신의 새로운 탄생에 대한 확인'[16]하기도 한다. 이것은 미당의 '꽃'이 진정한 삶을 위 한 시인의 노력으로 굴절되고 있음을 보여주는 것이라 할 수 있다.

미당의 '꽃'은 생의 허무에서 벗어나 현실을 수용하는 정신적 여유를 드러내는 것이다. 그 과정이 '꽃'의 굴절과 의미의 변이 과정에서 드러 난다. '국화꽃'은 시련과 고통을 강인한 내적 힘으로 인내한 긍정적인 '삶'의 꽃이라 할 수 있으며, '국화꽃'에서 시적 화자의 절제된 모습은 현실에의 적응과 순응의 자세로 나타나고 있다. '국화꽃'과 '누님'의 환 치는 어떠한 환경에서도 생명력을 잃지 않는 영혼의 강인함을 드러낸다 고 할 수 있다. 결국 이 시는 삶의 내적 갈등을 순화하고 있는 시적 화자

---

16) 정봉래 편, 『시인 미당 서정주』(좋은글, 1993), 555쪽.

의 태도가 투영된 것이라 할 수 있다.

"그립고 아쉬움에 가슴 조이든/ 머언 먼 젊음의 뒤안길에서"의 시적 자아는 과거 — 어둠과 절망의 기억을 회상하면서 새로운 삶의 태도를 정비한다. '솥작새의 울음', '천둥은 먹구름 속에서' 등은 결국 '울었나 보다'로 통합되는 시적 화자의 과거의 삶이다. 그리고 이것은 과거의 고통의 상징이다. 그러나 한편으로는 새로운 삶의 태도로 전이를 알리는 시적 화자의 깨우침으로 상징되기도 한다.

"인제는 돌아와 거울앞에 선/ 내 누님"으로 표현되는 이 '꽃'은 현실을 수용하는 여유로움으로 드러난다. 여기에서 '내 누님'은 결국 시적 화자의 삶을 간접적으로 투영한 것이며, '내 누님'은 '안'과 '밖'의 대립, 즉 자아와 세계의 대립을 극복한 주체의 상징이다. 그러므로 「국화꽃 옆에서」에 오면 시적 화자는 강렬한 욕망과 불안이 격앙된 화자의 태도가 아니라 화해의 태도를 취하게 된다. 그리고 화해의 태도는 '온갖 생의 번뇌와 고뇌를 이기고 자기의 자리로 돌아온 나의 누님', 그리고 암흑과 절대 고독의 순간 그리고 불안과 허무의 상황으로 등가화되는 '솥작새'와 '천둥'과 '먹구름'이 '노란 꽃잎의 국화 꽃'의 세계로 통합되는 것이다.

> 이, 우물물같이 고이는 푸름 속에
> 다수굿이 젖어 있는 붉고 흰 木花 꽃은,
> 누님.
> 누님이 피우셨지요?
>
> —「木花」에서

위의 시에서도 같은 맥락으로 시적 화자는 누님의 삶을 통하여 스스로 삶도 함께 자각하는 태도를 보이고 있다. "저, 痲藥과 같은 봄을 지내여서/ 저, 無知한 여름을 지내여서/ 질갱이 풀 지슴ㅅ 길 오르 내리며/ 허리 굽흐리고 피우셨지요?"라고 표현하고 있다. 여기서 '痲藥과 같은 봄'

과 '無知한 여름'은 갈등과 번민의 인생의 초년과 청년기를 상징한다. 인생의 주기를 겪으면서 터득한 삶에 대한 성찰의 자세가 바로 하얀 색의 '木花'로 드러난다. 겉으론 화려하지 않으나 순수하기 이를 데 없는 꽃, 탐스러운 목화 송이는 삶의 여유와 정신적 여백의 상징인 것이다. 그리고 "질갱이 풀 지슴ㅅ 길 오르 내리며"로 다시 한번 인생의 고단했음을 드러낸다. "지슴ㅅ 길"은 그대로 험난한 인생의 길임인 것이다. 숱한 방황과 고뇌의 순환 후에 마주할 수 있다는 생의 철학이 이 시에 담겨 있다고 할 수 있다. 이 시에서 '목화'는 고난을 이기고 온 삶에 비견되는 꽃이다. 이러한 '꽃'의 의미는 단순하지 않은 삶의 가치로 확장의 폭을 넓혀 나간다. 이러한 시적 굴절과 변이는 형이상학적 종교의 세계로까지 나아간다. 미당의 '꽃'은 젊음의 피, 육체의 욕망에서 서서히 변용하여 삶의 본연의 의미성을 수용하고 관조하는 여유를 함축하기 시작한다.

4. 신비화한 신화의 꽃 - 흐름과 반복의 생명성

미당의 시에서 신비화한 '꽃'의 이미지는 설화를 바탕으로 한 시에서 많이 나타난다. 그러난 이러한 설화의 수용은 단순한 시적 신비화에 있지 않다. 이것은 어디까지나 생명의 강조와 삶에 대한 애착의 반영이라 할 수 있다. 그렇기 때문에 미당의 시에서 표상된 '꽃'의 신비화는 영(靈)적 세계의 상징으로 나타난다. 그러므로 이때의 '꽃'은 생명의 재생, 순환 등과 같은 불교의 윤회를 시적으로 형상화하고 있음을 알 수 있다. 이러한 특징이 그의 시에서 '죽음과 탄생'이라는 삶의 근원적인 문제가 '꽃'의 변용으로 표상된다. 여기에서 불교적 윤화의 원리가 시적 상상력으로 작용한다고 할 수 있다. 여기의 '꽃'은 '하늘'의 신성성과 연계되거나, 절대적 생명의 공간인 바다와 일체를 이루기도 한다. 특히 이때의 '꽃'은 영원한 시간성으로 형상화된다.

> 石榴꽃은
> 永遠으로
> 시집가는 꽃,
> 구름 넘어 영원으로 시집가는 꽃,
>
> —「石榴꽃」에서

미당의 시에서 '꽃'이 단순한 식물 이미지의 표현을 위함이 아니라 현상적 존재와 이상적 종교의 세계에 규합과 통합되고 있음을 위의 시에서 볼 수 있다. 「石榴꽃」에서 시적 화자는 "구름 넘어 영원으로 시집가는 꽃"이라고 규정한다. 여기에서 '꽃'을 인식하고 바라보는 시적 화자의 태도가 이상적임을 알 수 있다. 그리고 '꽃'의 의미성이 현실과 시적 표현의 단순한 관계에서 생겨나지 않고, 시의 의미가 시인의 형이상학적 세계에 기반을 두고 있음을 짐작하게 된다. 그리고 이러한 시적 표현에서 시인의 정신적 유연화를 발견할 수 있다.

시인의 정신적 여유는 눈 앞에 보이는 '꽃'과 그의 머리 속에 그리고 있는 '꽃'을 신화라는 범주로 묶어 표현하게 되는데, 여기에서 우리는 시인의 시의 근원을 짐작할 수 있다. 또한 미당의 '꽃'의 변형과 변이는 죽음과 삶의 동질성을 내포하고 있음도 짐작할 수 있다. 그리고 '꽃'의 의미론적 등가화가 추구하는 것이 영원한 삶임을 알 수 있다

"나는 네 닫힌 門에 기대 섰을 뿐이다/ 門 열어라 꽃아, 門 열어라 꽃아/ 벼락과 海溢만이 길이라도/ 門 열어라 꽃아. 門 열어라 꽃아"(「꽃밭의 獨白」)에서 '꽃'은 영원한 삶을 지향하는 세계와 맞닿아 있다. 그래서 미당의 '꽃'은 인간의 탄생과 인간의 죽음을 관장하는 공간과 시적 자아와 세계의 대립간의 총체인 것이다. '꽃'은 영혼이며 자유로운 의식의

흐름으로 표출되기도 한다. 그리고 인간에게 놓여진 삶의 한계를 상징하기도 한다. 그렇기 때문에 「석류꽃」에서 '石榴꽃'이 영원을 매개하는 상징이며, 새로운 탄생과 소우주이기도 하다. 이와 같이 '꽃'의 의미가 정신적, 우주의 공간으로 확대되면서 생명의 영원함과 고통과 번뇌의 극복, 욕망의 순치를 드러내기도 한다. '꽃'의 세계가 시간과 공간의 혼유화로 작용하면서 하나의 시적 구조로 나타나기도 한다. 이러한 시적 구조는 '丸'구조로 재생, 혹은 새로운 탄생의 의미를 드러내기도 한다.

> 내가 / 돌이 되면
>
> 돌은 / 연꽃이 되고
>
> 연꽃은 / 호수가 되고
>
> 내가 / 호수가 되면
>
> 호수는 / 연꽃이 되고
>
> 연꽃은 / 돌이 되고
>
> —「내가 돌이 되면」 전문

　이 시의 구성은 '내-돌-연꽃-호수-내-호수-연꽃-돌'이 같은 의미로 등가화한 원구조다. 이러한 구조는 회기적 시간과 공간의식이 일치하는 논리가 담겨져 있다. 자신의 말대로 무의식적으로 구성되기는 했지만 그 속에는 인간의 삶과 죽음의 논리를 하나로 연결하는 내적 구조가 실현되어 있다. 즉 이 시에서 시적 화자인 '내'가 '돌'이 되고 '연꽃'이 될 수 있는 것은 세계와 사람과의 관계에 대한 인식이 서로 대립되지 않고 화합하는 불교적 사유가 깃들어 있다.

시의 목적이 장치가 아니라 세계와 사람 사이의 관계에 대한 지식, 자기 인식, 그리고 사회 속에서 인성의 발전이며, 전체로서의 문화의 목적과 같이 특수하게 실현된다. 이 특수하게 표현된 시의 메카니즘과 내적 구조를 이해하지 못하면 결국 시의 예술적 의의를 체험하지 못한다. 마찬가지로 이 시의 내적 구조인 윤회의 원리는 인간의 탄생과 죽음을 같은 세계로 보는 것에서 출발한다. 이것은 대단히 간결한 구조로써 인간과 자연, 그리고 만물을 하나의 의미체계로 연결한다. 특히 위의 시에서 '내'가 자연의 상징인 '돌'·'연꽃'·'호수'로 등가화되는 것은 유한한 인간의 생명을 무한한 자연과 함께 지속하려는 의도성, 즉 '인연' 혹은 불교의 '緣起'의 시적 변용이 작용되고 있음을 알 수 있다. '돌', '연꽃', '호수'가 시적 구조에서 하나의 의미로 통합되는 것은 절대적이고 추상적인 세계의 상징이다. 이것은 곧 생명의 재생인 것이다. 결국 '꽃'은 열린 세계의 상징으로 실제세계와 정신세계를 통합한다. 결과적으로 이 시에서 '꽃'은 거대한 세계이며 공간이고 또 하나의 세계를 창조하는 힘인 것이다.

"그래 이 마당에/ 현생(現生)의 모란꽃이 제일 좋게 핀 날// 처녀와 모란꽃은 또 한번 마주보고 있다만/ 허나 처녀는 벌써 모란꽃 속에 있고/ 전(前)날의 모란꽃이 내가 되어 보고 있는 것이다"(「因緣說話調」). 여기에서도 결국 이 두 대립 체계는 하나의 원을 향하여 도는 환원·윤회의 구조를 드러낸다. 말하자면 이 시는 미당의 윤회관이 모란꽃과 예쁜 처녀가 대칭으로 표출되면서 두 세계가 결합되어가는 과정으로 나타난다. 모란꽃의 세계는 영혼과 영원의 질서를, 처녀의 세계는 이승 그리고 현세, 인간의 세계를 상징한다. 이러한 상징된 꽃은 신비화와 더불어 변환, 확장된다. 예를 들면 "모란꽃 → 재, 재 → 물고기, 물고기 → 물새, 물새의 죽음 → 쌍아 처녀, 흙(처녀의 피), 처녀의 피 → 강물, 강물 → 물살, 물살 → 구름, 구름 → 소나기, 소나기 → 모란꽃의 개화" 같은 것이다. 이렇게 계속되는 윤회 모티프는 결국 시인의 삶에 대한 강한 집념을 의미하

기도 하는 것이다. 시인의 상상력이 영원주의, 즉 정신세계로 표출되고
있는 셈이다.

> 이별이게,
> 그러나
> 아주 영 이별은 말고
> 어디 내생에서라도
> 다시 만나기로하는 이별이게,
>
> 蓮꽃
> 만나러 가는
> 바람 아니라
> 만나고 가는 바람 같이……
>
> 엊그제
> 만나고 가는 바람 아니라
> 한 두 철 전
> 만나고 가는 바람 같이……

—「蓮꽃 만나고 가는 바람같이」에서

위의 시에서 '연꽃'은 '이별이 영 이별이 아님'을 비유하고 있다. 이것
은 '연꽃'의 속성이 재생의 다시 만남의 의미를 내포하고 있음을 뜻한
다. 그렇기 때문에 '연꽃'은 '만나고 가는 바람'으로 비유될 수 있는 것
이다. 그냥 스치고 가는 바람이 아니라 '만나고 가는 바람' 곧 인연의 바
람임을 의미한다. 그러므로 '연꽃'의 시적 함의는 재생과 다시 만남으로
해석될 수 있는 것이다. 그리고 '연꽃'은 삶에 대한 시인의 강한 집착에
서 표출된 이미지이다. 이 '연꽃'의 심상은 미당의 초기시에 나타나는
방황의 질곡에서 피어나는 '꽃'의 심상과는 차이가 있는 꽃이다. 삶에

대한 연민과 강렬한 자의식과 절망까지도 통합하여 변이된 삶의 애착이
바로 '연꽃'으로 드러나는 것이다. 그리하여 시적화자는 "섭섭하게/ 그
러나/ 아조 섭섭치는 말고/ 좀 섭섭한듯만 하게"라고 하면서 삶의 한계
까지도 의지와 영혼의 비상인 '연꽃'으로 표현하는 것이다.

 '연꽃'은 불가의 꽃이고, 초월적 존재의 含意를 가지고 있기 때문에
분열과 삶의 불균형을 절대세계와의 만남, 즉 '바람'으로 표현될 수 있
다. 또한 균형과 여유, 그리고 우주적 질서, 종교적 함의를 심화시킨 존
재가 될 수 있는 것이다. 여기에 오면 초기의 꽃의 속성과는 사뭇 다른
'꽃'의 성격을 만나게 된다. 현실과 이상의 대립이 죽음과 삶의 대립마
저도 극복하는 역설적 세계의 상징으로 묘사되고 있는 것이 바로 꽃인
것이다. 이러한 '꽃'의 의미의 변화는 시적 변용의 결과이며 시적 변이
를 드러내는 것인데, 결국은 시적 화자의 현실세계와 영원의 세계, 두
세계의 순환과 반복으로 이어짐을 드러내고 있는 것이다. 같은 계열의
시로「연꽃 위의 房」이 있는데, 여기에서 '연꽃 위의 방'은 결국 해탈의
공간, 새로운 세계의 열망, 기쁨 등의 의미를 지닌다. "그 房 위에 새로
핀/ 한송이 蓮꽃 위의 房으로/ 핑그르르/ 蓮꽃잎 모양으로 돌면서 시방
금시 올라 왔다."는 억압의 대상에서 점점 가벼워진 정신적 해탈의 상징
이 '蓮꽃 위의 房'으로 표현된다. 결국 '연꽃'은 정신적 깨달음과 안정의
비유인 것이다. 이러한 비유의 바탕에는 불교적인 신비화의 논리가 적
용되고 있다.

5. 결 론

 미당의 시에서 '꽃'은 시적 공간의 확대와 변이의 과정에서 핵심이 되
는 것으로써 시적 깊이를 더하는 주요한 모티프다. 이 모티프의 변주는

곧 시적 의미의 변화이며 시인의 세계관의 변화라 할 수 있다. 특히 영(靈)과 육(肉)의 대립적 혹은 융합의 관계를 드러내면서 계속 변주되는 '꽃'은 시인의 지향점이라 할 수 있다. 미당의 '꽃'은 열정과 욕망 그리고 삶에 대한 갈증의 세계를 드러내기도 하지만 새로운 정신적 재생의 삶과 그리운 과거의 삶으로 표상되기도 한다. 이러한 '꽃'의 함축적인 의미의 굴절이 미당의 시집 『귀촉도』에서부터 서서히 일어나기 시작하면서 그 굴절과 변이는 미당의 시에서 지속적으로 이루어지고 있음을 알 수 있다. 반복적으로 등장하는 미당의 '꽃'은 뜨거운 욕망에서 기쁨·환희의 세계와 인간의 태어남과 죽음으로 이어지고 있다.

또한 미당 서정주의 시에 줄곧 나타나는 '꽃'은 세계에 대한 부정적 의식의 표출에서 긍정적인 세계의 수용으로 나아가는데, 여기에는 삶에 대한 강렬한 의지가 작용하고 있음을 살필 수 있다. 그러므로 미당의 시에서 '꽃'은 소멸이 아니라 새로운 삶에 대한 갈증이며 현실의 모순과 우울에서 벗어나는 일탈인 것이다.

미당의 '꽃'은 단순한 식물 이미지의 표현이 아닌 현상적 존재와 이상적 세계의 규합을 동시에 드러내는 것이기 때문에 그 굴절 양상이 매우 다양하게 나타난다.

미당은 '꽃'을 탈사물화하여 선조적 시간과 불가시적인, 우주적 시간으로 표현하면서 의식과 무의식의 세계를 통합하기도 하고, 다른 한편으로는 시인의 유토피아의 세계를 드러내기 위한 이상적 공간으로 상징하기도 한다. 이처럼 미당의 '꽃'은 자유로운 의식의 흐름과 영원한 삶을 지향하는 시적 구심점으로 상징되고 있다.

그러므로 미당은 인간에게 놓여진 삶의 한계를 극복하면서 현실을 충실하게 살고자 한 의식을 '꽃'의 변용으로 드러낸다. 그렇기 때문에 미당의 시에서 '꽃'은 인간의 탄생과 인간의 죽음을 관장하는 시·공의 총체로 표출된다.

현실과 이상의 부조화와 自尊의 시학

— 김관식론

1. 서 론

현대시사에서 김관식은 보기드문 奇人으로 알려진 시인이다. 소문과
같이 기인으로 행세하였으나 그가 살아온 역정은 언제나 가난하고 고독
했다. 그러나 그는 이런 어려움과 역경 속에 살면서도 강한 자존심을 지
키기 위하여 안간힘을 다하였다. 이것이 때로는 폭음으로 이어지고 기
행으로 표출되기도 하여 세인의 눈에 그는 기인으로 보이게 된 것이다.
하지만 이러한 기행과는 달리 그의 시세계는 온건하고 일관성 있는 면
모를 보인다.

김관식이 문단에 본격적으로 등단한 것은 1955년 ≪현대문학≫지에
서정주의 추천을 받으면서 비롯[1]되나 그의 습작기는 훨씬 그 이전의 강
경상업학교 시절로 소급해 볼 수 있다. 그는 당시 몇몇 학우들과 함께
<푸른 마을>이라는 문학동인을 결성하고 그 모임을 주재하면서 동인

---

1) 「蓮」은 ≪현대문학≫(1955년, 5월호)에, 「溪谷에서」는 ≪현대문학≫(1955년,
6월호)에, 「紫霞門 近處」는 ≪현대문학≫(1955년, 11월호)에서 추천 완료된
작품들이다.

지 ≪綠鄕≫을 출간하였다. 뿐만 아니라 그가 첫 시집『落花集』을 간행한 것도 바로 이 무렵이라 전해지지만[2], 이 시집은 현재 그 소장처를 확인할 수가 없다. 따라서 그의 시집으로는 이형기, 이상로 등과 함께 공동시집으로 출간한『해 넘어가기 전의 기도』[3]와『김관식시선』(자유세계사, 1957)이 있고, 그의 사후에 <창작과 비평사>에서 전집으로 간행된 유고시집『다시 曠野에』가 있는데, 그의 시작 대부분이 여기에 수록되어 있다.

김관식은 1934년 논산에서 태어나 1970년 서울에서 사망했다. 그가 시단에 오른 것이 1955년이니까, 그의 본격적인 시작활동은 약 15년이 되는 셈이다. 그것도 그가 민의원선거에 입후보한 직후부터 약 5년의 공백기를 제외하면 10년 남짓한 기간이다. 지금까지 전해지고 있는 그의 작품 수는 불과 85편에 지나지 않는다. 그러나 김관식은 1950~60년대에 그와 함께 활동했던 시인들과는 달리 그 자신만의 독특한 시세계를 구축하고 있다. 그럼에도 오늘날 그에 대한 논의는 극히 미미한 편이다. 더구나 그에 대한 일부의 논의조차도 그의 기인으로서의 행적과 저돌적인 괴팍성에다 초점을 맞추어 흥미 본위로 이끌어간 단평[4]들이 대부분

2) 문단에 나오기 전인 1952년에 출간한 첫 시집으로, 이 시집의 서문을 쓴 이가 조지훈이라고 전한다. 이런 연고로 김관식은 조지훈에게 깍듯이 예의를 차렸다 한다(방옥례『대한민국 김관식』(독무출판사, 1983, 31쪽 참조). 그리고 이 시집은 72면으로, 1부 '서정소곡(抒情小曲)'에 20편의 2행 2절의 단시(短詩), 2부 '금중유수 (琴中流水)'에 46수의 한시(漢詩)를 수록하고 있다고 한대[조남익, 「박재삼, 김관식의 시」(≪현대시학≫, 1987. 4) 참조].
3) 이 시집에 김관식의 시「광야에서의 기도」,「해 넘어가기 전의 기도」,「청산(靑山)의 기도」,「초야(初夜)의 기도」,「절해(絶海)의 기도」등 19편이 실려 있다고 전한대[조남익, 「박재삼, 김관식의 시」(≪현대시학≫, 1987. 4.) 참조].
4)「천장에 주전자를 달아 놓고 '저것이 나를 죽였다'」(≪주간 한국≫, 1970. 9. 13).
「서경을 꿰뚫은 30대 해학, 대가를 군이라 불러」(≪주간 경향≫, 1970. 9. 16).
「세상을 마음대로 살다 요절한 시인」(≪주간 여성≫, 1970. 9. 16).
「요즈음 어떻게 지내십니까?」(≪서울신문≫, 1980. 10. 29).

을 차지하고 있다. 따라서 그의 시에 대한 문학사적인 위상이나 시적 특색과 가치에 대한 올바른 평가는 내리지 못하고 있는 실정이다.

이와같이 김관식에 대한 본격적인 논의가 부진한 이유는 무엇보다도 그의 괴팍하고 돌발적인 행동으로 말미암아 문단에서 소외되었거나, 아니면 한문투의 시어들을 많이 구사하고 있는 점 등을 들 수 있다. 따라서 지금까지 이루어진 논의 대부분이 그의 전기적인데 기울어져 있음은 말할 것도 없다. 이를테면 고은, 신경림, 박재삼, 성기조 등의 글5)이 이에 해당되는데, 이들은 대부분 그와의 친교관계를 바탕으로 한 회고담의 성격을 띠고 있다. 특히 그의 부인 방옥례 여사의『대한민국 김관식』은 김관식이 살아온 전 역정을 소설화한 것으로 그의 전기적 연구에 결정적 단서를 마련해 주고 있다.

한편 김관식의 시작 전반에 대한 본격적인 논의로는 김종철, 정효구, 이연희 등의 논문6)이 있다. 먼저 김종철은 그의 지사적 매서움의 어조는 순진성의 세계를 파괴하려는 세력들에 대한 저항이라 논평하고 있다. 그리고 정효구는 에로스의 충동과 자연 및 우주의 교감과 안분자족의 시 세계를 이루고 있다고 하였으며, 이연희는 그의 시에 나타난 노장사상을 들어, 그것을 극기의 덕목으로 삼고 있다고 하였다. 요컨대 이들 논의의 공통점은 김관식의 시적 기저에는 동양적인 노장사상이 짙게 깔

---

5) 고은 「대한민국 김관식 평전」(≪세대≫, 1970. 12).
　　김관식의 부인 방옥례 여사가 쓴 「대한민국 김관식」(동문 출판사, 1983).
　　신경림의 「한국의 괴짜시인」(≪한국인≫, 1982. 8).
　　박재삼의 「대한 민국 김관식」(≪월간조선≫, 1983. 10. 23).
　　성기조의 「김관식의 시와 동양인의 외로움」(『청람어문』, 청람어문학회, 1991) 등이 있다.
6) 김종철, 「도덕적 관점과 시적 구체성」(≪창작과 비평≫, 1976. 가을).
　　정해구, 「김관식의 시에 나타난 정신세계」, 『20세기 한국시와 비평정신』(새미, 1977).
　　서해원, 「김관식연구」(공주 사대 석사학위논문, 1983).
　　이연희, 「김관식 시 연구」(강릉대학교 석사학위 논문, 1997).

려 있다는 것이다. 바로 이런 점이 김관식이 당시 그와 함께 활동했던 시인들과는 다른 시적 특색이 되고 있다. 그러나 이제까지 이루어진 논의들은 김관식의 시작 전반을 철저히 점검하여 그의 정체성을 추구했다고는 할 수 없다.

본고에서는 김관식의 시작에 나타난 동양사상, 즉 그의 시에서 형상화한 노장사상의 본질은 무엇이며, 그것이 어떤 과정을 밟고 형상화되었는가를 그의 삶의 궤적을 따라 통시적인 차원에서 살피고자 한다. 그리고 1950~60년대 우리 현대시의 경향과는 다른 김관식의 시작에 나타난 특색을 밝히고 아울러 그의 시사적 위상을 확립해 보고자 한다.

2. 현실과 이상의 부조화적 패러다임

시인 김관식의 시적 현실은 자연적 세계의 응시로 나타난다. 그의 시에서 자연세계는 이상적 공간이며, 시에 나타나는 자연과의 친화성은 생활의 기반에서 온 것이라 할 수 있다. 이러한 자연의 친화성은 김관식의 시적 통일성과 풍부한 상상력으로 실현된다. 시인의 현실에서의 결핍과 실현되지 않는 자아의 사회적 욕망이 자연의 세계와 등가화되면서 점점 결핍과 고통의 양상은 희석된다. 이와 같은 시적 표현의 原型은 그의 생의 철학이자 문학적 소양인 동양적인 사유에서 형성된 것이다. 시인 김관식은 그의 부친으로부터 시적 서정성을 습득한 것으로 나타난다.

대숲을 에워 무개나무로 울을 한 나의 집은 가까운 곳에 防川을 두고 다달러 있었다. 그리하여 여즈러진 바위 언덕의 흐르는 시냇가에서는 저만치 지팽이에 기대어 서서 발아래 흐르는 못물을 굽어보며 일곱가지 빛깔의 찬란한 비늘을 단 예쁜 불거지새끼들이 지느레

밀 번쩍이며 헤어 다니는 걸 이윽히 살피다가 물 속에 가라앉는 하
늘을 가리키며 소리개가 날고 물고기가 뛰는 것은 모두가 天地의
평화로운 造化라고 말씀하시고 汨羅水 깊은 물에 억울하게 빠져 죽
은 楚나라의 忠臣 屈原이의 漁父辭를 외워 주시는 얼굴빛이 하 슬퍼
어린 가슴에 그만 못이 박혀 버렸다.[7]

부친에 대하여 회고한 위의 글에서 시인 김관식의 시적 바탕이 동양
적이고 외래 사조에 물들지 않을 수 있었던 근원적 계기를 엿볼 수 있
다.

시가 온전히 시인의 경험적 세계의 반영을 벗어날 수 없지만, 시에는
초개인적인 이상이 내재한다. 김관식의 시에는 개인적인 상황과 시대적
고난, 그리고 전망의 부재를 극복하고자 하는 염원이 담겨 있다. 김관식
은 자연과의 교감으로 내적 세계의 안정을 추구하고 있다. 그렇기 때문
에 그의 시에는 현실의 고통을 감싸고 도는 큰 흐름, 변치 않는 자연에
의 경도가 나타난다.

1) 자연 교감과 관조적 태도

김관식의 시에는 순수하고 투명한 정신적 지향이 나타나는데, 이 순
수한 정신적 세계는 자연과의 교감으로 표출된다. 뿐만 아니라 시인은
현실적 욕망이나 전망의 부재까지도 자연세계를 통해 간접화한다. 즉
현실과의 첨예한 대립이나 대상을 향한 공격성보다는 대상에 대한 순수
한 서정으로 표출한다. 또한 이러한 시적 의도는 자연과 인간을 하나의
질서로 공존시키고 병치하는 방법으로 드러난다.

등단작품 「蓮」·「溪谷에서」·「紫霞門 近處」 등에서 시인은 자연과

---

7) 방옥례, 앞의 책, 232쪽.

일정한 거리를 유지하면서 시인의 내면을 투영한다. 대상에 대한 치밀한 관찰과 자연에의 경도는 시인의 내면과 일치하기도 한다. 그러나 한편으로는 자연과의 거리감, 즉 일정한 거리를 유지하면서 조심스럽게 자아의 내면을 투영하기도 한다. 이것은 현실에서 오는 강한 회의감을 희석시키는 관조적 태도에서 비롯되는 것이다.

수천만 마리
떼를 지어 나는 잠자리들은
그날 하루가 다하기 전에
한 뼘 가웃 남짓한 날빛을 앞에 두고
마지막 안스러운 저녁 햇살을 다투어
얇은 나래야 바스러지건 말건
불타는 눈동자를 어지러이 구을리며
바람에 흐르다가 한동안은 제대로 발을 떨고 곤두서서
어젯밤 자고온 풀시밭을 다시는 내려가지 않으려는 듯
갓난이 새끼손가락 보다도 짧은 키를 가지고
허공을 주름 잡아 가로 세로 자질하며 가물가물 높이 떠돌아 다니
고 있었다.

연못가에서는
인제 마악 자라라는 어리디어린 아그배 나무같이
물오른 아희들이 윗도리를 벗고 서서
그 가운데 어떤 놈은 물속의 하늘만을 들여다 보고
제가끔 골똘한 생각에 잠겼다.
허전히 무너져 내린 내 마음 한구석의 그 어느 그늘질 개 흙
밭에선 감돌아 흐르는 향기들을 마련하며
蓮꽃이 그 큰 봉오리를 열었다.

—「蓮」 전문

여기서 시적 자아의 시선은 '잠자리'와 '蓮'에 머물고 있다. '잠자리'
와 '蓮'은 객체이면서 주체가 되기도 한다. 즉 시인이 바라보는 두 사물
은 시인의 내적 세계의 표상이다. 시적 자아의 주관적 감정은 절제되고
사물의 움직임이 주축이 되고 있지만, 그 심층에는 시인의 내면적 세계
가 나타난다. 1연의 '잠자리'의 움직임인 "얇은 나래야 바스러지건 말건/
불타는 눈동자를 어지러이 구을리며"와 "갓난이 새끼손가락보다도 짧
은 키를 가지고/ 허공을 주름 잡아 가로 세로 자질하며 가물가물 높이
떠돌아 다니고 있었다"고 함은 '잠자리'를 통한 시인의 이상이며 꿈의
표현이다. 비록 작고 연약하지만 자신의 처지와는 무관하게 끝없이 높
이 날고 '잠자리'의 비상은 시인이 추구하는 정신적 세계라 할 수 있다.
그리고 '잠자리'의 하늘로의 비상은 시인의 정신적 자유로움과 끝없는
이상 세계의 추구로써 2연에서 다시 반복된다. 그러나 1연과는 달리 정
지태의 모습으로 그려진다. 1연의 '잠자리'의 움직임이 동적인 세계라
면, 2연의 '蓮'의 모습은 고요한 정적 세계의 상징이 된다. 움직임으로
표상된 시인의 내적 세계가 2연에서는 무한히 넓은 자연세계로 이어진
다. 2연에서의 실제 공간은 고요하기 그지없는 연못이지만 시인은 이곳
에서 연꽃의 향기와 함께 무념무상의 절대의 공간으로 이동한다. 그의
정신적 세계는 자연의 세계에 몰입하게 된다.

시인은 2연에서 막 피기 시작하는 아름다운 연꽃의 자태를 "물 오른
아희들이 윗도리를 벗고 서서"로 표현하고 있다. 이러한 표현의 내면에
는 시인의 순진무구한 정신적 세계를 엿볼 수 있다. 그리고 시인은 연꽃
이 옹기종기 피어나는 모습을 "그 가운데 어떤 놈은 물속의 하늘만을
들여다 보고/ 제가끔 골똘한 생각에 잠겼다"로 묘사하고 있다. 객관적
묘사와 의인화로 표현되던 자연의 세계가 종국에 가서 "허전히 무너져
내린 내 마음"과의 대비와 함께 시적 자아의 심정을 극명하게 드러나게
된다. 그러나 시인은 다시 자연의 환희, 연꽃의 개화로 시적 전환을 하
면서 객관적인 서정적 거리를 유지한다. 이러한 시인의 태도는 내적 갈

등을 유보하면서 자연의 세계에 동화하고자 하는 의도에서 비롯된 것이라 할 수 있다.

시인 김관식은 자연 세계의 순수하고 안정된 모습을 시적 대상으로 삼는다. 이러한 경향의 작품으로는 이 외에도 「紙鳶」·「사향내음이」·「봄밤」 등이 있는데, 이들 작품에는 시인의 관조적인 태도가 드러난다. 그러나 같은 등단 작품이라도 「계곡에서」와 「紫霞門 近處」에는 시인의 개인적 정서와 동시에 시대적 고난의식이 간접적으로 드러난다. 이를테면 「계곡에서」에서 시인은 물이 흐르는 모습을 "입 가장자리에 웃으실 때 고요히 떠도는 사랑스런 주름살"과 "하얀 나비 한 마리 나래 저어 날아간 자리마다 아슴프레히 일어나는 자잘한 무늬"로 묘사한다. 그리고 "피어오르는 아지랑이"처럼 서정적으로 묘사하다가 돌연 물소리를 "우리 어린 누이들이 뒷골방에 숨어서 흐느껴 우는 소리"로 전이한다. 여기에도 주로 시적 자아의 심정과 현실적 고난이 병치되어 있다. 이러한 시인의 존재 방식에 대한 물음이 시인의 현실을 바라보는 「紫霞門 近處」에서도 구체적으로 드러난다.

나는 아직도 청청이 어우러진 수풀이나 바라보며 병을 다스리고 살
수밖엔 없다.
혼란스런 꾀꼬리의 공교로운 울음 끝에 구슬 목청을 메아리가 도로
받아 얼른 또 넘겨 가지틈을 휘돌아 구을러 흐르듯 살아가면 앞길
은 열리기도 마련이다.

사람이 사는 길은 물이 흘러 가는 길.
山마을 어느 집 물항아리에 나는 물이 되어 고여 있다가 바람에 출렁
거려 한줄기 가느다란 시냇물처럼 여기에 흘러왔을 따름인 것이다.

여름 햇살이 열음처럼 여물어 쏟아지는 과일밭에서 구리쇠빛 팔다
리로 일을 하다가 가을철로 다가들면 몸뚱아리에 살오른 실과들의
내음새를 풍기며 한번쯤 싱그러이 익을 수는 없는가?

해질 무렵의 서녘 하늘 언저리
愁心歌보다 서러운 노을이 떨어지고 밤이 내리면 헤아릴 수 없는
초록별이 솟아나 새초롬한 눈초리로 속삭거리며 어리석음을 흔들어
일깨워 준다.

수줍은 달빛에 조촐히 물들어 자라나는 나무의 슬기로움을 그 곁에
깃들여 배우는 것은 여간 크낙한 즐거움이 아니라, 스스로의 목숨을
곱게 불살라 밝음을 얘기하는 한낱 촛불이 조강한 첫날밤 열두폭
병풍 두른 골방속 시집온 큰애기를 조용히 맞이하는 그러한 마음으
로 죽음을 기다리며 구름 속에 파묻혀 기러기 한백년 살으리로다.

—「紫霞門 近處」8) 전문

이 시의 제목 '紫霞門 近處'는 실제 시인이 살았던 곳을 지칭한다. 여
기에서 '근처'는 주변과 외곽을 의미한다. 또한 '자하문 근처'는 시인의
의식의 저편을 상징하며, 그 속에는 시인의 갈망이 내재한다. 다시 말하
면 이곳은 시인의 내면을 드러내는 풍경으로, 시인의 정신적 이상향을
상징한다. 즉 공간적 묘사의 대상인 '紫霞門 近處'는 세속화되지 않은
순수의 세계가 된다. 시인이 '구름 속에 파묻혀 기러기 한백년 살려고'
하는 이상적 공간이 '자하문 근처'인 것이다. 그러나 시적 자아는 "아직
도 청청이 어우러진 수풀이나 바라보며 병을 다스리고 살 수밖엔 없다"
라고 한다. 여기서 '아직도'라는 부사어와 '병'은 많은 의미를 함축한다.
'아직도'라는 부사어의 의미는 부정적 속성을 드러낸다. 이 '아직도'라
는 부사어는 이루어지지 않음을 함의하고, '자연을 바라보며 살 수 밖에
없는 현실'과 '다스릴 수밖에 없는 병'과 연계되면서 시적 자아의 심리
적 고뇌를 대변한다. 결국 1연의 함의는 시적 자아의 욕망이 충족되지

---

8)「紫霞門 近處」는 ≪현대문학≫(1955년 11월호)에 실린 제목 그대로「자하문
　근처」인데, 『김관식시선』(자유세계사, 1956)이나 다른 연구자들이「자하문
　밖」이라는 제목으로 실려 있으나 동일한 작품이다. 이 작품이 자유세계사
　판『金冠植 詩選』에는 그 제목이 '자하문 밖'으로 되어 있다.

않고 거부되는 상황과 그 반응이 병으로 나타나고 있는 것이다.

그런데 이 시의 1연이 현실적 세계의 표현이라면, 2연에서는 시적 자아가 살아온 지난 삶을 비유하고 있다. 2연의 "물항아리에 고여 있다가 바람에 출렁거려 한줄기 가느다란 시냇물"로 묘사되는 시적 자아의 모습은 노자의 '無爲'를 연상케 한다. 그리고 목적도 없고 욕심도 없이 살아온 지난 세월을 성찰하는 시적 자아의 내면을 시로 표현하고 있다.

3연에서 "살오른 실과들의 내음새를 풍기며 한번쯤 싱그러이 익을 수는 없는가?"라는 자문은 시적 자아의 욕망이 자연의 이치처럼 순순히 해결될 수 있기를 갈망하는 표현으로, 욕망이 그대로 지속되고 해소될 수 없음이 역설적으로 강조되고 있다. 다시 말하면 시적 자아의 욕망의 모습은 '살오른', '싱그러이'라는 시어 속에 함축되어 있는데, 풍요함과 생명력으로 넘치는 삶을 시인은 갈망하고 있는 것이다. 그리고 자연스럽고 순리에 따르는 삶의 태도를 시인은 염원한다. 때문에 김관식의 시를 노장적 혹은 동양적이라고 하기도 한다.

4연에서는 시적 자아의 관조적 태도가 심화되어 나타난다. "해질 무렵의 서녘 하늘 언저리"는 시공간이면서 시인의 심리가 묘사되고 있다. 여기서 시적 자아의 심리적 상황은 내면의 성찰과 관조의 태도로 드러난다. 이러한 시인의 태도는 다시 '愁心歌보다 서러운 모습'으로 강조된다. 즉 시인의 내면적 성찰과 관조는 서정성으로 중첩된다. 시적 자아의 서러운 감정은 자아의 삶에 대한 각성과 존재에 대한 물음으로 이어져 초록별에게 감정이입된다. 그리고 이것은 지난 삶의 회고를 드러낸다.

마지막 연에서 삶의 회고는 '나무'와 '촛불'의 삶의 자세를 빌려 현실의 삶을 가다듬게 한다. 시적 자아는 '기러기'의 삶과 자신의 삶을 동일시하는 가운데 현실의 불안정을 암시한다. 결국 이러한 현실에 대한 불안의식은 자연에의 경도로 나타난다.

　　나는 아직도 혼자서는 따로이 일어설 수가 없어 날이면 날마다 틈

만 있으면 수풀사이로 바자회며 걸음을 배우는 것이다. 그러는 사이
에 서로 정이 들어 아주 흉어물없이 아무런 벗이된 모양이다. 이따
금 가다 내가 산에 오를라치면 두 손을 펼쳐든 채 이파리를 혼들고
몹시 히히대며 반가와 하는 폼이 마치 오래오래 두고두고 그리던
사람을 은근히 웃음지어 맞이하는거와 마찬가지로 옷고름을 풀어헤
쳐 마음을 털어놓구 무슨 이야기를 속삭이는 것이지만 슬기가 모자
라서 알아듣지 못할 뿐 별달리 그 밖에 하는 일이란 아무 것도 없다.
다만 저 지저기는 새 소리를 귀여겨 듣고 얽둑얽둑한 바위돌의 생
김새라도 낯에 익힐 다름이다.

— 「산길」 전문

이 시에서 '산'은 시적 화자의 소통의 대상이다. 그리고 '산'은 시적
화자의 벗이요 스승이다. 아직도 세상사에 익숙하지 않은 시적 화자는
'수풀 사이'를 걸으면서 인생을 배운다. 그런데 여기서 시적 화자가 "혼
자서는 따로이 일어설 수가 없어 날이 날마다 틈만 있으면" 산을 찾는
다. 이와 같은 시적 자아의 솔직한 고백은 삶에 대한 고통의 독백이자
관조적 태도의 드러냄이라 할 수 있다. 그리고 이것은 현실에서 오는 고
독과 외로움, 불안의 해소를 위한 노력이기도 하다.

시적 자아가 왜 혼자서는 일어설 수가 없고, 날이면 날마다 산을 찾아
야 하는가, 이것은 시적 자아가 처한 현실적 상황이 부정적이기 때문이
다. 하지만 시적 자아는 "두 손을 펼쳐든 채로 반기는 이파리들, 그리고
은근히 웃음 지어 받기는 것들" 때문에 정신적 위안을 얻는다. 이러한
이유로 시적 자아는 산에 오른다. 시적 자아에게 있어서 '산'과 산에 있
는 모든 자연물은 그대로 위안의 대상인 것이다. 세상에서는 아무도 반
기지 않고 피하기만 하는 시인의 현실, 그리고 마음을 풀어놓고 이야기
할 사람도 없는 현실적 고뇌의 상황이 내재되어 있음을 짐작할 수 있다.
그럴수록 시적 자아가 주체적으로 할 수 있는 유일한 것은 자연과의 대
면이다. 이것이 곧 '산'을 오르는 것이며, 또한 시적 자아에게 있어서 이

상적 삶의 방법인 것이다. 시대에 따라 변하는 인간의 마음과는 달리 언제나 한결같은 모습으로 존재하는 '나무 이파리', 그리고 '새소리' 하물며 '바위돌'들조차도 그에게는 인간 이상의 존재들이다. 이처럼 시적 자아의 자연과의 친숙성은 시인의 최선의 삶의 방식인 것이다. 시인은 자연과의 소통으로 마음의 여유를 갖고 자신의 삶을 살아갈 수 있는 용기를 얻는다. 그러나 또 한편으로 그의 자연과의 친숙성은 현실적 세계에 대한 갈등과 고통의 반응으로 나타나기도 하는 원인이 되기도 한다.

2) 전망의 부재와 욕망의 가열성

시인 김관식은 현실에 대한 갈등을 無化시키기 위하여 자연을 응시하고 자연을 생활 속으로 끌어들이지만, 이와 다르게 시인의 내부에 존재한 감추어진 현실적 욕망을 강렬한 언어적 폭력으로 나타내기도 한다. 그리하여 지금까지 소극적으로 드러내던 욕망의식이 첨예한 현실적 대립으로 표출된다. 여기에서 전망의 상실과 시인의 현실과의 불협화음이 자연과의 위계를 맺으며 표현된다.

「海溢序章」・「痛哭」・「黃土峴에서」・「狂亂의 邂逅」 등에는 시인이 타협할 수 없는 갈등적 상황이 직설적인 언어로 표출된다. 「해일서장」에서는 "헛바늘에 가시 돋혀 거칠은 물결" 혹은 "연자방아 맷돌을 모가지에 매달고 떨어지는 해를 따라 바다에 몸을 던져"라고 표현한다. 여기에서 시적 자아가 드러내는 강렬하고도 저항적인 어조는 에로스적인 것이 아니라 전망 부재에 대한 극복을 위한 의지이며 폭발 직전의 욕망의 상태이다. 이처럼 현실의 부정적 전망에 대항하는 강렬성은 「痛哭」・「黃土峴에서」・「狂亂의 邂逅」 등에서 극명하게 나타난다. '울음'・'광란'・'황토' 등은 척박한 현실의 심상들로써, "목구멍에 타오르는 불길을 뽑아 바닷물이 들끓도록 울어라"와 같은 '울음'은 시인의 현실에 대한 철저한 저항이다. 그리고 시적 자아가 강렬한 충동과 혼돈의 내면을 '울음'으로 표출한다. 시적 자아의 욕망의 좌절은 "바닷물이 들끓도록 우는" 강렬한 소용돌이를 동반하는 '바다의 울음'으로 나타나기도 한다. 이러한 관점에서 시인의 욕망의 좌절과 극한적 상황이 「黃土峴에서」와 「狂亂의 邂逅」 등에 나타나고 있는 것이다.

> 새파란 하늘, 피로 물든 햇무리……
> 미쳐서 지랄났나 울고 가는 구름아
> 짓밟힌 내 청춘의 슬픈 사연이길래
> 언덕배기에 올라 서서 중얼거리다.
>
> —「黃土峴에서」에서

> 하늘을 쳐다보며 웃음 좀 웃고 함부로 침을 뱉어 날궂이하는
> 미친년! 미친년! 미친년을 만나면 머리칼 풀어헤친 미친년을 만나
> 면!
> 풀나무 덥수룩한 숲그늘에서 잎새들이 소곤소곤 소곤거리듯 무어라
> 고 도란도란 도란거리다.
>
> —「狂亂의 邂逅」에서

이 두 시에는 모두 거칠고 투박한 언어적 표현이 공통적으로 드러나는데, 이는 「海溢序章」과도 같다. 이것은 현실의 고단함을 극복하고자 하는 시적 자아의 의지적 표현이면서 동시에 갈등적 상황의 첨예함을 상징한다. 「黃土峴에서」는 젊은 날의 시인의 현실적 갈등과 고통이 환기되고 있다. 요컨대 '黃土峴'은 불모성을 함의하고 있는데, '황토'는 붉은 흙으로 가난과 고통의 상징이고, '현'은 고갯마루로 극복해야하는 현실의 고통을 암시한다. 이것은 젊은 날 시인이 처한 고뇌의 현장이기도 하다. 이러한 현실적 고뇌의 상징은 곧 시인의 내면공간과 일치하여 나타난다. 여기서 한가하고 조용한 자연적 대상인 '하늘'과 '구름'마저도

'피'와 '미쳐버림', '울음' 등으로 표현하는 이유가 바로 여기에 있다. 시적 자아의 심리적 불안과 시대적 반응의 결과가 시어의 강렬성으로 나타나고 있는 것이다. 지금까지 소극적으로 그려지던 시인의 내면 공간이 의식적으로 간결하게 표출되면서 본능적인 야성과 충동성을 띠게 된다. 「狂亂의 邂逅」에서도 시적 자아는 야성적이고 강렬한 표현으로 일관한다. 이러한 같은 특성 때문에 김관식의 시를 "젊은이다운 원색적 감수성의 싱싱함을 담은 정통적 서정시"[9]라고 하는지도 모른다. 「狂亂의 邂逅」에서 "미친년! 미친년!"으로 계속 부르짖는 것은 현실적인 고통의 심도를 반증하며 자신의 존재마저도 회의한다.

「飛鼠」에서도 시적 자아는 자신의 존재성을 불구로 인식한다. 이 불구의식은 현실과 이상의 부조화에서 출발한다. '飛鼠'는 날려고 하지만 날 수 없는 존재다. 현실 속에서 새의 존재로서 가치를 지닐 수 없음이 시적 자아로 표상되는 박쥐가 날려고 해도 날 수 없는 현실의 이중적 고통을 상징한다. 이것은 결국 시인이 현실에서 인정받고 싶어하지만, 현실에서 소외되는 자신의 존재가치를 부정당하는 소외의식을 저항적 자괴감으로 표출하는 것이다. 또한 이것은 부조화된 삶의 양상과 불구의식으로 드러나기도 한다. 말하자면 이 시에서는 시인의 현실적 욕망과 갈등이 해소되지 못한 현실과 자신의 부조화의 모습이 반영되고 있는 것이다.

"날지도 기지도 못하는 不具!/ 그래도 千歲후면/ 몸빛이 銀같이 희어진다는, 너/ 숙명의 새여."라고 스스로를 자탄하는 시적 태도는 끊임없는 욕망의 충동과 자괴로 드러난다. 시적 자아의 강한 어조는 감탄법과 돈호법으로 표현된다. 이러한 문장법은 현실에 대한 부정의식을 작위적으로 드러내는 기호인데, 이것이 '미친년!'이나 '불구!'와 같은 원색적 표현으로 나타난다. 반면에 이와는 다른 양상으로 자신의 이상적인 세계

---

9) 염무웅, 『金冠植詩全集』(창작과 비평사, 1976), 166쪽.

와 현실적 고통의 대립을 드러내는 시가 「다시 광야에서」이다. 여기에
서는 시적 자아가 자아에 대한 회복과 갈등의 해소를 간절히 염원함이
나타난다.

> 그러면 저의 옆에서 가까이 와 주십시오
> 만일이라도…… 만일이라도…….
> 이승 저승 어리중간 아니면 어데든지 당신이 계시지 않을 양이면
>
> 살아 있는 모든 것의 몸뚱어리는
> 암소 황소 쟁기결이 날카론 보습으로
> 갈어헤친 논이랑의 흙덩어리와 같습니다.
>
> 따순 봄날 재양한 햇살 아래
> 눈 비비며 싹터 오르는 갈대순이
> 그렇게 소생하는 힘을 주시옵소서.

—「다시 광야에」 전문

이 시에서 '당신'의 의미는 시적 자아의 정신적 힘의 근원이며, 시인
에게 있어서 절대적 존재다. '당신'은 시적 자아의 삶의 가치와 희망을
부여하는 매개자로 나타난다. 그렇기 때문에 시적 자아는 '당신'을 향하
여 기원하고 호소한다. 이 호소는 '와 주십시오'나 '주십시오'와 같은 표
현으로 소원의 구체성을 드러낸다. 2연에서 "살아 있는 모든 것의 몸뚱
어리"는 "갈어헤친 논이랑의 흙덩어리"로 비유되고 상처받은 마음과 정
신을 결국 상징한다. 또한 시적 자아의 몸은 하잘것없는 흙덩이로 비유
됨으로써, 생명과 존재의 존귀함을 부인한다. 그리하여 시적 자아는 '당
신'에게 생명의 싹터오름, 즉 소생을 기원하게 된다. '당신'은 시적 화자
의 정신적 강인함과 소생의 힘을 줄 수 있는 절대자다. 2연에서 갈망하
는 시적 자아의 모습이 3연의 "따순 봄날 햇살"과 "싹터 오르는 갈대순"

으로 표현된다. 시적 자아의 염원이 자아의 정체성의 확립을 위한 정신
적 안정과 소생의 의지를 부여받고자 함이다. 시적 자아의 의지는 현실
에서의 적응으로 삶의 용기를 되찾는 것으로 나타난다. 그렇기 때문에
'다시'라는 표현을 사용하게 된 것이라 할 수 있다. 그리고 '광야'는 넓
은 벌판이나 자연적 현실로서 광활함과 힘의 터전이다. 시인은 대지적
생명력의 공간인 자연 속에서 인간의 정신적·육체적 재생을 기원한다.

3. 無慾의 세계와 자존의 패러다임

　시인 김관식의 시에는 자기애와 자존의식이 짙게 깔려 있다. 그러나
그의 자존의식은 자연에 대한 사랑과 역사적 인물에 대한 존경 혹은 현
실을 비꼬는 등의 표현으로 우회되어 표출된다. 즉 「舐痔粧」·「송골매」·
「捫腹의 書」 등에는 시적 자아의 현실적 결핍의식이 높은 자존의식과
현실에 대한 배척의식 등으로 나타나기도 한다. 그러나 시인의 자존은
한없는 무욕의 세계로 침잠하기도 한다. 「夢遊桃源圖」·「소부허유전」·
「산중재상」·「峨洋曲」 등에는 시인의 자존의식이 無慾, 즉 현실적 삶에
대한 외면과 정신적 세계의 지향으로 나타난다. 다시 말하면 김관식은
삼국유사에 나오는 효자 '孫順'과 '王祥'의 이야기, '장화홍련전', 석가의
탄생과 최초의 설법에 관련된 이야기, 요임금 때 소부와 허유의 이야기,
자로가 만난 은둔거사의 이야기 등 수많은 고사를 패러프레이즈하고 있
다. 이러한 의도적인 시적 표현은 선인들의 삶을 모방하고자 하는 동양
적 세계관의 표출이며, 시인의 욕망에 대한 전이 현상이다. 사회로부터
소외된 시인은 현실적 삶을 높은 자존의식으로 대체하고 있다. 결국 시
인의 현실에서의 부조화는 그의 시적 세계를 정신적 세계로의 지향으로
몰고 간다. 그렇기 때문에 그의 시에서는 無慾의 정돈된 자연의 세계와

올곧은 정신세계가 시의 중심이 된다. 이것은 일종의 시적 왜곡이다. 현실보다는 과거, 현세보다는 영원의 세계를 우선시하는 경향은 그의 시적 自尊이며 개성적 표현 방식인 것이다.

1) 無慾의 자연관과 자존성

시인 김관식의 시에는 안빈낙도의 정서가 나타난다. 그런데 안빈낙도는 삶에 대한 회한과 함께 병치된다. 현실적 삶에서 느끼는 경제적 궁핍이나 좌절감 등이 안빈낙도로 표현되는 것은 시인의 자존성이 작용한 것이다. 시인의 삶의 궤적에서 줄곧 나타나는 인생의 좌절감과 궁핍은 안빈낙도의 정신적 여유로 대체되나 이러한 양상은 시인의 전도된 자기 승화의 표출인 것이다. 이것은 일종의 시적 전도현상이다. 그는 가난을 부끄러워하지 않고 정신적 자유로움으로 삼았다. 그리고 자신의 삶을 역사적 인물들의 삶과 병치시키면서 그의 시에서 고귀한 정신적 위상으로 드러내고자 하였다. 이러한 가난에 대한 시인의 태도는 곧 자연관과 함께 높은 정신적 승화로 이어진다.

> 날로 끼니마다
> 감자를 삶고 띠뿌리를 씹을망정
> 비알진 이랑이랑 메밀꽃이 허여니
> 모진 흉년만 아니 들면사 설만들 굶어 죽을라디아,
> 草屋 高車 錦衣 玉食을
> 꿈에도 기루어하지를 않아
> 언제나 홀가분한 그 생애에는
> 구하여 얻지 못할 괴로움이 없도소니
> 횅뎅그린 가슴속 영롱한 마음이여.

　　허리 굽신거려
　　제왕의 문턱 절하고 드나들며
　　밑구멍 얇은 지치장들은
　　감히 여기에 들어오지 못하리니
　　시정의 비리내야 절로 멀밖에
　　동구 밖엔
　　두루미 흰똥 깔긴 적갈의 늙은 솔이
　　투굴 제켜쓰고 푸른 수염 떨뜨려
　　갑옷을 입고 파수를 본다.
　　그 위에 연일 두른 구름 한 닢
　　폭포 새로 울어 산은 다시 귀먹었다.

— 「舐痔莊에게」에서

　이 시는 매우 역설적이다. 이 시에서 '지치장'은 역사적 사실에서 온 시어로써, 현실 부정과 대항의 강렬함의 상징이다. 여기에는 속물적인 인간을 거부하는 시인의 의식이 반영되고 있다. 시적 자아는 극도로 세속화된 현실을 경멸하고 거부하면서 시적 자아는 가난함과 가슴 속의 영롱한 마음을 하나로 표현하고 있다. 결국 시적 자아에게 있어서 가난은 부정적 지표가 아니라 가치가 있는 세계를 의미한다. 시적 자아가 "草屋 高車 錦衣 玉食"을 "꿈에도 기루어하지를 않아"로 표현하는 것은 가난을 스스로 자족하는 태도로 보인다. 시적 자아는 가난하지만 "언제나 홀가분한 그 생애"로 살기를 원한다.

　시적 자아는 자신의 가난한 삶을 선비의 맑은 정신으로 표현하고 있다. 2연에서는 자신의 삶과 거리가 있는 사람들에 대한 야유와 함께 현실과의 거리두기로 나타난다. 자신을 "두루미 흰똥 깔긴 적갈의 늙은 솔"로 비유하고 "갑옷을 입고 파수를 보"는 존재로 표현함으로써 현실과 상반되는 위치에 있음을 드러낸다. 이것은 강한 자존성의 표출이며, 시적 자아의 삶의 논리를 강조하는 것이다. 다시 말하면 자신은 탐욕스런 현실을 감시하는 파수꾼이고 자신을 제외한 타자들은 시정에 비린내 나는 무리, 즉 '지치장'으로 대별하고 있는 것이다. 이러한 구분은 자신의 삶에 대한 가치를 부여하기 위함이며 동시에 현실의 가난을 극복하기 위한 정신적 무장인 것이다.

이와 같은 내용의 시편들로는 「饔飧志」·「居山好」·「산중재상」·「撫劍의 書」 등이 있는데, 여기에는 한결같이 가난한 현실과는 다르게 여유로운 정신세계가 표출되고 있다. 즉 권력과 물질 우위의 현실에 대한 부정으로써 내적 풍요를 견지하는 시적 자아가 공통적으로 나타난다. 시인의 당당한 자존심은 어려운 현실과도 타협하지 않고 동요하지 않는 자세가 여러 면에서 표출된다.

「饔飧志」 역시 '아침, 저녁의 끼니'의 뜻으로 가난한 삶을 상징한다. 여기에는 시인의 고고한 정신과 품격이 드러나고 있다. 이 시는 허적(虛寂)과 무욕(無慾)의 경지와 고전에 자주 나오는 단사표음(簞食瓢飮) 같은 선비들의 소박한 생활의 품격[10]을 드러내기도 한다. 이러한 시인의 가난을 즐기는 듯한 정신적 여유는 「居山好. 1」에서도 나타난다. 시적 자아가 "산에 가 살래/ 팥밭을 일궈 곡식도 심구고/ 질그릇이나 구워 먹고……/ 물고기 몇 놈 데리고 오고/ 爵祿도 싫으니 山 에 가 살래"라고 하는 것은 돈과 명예보다는 정신적인 안위를 지향하고 있는 시적 자아의 태도가 투영된 작품인 것이다.

뿐만 아니라 「산중재상」에서도 시적 자아는 같은 의지를 드러낸다. 그러나 여기엔 시적 자아의 정신적 지조가 "햇빛을 좀 비켜서라오!/ 제왕의 배 위에 두다리 들어얹고 잠이나 잘까"로 표현된다. 여기에는 어떤 환경 속에서도 억압되지 않는 정신적 자유로움과 남성적 기상이 내재한다. 정신적 자유로움은 시적 자아의 이상적 삶이고 부동심이다. 시인은 이러한 정신을 강렬한 의지와 자존의식으로, 시대적 고난이나 물질주의

---

10) 조남익, 「박재삼·김관식의 시」(≪현대시학≫ 19호, 1987. 4), 146쪽.

에 맞서 대항하고 있는 것이다.

> 丹田 아래로 丹田 아래로
> 고비고비 고부라진 곱창을 따라
> 깊수욱히 내려가면 거기
> 전나무 썩어진 뿌리 좁은 그저 살았듯이 오랜 歲月 두고 두고 새김
> 질해 놓은 五車書에서 그윽히 풍겨나는 書卷氣
> 옛 내음새 자욱할 따름.

—「抑腹의 書」에서

이 시에도 시인의 정신적 지조가 드러나는데, 이때 시적 자아는 가난을 자신의 품격으로 드러낸다. 즉 시적 자아는 자신의 가난을 고백하면서도 강한 자의식을 드러내고 있는 것이다. 이러한 독서는 곧 시적 자아의 자존을 뒷받침하는 것이다. 시인은 '五車書'·'書卷氣' 등으로 자신의 학식을 과시한다. 그 학식에 대한 과시의 표현은 "전나무 썩어진 뿌리 좁은 그저 살았듯이 오랜 歲月 두고 두고 새김질해 놓은"으로 드러난다. 많은 독서를 통한 학식의 습득을 '전나무 뿌리의 향'으로 표현함으로써 그 가치를 높이고 있다. 이것은 스스로의 존재를 높이는 의식적인 표현이다. 그리고 이러한 자기과시는 "옛 내음새 자욱할 따름"으로 강조되는데, 나르시시즘적인 태도라 할 수 있다. 이 나르시시즘은 향기로 중첩되며 강조된다. 그러나 한편으로 '丹田' 아래로 표현되는 그의 현실, 가난은 바로 '곱창'이라는 속화된 시어로 나타나는데 궁핍의 극한을 의미하면서도 현실의 가치를 무화시키는 것이기도 하다. 결국 가난이 그의 자존을 훼손하지는 못한다.

다음의 시에서 탐욕스러운 현실의 삶을 비난하고 경멸하는 시적 자아의 모습과 자신의 무욕과 안분 자족의 삶에 도치되는 시적 자아의 모습이 드러나고 있다.

나도 오늘은 巢父許由와 같이

慾心없는 나라의 百姓이 되어

흰 무명옷을 정갈히 갈아 입고

목이 마를 때 명감잎을 뜯어 석수(石水)를 한모금 떠서 마시고 農事

짓는 일밖에 아무것도 모르는 淳朴한 太古쩍으로 저만치 썩 물러나

어리석게 살리라

시비없는 세상에서 시비없이 태어나 시비없이 살다가 시비없이 가

는 것이 소원이어니.

—「巢父許由 傳」에서

　이 시에서 표현된 일인칭 화자는 세계의 안정과 화평을 기원한다. 기원의 어조가 여러 곳에 나타난다. 이를테면 '―살리라'나 '―소원이어니' 등과 같은 표현법이 이에 해당한다. 이것은 시적 자아가 추구하는 것이 복잡하고 혼란한 세상이 아닌 새로운 靜謐의 세계임을 단적으로 표현된다. 시인은 '巢父許由'를 이상적 인물로 상정한다. '巢父許由'는 불의의 세계와 스스로를 단절하고 거부하는 인물로 자신의 존재를 표하는 것도 시인의 삶의 방향성과 아울러 시인의 존재 방식에 대한 가치를 매기는 것이기도 하다. 이와 같은 시인의 의지가 "淳朴한 太古쩍으로 저만치 썩 물러나 어리석게 살리라"로 표명된다. 이것은 현실과 거리를 두고 살겠다는 뜻인데, 그 이유는 현실이 너무나 불합리하고 모순의 세계이기 때문인 것이다. '巢父許由'가 듣기가 싫은 혹은 듣지 말아야 할 이야기를 들었을 때 자신의 귀를 씻은 것은 결국 자신의 자존을 지키는 방편이었듯이, 여기의 시적 자아도 역시 自尊적인 삶을 유지하기 위해 현실과의 거리두기를 한다. 즉 시인은 '흰 무명옷'을 입고 '명감잎을 뜯어 석수(石水)를 한모금' 마시며, '농사'를 짓고 '저만치 썩 물러나 어리석게 살고자' 한다. 이것은 결국 시비와 투쟁이 없는 삶을 살고 싶은 시적 자아의 욕망이기도 하다. 그런데 시인은 "시비없이 태어나 시비없이 살다가 시비없이 가는 것이 소원이어니."라고 한다. 여기에는 시인이 처

한 현실의 각박함이 드러나 있다. 그렇기 때문에 시인은 점차 현실을 疎遠한 관계로 유지하려고 하고, 현실과 거리를 둔 옛 선인들의 삶을 그리워한다.

그러므로 그의 시에서 자연은 시적 자아의 주요한 삶의 공간이 되고 현실과의 시간적 거리가 비교적 먼 역사적 사실의 공간이 되기도 한다. 이때 자연은 현실 속의 자연보다 훨씬 가치를 지니는 세계인 것이다. 시인은 현실과의 거리두기로 자연에 대한 사랑과 동양적 사고의 경도로 소외된 자신의 욕망과 마음의 상처를 치유하는 것이다. 그렇기 때문에 김관식의 시는 완전한 노장의 자연세계의 표출과는 다르다. 즉 김관식은 자연적인 세계와 동양적인 정신을 자신의 시 속에서 정신적 상처의 치유와 보상, 그리고 자존을 위한 것으로 형상화한다. 이러한 시인의 태도가 「養生修」에서는 자기 방어를 위한 정신적 승화로 나타나기도 한다.

"우리들은 모름지기 천생 여질의 착한 성품을 무양하게 자라도록 김매고 고수런해 가꾸어 보자.// 철따라 채마에선 아욱이나 명아주의 푸새가 나고 산에는 삽주싹과 수리치도 있길래 풀뿌리를 캐먹고 연명을 하더라도 금심수장을 지녀야 하느니라."에서 '―보자'와 '―하느니라'는 표현은 시인이 추구하고자 하는 자의식이 구체적으로 무엇인지를 드러낸다. "나는 동양인이다. 나는 나대로의 동양의 자연과 생활을 다시 한 번 성찰하지 않으면 안될 운명에 놓여 있다."11)라고 한 시인은 구체적인 자아의 성찰을 형상화하고 있다.

현실에서 물러나 자연을 벗하고자 함은, 앞에서도 말했듯이 시인의 현실의 결핍적 상황을 극복하고자 하는 욕망이 간접화로 나타나고 있는 것이다. 김관식은 현실과의 첨예한 대립을 시로써 완충하였던 것이다.

---

11) 『김관식 시선』의 발문.

2) 정신적 비상과 현실의 화해

　시인 김관식의 삶의 여정을 보면 술은 그에게 주요한 소일거리였고 질병의 원인이었다. 그리고 60년대의 상황은 그로 하여금 술로 세상을 살게 하였고 병마와 가난에 시달리게 된다. 그러나 현실의 고통이 심하면 심할수록 그의 시적 세계는 정신적 세계로 이행한다. 현실과는 다른 방향에서 추구되는 그의 시적 양상은 자연과 죽음의식으로 나타난다. 그리고 자연은 자신의 존재 방식으로 등가화된다. 이때 시에서 현실의 모든 고민은 자연의 세계에서 수용되고 해소된다. 이러한 시적 특성이 「綠野苑」·「夢遊桃源圖」·「이 가을에」·「나의 임종은」 등의 시에서 나타난다. 여기에는 인간의 생로병사가 자유로운 정신의 비상으로 표출된다. 그리고 시의 중심 대상인 자연에 몰입하게 된다. 이 자연에의 몰입은 현실에 대한 모든 미련을 버리고 죽음까지도 수용하는 자세를 보이기도 한다.

　「鹿野苑」에서 시적 화자는 자신의 현실에서의 괴리를 이상적 존재의 행위로 표출하고 있는 셈이다. 자신의 삶의 모습과 어떤 상동성을 찾아보려는 의도가 「鹿野苑」에서 나타나고 있다. 「鹿野苑」은 석가가 제자들에게 설법을 하던 곳이다. 이곳은 시적 모티프로써 김관식의 이상 세계를 대변한다. "바르나시城 가까운 郊外/ 수풀이 鬱蒼한 鹿野苑에서// 풀밭에 즐비하게 聖弟子를 모아놓고 그는 비로소 무거운 입을 열었다/ 남은 微笑들 ─ 連해 있는 그 消滅들이 아직은 이어주는 실오락이 같은 道程 위에 어루만져 볼 무엇이 남아 있습니까"라고 시인은 되묻고 있는데, 이것은 시인의 내적 세계를 탐진이 없는 부처의 세계로 전형화[12]하는 방식을 채택하고 있는 것이다. 이것 또한 시인의 높은 자존의식에서 출

---

12) 전형화는 반영에서 매개의 개념으로 바꾸어 의미를 부여하는 하나의 방식이다[레이몬드 윌리엄스, 이일환 역, 『이념과 문학』(문학과 지성사, 1995), 126쪽 참조].

발한다고 할 수 있다. 시인 김관식은 "나아가 愛憎할 것 없는 位置에서 스스로의 달래움에 기대여 꽃잎 이울 듯 눈감어가는 당신의 그 寂寥한 到着"을 자신의 삶 속으로 끌어들이고 있는 것이다. 시인의 관념적 세계인 "꽃잎 이울 듯 눈감어가는 당신의 그 寂寥한 到着"은 결국 시인의 고독한 삶에 대한 해명이기도 하다.

> 忍冬 넌출에 피는 꽃은 金銀花.
> 차를 대며 마시며 옛글을 보다 말고 고개를 들어 구름 밖에 머언 생각을 달리기도 하다가 무심코 수구리며 陶淵明을 생각는다.
> 나무꾼이 줏어 온 柚子속에서 상산사호(商山四皓)가 바둑을 두더라는 橋中仙人이야 못만난다 하더래도 솔가루 긁어 모아 가리나무 몇 짐이면 훈군한 구둘목에 겨울 나노메라.
>
> 藥草밭 풀을 매다 쉬일 참에는 흰돌을 등에 지고 엇비슷이 기대어 서너盞 菊花酒에 느긋이 醉하여서 환히 핀 꽃 그늘에 눈 잠간 조으는 사이 꿈결을 스처 흐르는 山나븨 한쌍.

—「夢遊桃源圖」에서

「몽유도원도(夢遊桃源圖)」에는 현실과 비현실의 세계가 혼합되어 나타난다. 이러한 현상은 「鹿野苑」에서와 같은 것으로써, 시적 화자의 이상적 세계를 제시하기 위함이다. 이 시의 전반적인 의미가 시의 제목에 나타나 있듯이, '몽유도원도'란 유토피아의 세계를 상징한다. 그의 이상적 세계인 유토피아는 현실에 충실한 것이 아니다. 오히려 현실은 무시되고 초월된다. 시적 화자가 '陶淵明', '橋中仙人'을 생각하는 것도 현실을 중시하지 않음을 드러낸다. 즉 가리나무 몇 짐으로 겨울을 나는 것을 당연한 것으로 인식하는 자세는 결국 현실적인 삶, 욕망을 절제하고자 하는 시인의 의도인 것이다. 시인은 현실적인 욕망의 세계를 극복하기 위한 정신적인 비상을 그리고 있다.

시인 김관식은 그의 시에서 현실과 거리가 먼 사실들을 시의 소재로
채택하여 현실을 외면한다. 바로 이러한 시적 특성을 세인들은 동양적이
고 노장적이라 한다. 궁극적으로 김관식은 세상과의 타협을 하지 않고
세상과 거리를 둔 채로 자기의 세계 안에 있기를 원한다. 그러나 절망적
인 시적 자아의 인식은 유보한 채 선인들의 삶의 방식을 표현의 주체로
삼는다. 결국 이것은 현실의 고통을 극복하기 위한 자신의 노력의 방법
이다. 일상적 자아를 넘어서서 추구되는 몽상적인 주체의식은 "꿈결을
스쳐 흐르는 山나비 한쌍"으로 구체화된다. 이때 '산 나비 한쌍'은 유토
피아의 세계를 환상적인 기법으로 그려낸 것이다. 시인은 현실과의 거리,
즉 실현될 수 없는 시인의 현실적 욕망을 정신적 비상으로 실현한다.

「游鯤의 書」에서도 시적 자아의 정신적 비상이 드러나고 있다. "鵬翔
雲表!/ 단숨에 九萬里를 날아 오르라./ 나 홀로 운전하여 오늘은 南溟/ 天
池로 간다."라는 시적 자아의 고백은 이상의 세계로의 이행을 드러낸다.
이러한 일련의 시들은 현실의 갈등마저도 수용하고자 하는 시인의 의식
적 반영이며, 욕망을 정신적으로 극복하고자 하는 자의식이 투영된 것
이다.

이와 같은 시인의 높은 기개와 절의는 인생을 '귀양살이'와 '행려'로
묘사하여 인생의 고달픔을 벗어나고자 하는 이상의 표현으로 볼 수 있
다. 그리고 그는 자신의 삶을 "팍팍한 가슴앓이로 못견디게 쓰라린 가시
밭길에 내 이냥 한평생을 귀양살이 왔거니"(「귀양가는 길」)라고도 하고,
"한무리 흰 구름에 행려와도 같아라"(「여정집, Ⅰ. 백운대에서」)의 행려
에 비유하기도 한다. 이것은 고달픈 세상을 떠나고 싶은 시인의 이상이
며, 동시에 시인의 정신적 해방감의 표현이기도 하다. 그러나 시인은 구
속적인 현실과 삶의 고통이나 억압을 '죽음의식'으로 극복하고 있음을
드러내고 있다. 「나의 임종은」에 오면 시적 화자의 죽음이 영원으로의
귀환과 자유로운 비상으로 대체되고 있음이 나타난다. 시인은 자신의
'臨終'을 "그동안 신세 끼친 旅宿을 떠나// 永遠한 本宅으로 돌아가는

길"이라 하고, "한잠 자고 난/ 겨울 아침에/ 豫告도 없이 별안간 조촐디
조촐한 흰옷 입고/ 즐거운 눈발인 양 飄飄히 내 이승에 다시 날아올는지
도 모르는 일"이라고도 한다. 여기서 우리는 시인이 인식하는 죽음이 고
통과 절망의 현상이 아닌 자유로운 정신적 비상으로 비유하고 있음을
알 수 있다. 또한 김관식은 이 시에서 죽음에 임하는 시적 자아의 태도
를 "가장 소중한 손님을 맞이하듯", "즐겨 마중하고", "비인 房에 호올로
누워 千古의 秘密을 그윽히 맛보니"라고 노래한다. 이것 역시도 '죽음'
이 일상적 비애의 의미가 아니며, 자아의 욕망의 실현임을 의미한다. 즉
시인에게 '죽음'의 의미가 고통과 억압의 고리를 풀어내는 의미 있는 과
정인 것이다.

　이러한 시인의 죽음의식이 가장 아름답게 승화되고 있는 시가 바로
「이 가을에」이다. 시인은 자신의 이승에서의 삶을 벗어나 "가랑잎 솔솔
내리는/ 이끼 낀 숲길/ 영각소릴 쩔렁쩔렁 울리며/ 어디로든지/ 떠나고
싶다" 라고 고백한다. 시인에게 죽음은 결국 자유로움이며 자신이 지향
하는 정신적 세계의 활로요 순수의 지향이다. 그의 말대로 그의 시는
'利'를 벗어나 '質朴한 원시', 그 순수의 세계를 쫓는 일련의 도정인 것
이다.

4. 결 론

　지금까지 시인 김관식의 시력을 따라 시적 특성을 살펴보았다. 그의
시에는 현실적 고뇌와 강한 자존의식의 대립이 기저에 깔려 있다. 이러
한 대립은 대체로 강한 어조의 거부와 반항으로 나타나기도 하지만 타
락한 세상과의 거리두기로 일관한다. 또한 세상과의 거리두기는 자연과
의 환유를 통하여 시적 자아의 호방함과 여유로 드러난다. 이것은 시인

의 삶의 자세이며 현실에 대한 응전의 방법인 동시에 시적 특성이라 할 수 있다.

시인 김관식은 생래적으로 동양적 자연관에 깊이 물들어 있었으며, 남다른 한학적 소양으로 시인의 현실적 갈등과 가난, 질병 등을 자연과의 조화로 표출하는 특성을 지니기도 한다. 그의 현실적 좌절이나 고통이 자존의식으로 나타나는 것도 이러한 시인의 의식에 영향을 입은 것이다. 그의 시에는 세계와의 화해, 자연과 자아의 일체화, 그리고 불화보다는 安慰를 지향하는 그의 특성이 드러난다.

시인의 자연과 자아의 일체 혹은 교감의 현상은 고사의 引喩와 선인들의 삶으로 드러내고 있으나, 결국 이것은 현실보다는 정신적 세계를 우위에 두고자 함이다. 그리고 시인의 시적 목표가 현실에 있지 않고 순수한 정신적 세계에 있음을 강조하는 것이다. 그의 시적 특성은 현실에서의 결핍과 이상의 부조화까지도 자연의 모습으로 대체하면서 그 부조화를 극복하고 있다는 점이다. 자연이 지닌 서정성과 아울러 안빈자족하는 고요한 정적 세계는 그대로 그의 시적 이상인 것이다. 시인 김관식은 현실의 고통과 소외의식을 강한 강한 자존성으로 인하여 정신적 安慰로 드러낸다. 이것은 자신의 존재를 확인하고 지키려는 일종의 방어책이기도 하다. 그렇기 때문에 그의 시적 특성이 단순한 자연지향, 동양적 세계관의 표출이 아니라 자신의 존재에 대한 확인, 그리고 이를 지키려는 올곧은 자존성이라 할 수 있다.

시인 김관식이 1950년대 당시의 시류와는 다른 개성적인 시적 세계를 이룩할 수 있었던 것도 이러한 정신세계의 지킴에 있었던 것이다. 그는 자연을 외경으로 굴절없이 바라보는 여유를 드러내기도 하고, 자연을 자신의 내면을 투시하는 내경으로 표출하여, 세계와 자아의 대립을 화합과 소통으로 이끌기도 하였다. 이러한 시인의 특성은 시작 전반에 줄곧 나타나는데, 이것은 자연을 하나의 축으로 자아의 세계를 넘나드는 상호보완의 작용을 하기도 한다.

시인 김관식은 이상과 현실의 괴리를 자신의 시로써 간극을 메우고자 노력하였다. 그의 시에서는 이상과 현실의 간극이 크면 클수록 현실에서 멀어지는 이상적 공간 즉 자연의 몰입으로 나타났으며, 이러한 자연에의 몰입은 「효자전」·「홍연이에게」·「소부허유전」 등 한시풍과 삼국유사에 나오는 이야기들의 인유로 나타나기도 한다. 이런 것들은 시인의 이상을 간접적으로 드러내는 것이고, 시인의 경제적 수난과 고통의 삶이 그의 시에서 왜곡되고 우회되어 나타나는 것이라 할 수 있다. 자연을 자연으로만 바라보지 않고 삶의 내면으로 바라보는 태도가 이러한 시적 양식으로 표현된 것이라 할 수 있다. 이러한 시적 특성은 자연의 순수성에 힘입은 것이다.

한마디로 시인 김관식은 현실적 갈등을 극복하지 못하고 37세로 요절하였지만, 1950년대 다른 유파적 특색에 물들지 않고 고고한 정신적 세계를 유지할 수 있었던 것도, 그의 자연을 중심으로 한 정신적 해방감과 자유로움의 표출로써 시적 세계를 확장해 갔기 때문이다. 그러므로 그는 해방 후 산업화와 민주화의 과정에서도 순수한 정신세계를 고수하고 가난 속에서도 높은 자존의식으로 버틸 수 있었던 것이다. 시인 김관식은 현실의 소용돌이 속에 함몰되지 않고 자존을 지킨 올곧은 개성적인 시인이라 할 수 있다.

自省과 自問의 시학
— 허영자론

1. 서 론

해방 후 우리 문단은 순수와 참여의 논의가 서로 양립하면서 발전을 거듭하여 왔다. 1950년대가 인간의 실존을 위한 갈등이 첨예하게 대립되는 현상을 문학에 반영한 시기라면, 1960년대는 우리 사회의 빈부 갈등이 문학의 중심 테마로 자리했던 시기다. 그리고 1970년대는 1960년대의 사회적 갈등의 골이 더욱 깊어진 시대로, 문학에서 사회의 현상이 거칠게 표출되는 경향을 보였다. 그러나 허영자는 이와 반대편에 서서 시대의 주류와 거리가 있는 서정시를 쓴 시인이었다. 그리고 그는 1970년대의 참여적 성격을 시로 표현하기보다는 자신의 내면을 바라보면서 인간의 깊은 통찰과 반성적 자세를 표현하고자 노력하였다.

문학이 사회를 떠나 존재할 수 없다고 해서 시인이 사회를 그대로 반영할 의무는 없는 것처럼, 시인은 나름의 개성적인 자세로 문학을 표현할 따름이다. 더욱이 시인 허영자는 1960년대 등단하여 지금까지 꾸준히 창작을 하고 있지만, 현실적인 사회 문제를 시적 주제로 다루지 않는다. 이러한 경향은 동시대의 시인과의 변별점이 되기도 하지만 부정적 평가의 원인이 되기도 한다. 시인 허영자에 대한 고은의 평[1]은 이런 관점에서 나온 결과로 보인다. 하지만 1977년 김현을 필두로 1980년대는 신동욱, 그리고 전 시집에 나와 있는 그에 관한 대부분의 논의는 긍정적이다.[2] 그 이유는 시인 허영자의 시가 전통적 서정시이기는 하지만 한국 여류시가 갖는 센티멘탈리즘을 극복하는 정서적 긴장을 가지고 있기 때문이라는 지적[3]이다. 또한 허영자의 시가 "명확하고 강렬한 인상을 주는 것은 형식적으로는 주로 그의 대담한 이미지와 간결한 구문 탄력적인 시어 때문이지만 한편으로는 그의 시가 단순한 정서의 표출에 그치지 않고 영혼의 깊은 곳으로부터의 울림을 느끼게 하기 때문"[4]이라는 지적이다.

허영자의 초기시는 주관적인 서정성이 강하다. 하지만 1970년대를 기점으로 차츰 인간 본연의 자세와 삶을 보다 크게 바라보려는 노력이 나타나고 있다. 이것은 自省을 통한 삶의 究竟을 바라보고자 하는 노력이며, 이 노력은 사물에 대한 예리한 직관으로 대응되어 표출되고 있다.

문학이 自我와 外界와의 상호 작용인 意識의 表現[5]이라면, 시 역시 그러한 일면이 있다고 하더라도 의식의 표출이 작가의 한 시기와 특정한 시집에 편중되어 있다고 할 수는 없다. 그러나 한 시인의 시적 본령이 세워지는 시점은 분명히 있는 법인데, 허영자의 시적 본령이 세워지는 시기를 가늠해 본다면 아마 1970년대라 할 수 있을 것이다. 말하자면 1960년대 등단 시기에서 한발 나아가 시적 표현의 성숙과 의식의 전환

---

1) 고은, 「言語의 上限線」(『문학과지성』 2권 4호, 1971. 11).
2) 김 현, 「감상과 극기」, 『한국여류문학전집6』(신세계사, 1977), 331~339쪽.
   신동욱, 「사랑과 기다림의 뜻」(《현대문학》, 26권2호, 1980), 346~358쪽.
   김현자, 「한국 여성시의 계보」(《현대시》, 1992. 2), 83쪽.
   정영자, 『한국여성시인연구』(평민사, 1996), 225~239쪽.
   허영자, 『허영자 全詩集』(도서출판 마을, 1998), 377~599쪽.
3) 김 현, 앞의 책, 331쪽.
4) 김종길, 「허영자 시의 특질」, 『허영자 전시집』, 395쪽.
5) S.N. Lawall, *Critics of Consciousness*, Cambridge, Mssnchnsets. Harvard Univ.

이 1970년대에 이루어지기 시작하면서, 그는 끊임없이 시적 변천의 노력을 하고 있다.

우선 허영자의 시작과정을 살펴보면, 먼저 1961~62년에 걸쳐서 ≪현대문학≫지에서 박목월에 의해 추천을 받아 시단에 등단했는데, 마지막 추천을 받은 시가 1962년 4월의 「사모곡」이다.6) 그 후에 시작을 계속하여 1998년 전집이 상재되기까지 7권의 시집을 출간한다. 그의 전시집7)은 지금까지의 시집 1966년의 『가슴엔듯 눈엔듯』, 1971년의 『親展』, 1977년의 『어여쁨이야 어찌 꽃뿐이랴』, 1984년의 『빈 들판을 걸어가며』, 1987년의 『조용한 슬픔』, 1995년의 『기타를 치는 집시의 노래』, 1997년의 『목마른 꿈으로써』 등을 합쳐서 엮은 것이다. 이 시집을 중심으로 그의 시 세계의 특성을 분류하면 세 가지로 요약할 수 있는데, 첫 번째가 사랑과 지성의 대립, 두 번째가 자기 성찰과 고독의 극복, 그리고 세 번째가 자기 승화와 세계와의 화해의 단계이다.

시인 허영자 자신의 말처럼 1960년대 그의 첫 시집은 "시인의 나이 20대로서 개인적 감성에 충실한 나머지 개인적 신앙성, 정신지향성이 많이 노출된"8) 것이라면, 그 후 1970년대 이후의 시집은 시인의 체험이 여러 단층으로 쌓여지기 시작하면서 시인의 독특한 의식과 언어표출이 정돈되어 있으며, 그 후에 나온 시집에서는 더 치밀한 언어의 절제와 자기 승화를 위한 세계와의 화해를 모색하고 있음을 발견할 수 있다.

본고는 지금까지 7권의 시집을 시적 특성에 따라 세 단계로 유형화하여 시의 주제의식의 변이 과정을 살피고자 한다. 제1시집·제2시집·제3시집을 1단계로, 그 다음 단계로 제4시집과 제5시집을, 그리고 마지막 세번째 단계로 제6시집과 7시집을 묶어 시적 특성을 고찰하고자 한다.

---

6) 지금까지의 자료에는 추천 완료를 1962년 2월 ≪현대문학≫으로 보고 있으나, 필자가 확인한 결과, 마지막 추천 완료 작품인 「사모곡」은 1962년 4월호에 실려 있음이 밝혀졌다.

7) 허영자, 『허영자 全詩集』(마을, 1998).

8) 허영자, 「나의 문학 나의 시」(≪문학예술≫2월호, 1992), 31쪽.

물론 각 시집마다 특성이 있지만, 앞에서 언급한 것처럼 주제의식이 동일선상에 놓이는 시집을 중심으로 이렇게 분류해 볼 수 있다. 이것은 시인의 전시집을 통시적인 관점에서 고찰하여 그의 시적 특성을 유추해 보고자 하는 의도에서 비롯된 것이다. 아직도 허영자의 시텍스트들은 가변성이 있어 이 분류가 완벽한 것은 아닐지라도, 전시집의 시편들을 고착된 텍스트로 볼 때 가능한 것이다.

2. 사랑과 지성의 대립

인간의 삶에 있어서 사랑은 절대적 가치를 지니는 것으로 언제나 항상 갈망하고 추구하는 것이기도 하다. 과거 여성작가들에 의하여 다루어지는 사랑은 불안과 소외, 그리고 잃어버린 사랑에 대한 슬픔, 그리고 사랑의 상실에 대한 위기의식이 주조였다면, 1950년대 이후 인간의 보편적인 삶에 대한 자각과 더불어 점차 여성작가의 의식도 변하게 되어 사랑은 인간의 존재의식이나 사회제도에 대한 도전의식으로 변하기 시작한다.

1960~70년대에는 인간의 보편적 삶이 유린당하는 한국의 사회적 모순에 반발하여 많은 여성작가들이 현실의 고통을 타파하고자 노력하게 되었다. 따라서 여성작가의 시에도 민중의식이 팽배하게 표출된다. 그러나 시인 허영자는 이러한 사회적 갈등을 직설적으로 시에 수용하지는 않는다. 다만 그의 언급대로 범신론적 사유가 작용하여 가장 순수한 정신세계를 표방하려고 노력하였다. 순수 서정의 표출을 현실에서 한발 물러난 현실대응으로 본다면, 그의 이러한 시적 태도는 문학적 지향점이 되는 것이다.

다음의 글에서 우리는 시인의 정신적 지향점이 어디에 있으며 시적 현실이 어디에 초점을 두고 있는지 간파할 수 있다.

<blockquote>

사람은 결코 완전하거나 절대적이거나 영원한 존재는 아니기 때문
이다. 불완전하며 미흡하며 유한한 존재로서의 대상에 대한 깊은 이
해와 공명(共鳴)이 사랑인 것이라고 나는 또 말하겠다.
사랑은 쾌락의 추구가 아니요, 사랑은 추상 관념에의 경도(傾倒)나
도취가 아니다. 때문에 대상과 자신을 직시(直視)하는 정직성이 요
구되며 그로 인한 무한한 아픔을 감내하지 않으면 안 된다.[9]

</blockquote>

위의 언급을 보면 허영자는 시의 중심이 대상에 대한 깊은 사랑으로
부터 비롯되고 있음과 무엇보다도 사물의 정직성을 모색하는 데 주력하
고 있음을 알 수 있다. 이것은 삶의 정직성을 시적 현실로 보는 것에서
기인하는 것이고, 냉혹하고 비정한 현실의 극복과 아울러 여성으로서
가장 깊은 치부와 상처를 그대로 고백하고 드러내는 것이다. 즉 시에 표
현되는 사랑은 세속적 사랑과 자연의 참다움, 그리고 아름다움을 대비
시켜 얻을 수 있는 큰 사랑의 모습이다. 다시 말하면 시인은 사랑에 대
한 육감적인 표현을 자연의 순수한 모습으로 감싸안음으로써 시적 긴장
을 얻는다. 육감적인 것과 정신적인 것의 대립적 양상은 더 큰 사랑으로
추구되는 과정으로, 허영자의 시가 '육체와 정신의 변성의 드라마'[10]로
불리는 이유가 되기도 한다. 이러한 시적 표현이 드러나는 시편들로 「睡
蓮을 보며」·「꽃밭의 소묘」·「잡초」·「복숭아」 등이 있는데, 그 가운데
몇 편을 살펴보기로 한다.

불길 속에
머리칼 풀면
사내를 호리는

---

9) 허영자, 『내 작은 사랑은』(예전사, 1986), 172쪽.
10) 허영자, 위의 책, 397쪽.

야차같은 계집

그 불길 다스려 다스려
슬프도록 소슬한 몸은
현신하옵신 관음보살님
———— 이조 항아리

—「白磁」 전문

꽃아

井華水에 씻은 몸
새벽마다
참선하는

미끈대는 검은 欲情

그 어둠을 찢는
처절한 미소로다.

꽃아
연꽃아.

—「蓮」 전문

위의 시는 랜섬의 즉물시에 해당하는 공통점을 지니고 있으면서 ‘교
묘하게 선택된 언어의 구조’11)로 관념을 표현하고 있다. 절제된 시어나
형식은 시의 깊이나 유연한 흐름에 방해가 되기도 하지만, 위의 시는 간
결한 형식으로 시인의 시적 욕망, 즉 “많은 뜻을 적은 말에 담고 싶은”
염원을 잘 표현하고 있다.

---

11) 유리 로트만, 『예술텍스트의 구조』(고려원, 1991), 27쪽.

위의 시 중에서 「白磁」는 두 연으로 구분되어 있지만, 모두 시적 대상의 모습과 시적 자아의 의식이 이중으로 겹쳐져 있다. 즉 표상적인 것과 내면적인 심상을 대립시키면서도 조화를 이루어 시적 대상의 아름다움을 극화시키고 있는 것이다. 이러한 표현의 바탕에는 대립적 심상의 배치가 자리하고 있음을 발견할 수 있다.

「白磁」에서 '사내'가 '계집'과 대립된다면 '불길'과 '이조 항아리'도 서로 대립적 관계가 성립된다. 그러나 여기에는 단순한 대립이 아니라 '이조 항아리'와 관음보살님을 등가화하기 위한 매개적 대상이 필요하다. 이 매개적인 것이 바로 '불길'이다. '불길'은 부정적 의미로 정염이 되기도 하지만 필요한 열정이다. 그러니까 치솟는 불길은 정염이 되지만, 곱게 다스려 안으로 삭히는 '불길'은 흙을 구워내는 귀중한 열정이 되는 것이다. '불길'은 단순한 여인의 정염이 되기도 하고 흙을 구워 '이조 항아리'가 되게 하는 귀중한 노력이 되기도 한다. 즉 이 '불길'은 시에서 이중적 의미를 갖는 상승의 효과를 지닌 시어다. 같은 구조적 의미로 보면, 1연의 "머리칼 풀면"이라는 표현은 단순히 여성의 긴 머리칼만을 표현한 것은 아니다. 항아리를 구워내는 가마 속의 높은 '불길'을 이렇게 '부차적 의미작용'12)을 하게 하는 비유는 허영자의 차고 매서운 직관이며, 그의 시적 표현의 우수성이다.

그리고 '이조의 백자'의 푸른 빛을 이 시의 배면에 숨겨진 육체와 영혼의 갈등으로, 또 에로스적인 것과 지적인 것의 적절한 배합으로 표현하는 시적 묘미를 읽을 수 있다.

이와 같은 의미로 해석될 수 있는 부분이 여러 시에서 나타난다. 특히 「복숭아」의 "바라다만 봐도/ 문드러지는 살// 어스럼 달빛 고요히/ 비껴가는 살// 至純無垢한/ 聖處女의 살"처럼 자연물의 아름다움을 여성의 곱고 아름다운 살갗에 비유한 것도 서정성에 육감적인 표현의 교합이

---

12) connotation의 역어. denotation과 대립되는 개념. 사전적 의미 외에 주관적 의미(작용), 혹은 문맥에 따라 변화될 수 있는 의미.

이루어진 것이다. 같은 논리적 해석이 가능한 시가 바로 「蓮」이다. 여기에서도 시인은 사물을 의인화하면서 고통과 갈등, 그리고 아름다움을 서로 동질적 요소로 치환하고 있다. 이 표현 과정은 사물을 응시하되 그 아름다움이 있기까지의 질곡을 드러내는 것이다.

이 「蓮」을 자세히 살펴보면 구조적 대응이 치밀함을 발견할 수 있다. 즉 1연과 5연이 수미상관이 되면서 3연을 중심으로 다시 2연과 4연이 대칭이 되는 이중의 수미상관 형식을 취하고 있다. 시인 허영자는 이처럼 시적 형식도 언어사용 못지 않게 중요하게 여기는 특성을 지닌다. 이러한 특성은 서정시로서의 의미적 강조를 위한 시도라 할 수 있다.

본래의 서정시는 내용과 형식이 하나의 율격으로 통합되는 성격이 있듯이, 그의 시는 형식과 내용 면에서도 전통적 서정성이 깃들여 있다. 그리고 「蓮」의 마지막 연에서 '꽃아', '연꽃아'라고 두 번 세 번 호격의 표현을 사용한 것도 일종의 강조다. 이 돈호법의 사용은 '꽃'이 자연물의 하나로만 보지 않고 그의 생성 과정이 인간의 내면적인 자기 수양과 갈등의 모습을 닮고 있음을 의미한다. 이 꽃의 생성과정은 3연에서 드러나는데, 3연의 '미끈대는 검은 欲情'이 연꽃이 몸담고 있는 현실, 즉 고통과 자기 번민에 쌓인 모습을 더러운 연못에 비유하고 있다면, '井華水에 씻은 몸'은 고통의 현실을 감내하기 위한 자기 노력과 시적 대상에 대한 무한한 경의와 찬사의 표현이다. 참선과 기도, 처절한 노력으로 핀한 떨기 꽃이 바로 이 몸이며, 연꽃인 것이다. 여기서 연꽃은 聖과 俗, 靈과 肉의 이분법적 관계를 하나의 경지로 상징한다. 또한 '연꽃'의 상징성은 시인의 시학이 스스로의 달램과 반성에 있음을 간접적으로 드러내는 것이기도 하다. 더 나아가 자연의 세계를 보면서 시인의 현실과 이상을 조화시키고자 하는 갈등을 엿볼 수 있다.

허영자의 이러한 시적 욕망의 갈등은 시에서 전통적 감성을 바탕으로 하여 사물의 이면을 시적 표출의 중심으로 삼는다. 그리하여 시적 서정성과 함께 의미의 중의성이 획득되고 표현이 날카롭고 섬세해진다. 지

금까지의 시에서 시인의 내적인 열정이 지극히 제한되고 정돈된 상태로
표출되고 있다면, 「落花」·「親展」·「떡살」 등의 시에서는 보다 솔직하
고 진솔한 시인의 고백을 감지할 수 있다.

　　그 이름을
　　살 속에 새긴다
　　暗靑의 文身

　　不可思議의 윤회를 거쳐
　　마침내
　　내 영혼이 고개 숙이는 밤이여

　　무거운 운명이여

　　절망의 눈비
　　懷疑의 미친 바람도
　　숨죽여 坐禪하는 고요

　　「사랑합니다」

　　참으로 큰
　　슬픔일지라도
　　어리석은 꿈일지라도

　　살 속에
　　그 이름 새기며
　　이 봄밤
　　눈 떠 새운다.

―「親展」 전문

이 시는 제2시집의 대표시로 시작 중심은 사랑의 각인이다. 사랑의 각인, 즉 문신을 새기는 것은 사랑에 대한 깊은 고뇌의 흔적이다. 그리고 이러한 사랑의 되새김은 원망과 불안에서 출발하는 것이라기보다는 시적 자아의 내면적 고통의 수용적 자세다. 고독과 인내를 상징으로 표현된 "暗靑의 文身"은 오히려 자신의 꺼지지 않는 사랑의 염원을 고요한 참선의 경지로 심화시키고 있다. 이것은 의미의 심화, 고독의 내면화이며, 이러한 시적 자아의 정체성을 찾는 과정이 허영자의 시에서는 수미상관의 형식적 특성으로 나타난다.

이 시에서 형식적 반복은 1연과 7연의 반복뿐만 아니라 4연을 대칭으로, 2연과 6연, 그리고 3연과 5연이 서로 중첩되고 있다. 이 반복적인 연의 중첩 구조는 한층 고조된 의미의 강조다. 이 강조는 다름 아닌 시적 자아의 심리적 인식의 전환을 위한 구도적 태도의 강조로써, 소극적인 시적 자아의 태도와는 다르다. 이 시의 4연 "절망의 눈비/ 懷疑에 미친 바람/ 숨죽여 坐禪하는/ 고요"는 시적 배경으로 동적인 것과 비동적인 것의 대비가 표현되고 있다. 여기서 '눈비'와 '바람', '고요'가 외부적이고 동적인 것이라면, '절망'과 '회의', '좌선'은 내부적이고 비동적인 것이다. 이 두 세계의 대비는 밤의 공간에서 더울 첨예한 대립이 이루어진다. 여기서 '밤'은 회의와 절망을 더욱 부추기는 공간이면서 시적 자아로 하여금 더욱 내면을 응시하도록 하는 정지된 시공이다. 이 시공에서 시적 자아는 더욱 솔직한 고백을 하게 된다. 그리하여 무겁게만 느껴지던 운명을 사랑의 속박을 진실한 사랑으로 수용하게 된다. 그리고 '영혼이 고개 숙인 밤'이, '회환에 미친 바람'이 부는 밤이 自省의 공간이 될 수 있으며, "참으로 큰 슬픔일지라도 어리석은 꿈일지라도" 사랑할 수 있다는 자기 고백을 하게 되는 것이다.

이 시에서 '밤'의 의미는 부정적 의미가 아닌 긍정적 의미로 해석되며, '밤'이 되풀이되는 시공의 의미가 시적 자아의 '불가사의한 윤회'를 인정하게 하는 요인이 되는 것이다. 그리하여 시적 자아의 고통의 근원인 '무거운 운명'이 '사랑의 고백'으로 연결되는 것이다. 이 고백은 시적 자아의 카타르시스를 위한 행위, 즉 '문신을 새기는 일'을 계속하면서 시적 자아는 솔직해지고, 운명을 수용하고 있음을 보여주고 있다.

마지막 연의 무겁고 어둠의 고통인 '눈떠 새우는' 자학적인 행위는 아직도 온전히 정화되지 않은 열정의 탓이기는 하지만, 이 열정의 고통을 잠재우는 시적 자아의 극기적인 태도인 것이다. 달리 말하면 이것은 고독의 내면화이며, 시적 자아 정체성을 위한 시련인 것이다. 이와 같은 표현의 시로는 제2시집의 「떡살」에서 찾아볼 수 있다.

"사랑의 文樣 찍고 싶다/ ……땅 속에 묻혀서도/ 썩지 않을/ 저승에 가서도/ 지워지지 않을"이라고 한 것은 위와 같은 표현 방식으로 노래하고 있음을 알 수 있다. 여기서 시인의 사랑의 천착은 참인간으로 살아가는 추구의 목적이면서 자아를 극복하는 길임을 암시하는 것이다. 시인의 사물을 특성으로 자신의 내면을 표현하는 지극히 경계적인 태도는 점차적으로 시와 자신을 분리할 수 없는 이미지들로 나타나고 있다.

3. 自我省察과 고독의식의 극복

시인 허영자를 가두고 옭아매는 것은 다름 아닌 자의식의 문제이다. 이 의식은 어려서 경험한 아버지의 작은댁의 관계, 어머니가 겪게 되는 고통 등이 한국적 서정과 맞물려 여성에 대한 선험적 가치관으로 작용하게 된다. 물론 시인의 경험은 시에서 그 이상의 가치와 깊이로 작용한다. 시인의 유년의 경험은 피할 수 없는 시적 모티프가 되어 변용되면서 시에 수용된다. 그러나 시인은 지난날의 경험적 사실을 시적 모티프로 사용하고 있어도 과거사에 대한 공격성이 원망보다는 생에 대한 연민, 그리고 소박한 고백으로 드러난다. 시인의 내성적인 성격은 그대로 사물의 내면을 중시하고 있음을 볼 수 있다.

시에 있어서 시인의 자기 반영적 사물이 존재한다. 이때 시인의 반영적 사물은 시인의 내면적인 치열성을 여과하면서도 시인의 정신을 흡수하기 마련이다. 허영자의 시에서 반영적 사물로 나타나는 자연은 인간의 사랑과 이별의 변용, 즉 인간의 정신적 성숙으로 드러난다. 사랑이한 단호한 선택이라면 이별 또한 준엄한 결단이라고 한 그의 말대로, 시인은 사랑과 이별의 관계를 이분법적 사고로 인식하지 않고, 스스로의 반성적 태도로 사물을 바라보게 하는 내면의 힘으로 인지한다. 이와 같은 성찰의 자세로 그려진 시들로는 「감」·「바람 부는 날」·「긴 봄날」·「봄날」·「가을」 등이 있다.

> 이 맑은 가을햇살 속에선
> 나도 어쩔 수 없다
> 그냥 나이 먹고 철이 들 수밖에는
>
> 젊은 날
> 뜨겁고 비리던 내 피도
> 저 붉은 단감으로 익을 수밖에는 —

—「감」 전문

위의 「감」은 매우 단조로운 형식의 시로, 시적 자아가 '감'이라는 시적 대상에 삶의 방법과 태도를 대위시키면서 관조와 너그러움을 터득하고 있음을 보여주고 있다. 젊은 날의 격정은 세월의 흐름에 따라 성숙해질 수밖에 없음을 드러낸다. 시적 자아의 체념에 가까운 고백, "나도 어쩔 수 없다"는 자연의 거역할 수 없는 섭리를 긍정하는 것이다. '푸른 감'이 젊은 날 인생의 단면이라면 가을철 '붉게 물든 감'은 방황과 어둠의 터널을 거쳐 다시 태어난 삶의 모습이다. 이것은 세월의 흐름에 따라 변모하는 시적 자아의 수용적 태도이며, 시인이 어느 정도의 객관적 거리를 갖고 바라보게 되는 삶이고 인생이다. 또한 자연의 시간에 의해 터득되는 힘이다.

그리고 허영자의 초기시에서 '젊은 날의 떫고 비리던 삶'의 흔들리는 불안과 생의 고독에 찬 이미지가 원숙한 이미지로 전위되는 것이 「落花書信」에 나타난다.

「落花書信」은 불안의식이 안정을 찾으면서 보이지 않는 이면적인 삶의 가치를 인식하고 있음을 보여주는 시다.

> 인간이
> 나래찢긴 山 새인냥
> 서러운 시절에
>
> 오로지 그 한 이름을 불러
> 높이 피운 보람의 송이송이
>
> 나
> 돌아감을 용서하소서
>
> 덧없는 세상에
> 永遠을 사는 목숨은 없고
> 永遠을 가는 맹세도 없습니다
>
> 구름이 퍼붓는 소내기듯이
> 꼭 한 번만을
> 마음껏 섬기옵고
> 활활 목숨 불사르옵고
>
> 흙으로 무너지는 주검
> 이 황홀한 영광을

神이여
賀禮하소서

—「落花書信」 전문

　여기서 1연의 "인간이/ 나래 찢긴 산새인양 서러운 시절"이란 새가 날개를 찢기우면 날지 못하듯 인간이 생명의 한계를 인지하는 순간이며, 늙고 병든 육신을 의미한다. 이때에는 누구나 신의 존재를 자각하고 의지하고자 한다. 그 신에게 의지하고픈 심정이 2연에 "그 한 이름을 불러"로 표현되고 있는 것이다. 그리고 3연에서 '나 헛되이 살다 돌아감을 용서하라'고 신게 용서를 구한다. 시적 자아의 이러한 행위는 모든 사물의 존재와 초월을 인간이 아닌 신이 주재하는 것이며, 절대자를 향한 구원의 손길을 내미는 것이다. 절대자를 향한 구원은 시적 자아의 방황과 고독의 얼마쯤은 침전하게 만든다. 고독과 방황이 잠재워지는 과정으로 시적 화자는 자연현상을 애정어린 시선으로 보게 된다. 자연의 현상을 보면서 시적 자아는 인간의 유한성을 더욱 절실하게 인식한다. 이것이 바로 4연의 의미다. 영원한 것이 아무것도 없음을 피고 지는 자연의 한 모습인 낙엽까지도 시적 화자는 생명체로 인식하면서도 영원한 것이 아님을 자각한다.

　그리고 이 '낙화'는 '피의 흐름', 즉 인간의 삶의 순환이며, 한 모습으로 표현하고 있다. 그리하여 시적 화자는 '신'을 인식하면서 '낙화'는 '영원을 사는 목숨'도 '맹세'도 없는 인생의 유한성을 고하는 존재로 보이는 것이다. 이 인식의 바탕에는 삶에 대한 고즈넉한 감상과 성실성을 바탕으로 하는 자기 반성이 깔려 있음을 알 수 있다. 하나의 사물에 불과한 '떨어지는 꽃잎'은 신에게 보내는 '서신'으로 드러난다. 이 '서신'의 의미가 시의 마지막 부분에 나타나고 있다. 시적 화자는 이 유한한 삶을 그러나 제 나름으로 성실히 살고 감을 고백하고 있다. 회한이 없는 것은 아니지만 주어진 삶을 충실히 살고 돌아가는 인간의 모습을 상징하는 꽃잎을 신께서 하례해 주기를 간절히 소망하고 있는 것이다. 이러한 시적 자아의 태도는 성숙한 삶에 대한 바라봄과 관조로써 더욱 치열한 자기 반성적 태도가 시적 테마로 작용할 것을 암시한다. 그리고 여기서 '신'의 인지는 더욱더 높은 곳을 지향하려는 시적 자아의 몸짓이며처절한 자기 변신과 치유를 위한 노력의 한 모습이다. 다음의 시 「다듬이」에서 더욱 치열한 반성적 태도가 엿보이기도 한다.

> 돌아온 蕩子의
> 굽은 어깨 위에
> 부끄러운 뒤통수에
> 벼락같은 꾸지람을 내리세요
> 어머니
>
> 다시는 정녕 다시는
> 잘못이 없도록
> 뉘우침이 없도록
> 어머니
>
> 날라리 이내 영혼
> 홍두깨에 감으시고
> 밤새도록 어머니
> 다듬이질 하세요
>
> —「다듬이」에서

이 시에서는 앞에서 보인 '신'에 대한 구원의 손길보다 더 적극적인자세로 시적 자아의 내면적인 화의를 극복하고자 함을 엿볼 수 있다. '다듬이'는 방망이로 올을 고르는 동적인 행위다. 이 계속되는 행위는거칠고 산만했던 자신의 삶을 정리하고 반성하는 자세로 상징된다. 이시에서 '돌아온 탕자'와 '굽은 어깨'는 시적 화자의 과거의 삶을 엿볼 수 있다. 이 시에서 시적 화자가 어머니에게 그토록 강렬하고 원색적인 행위로 자신을 표현하는 것은 시적 자아의 반성적 태도의 강렬함이 작용하고 있음을 의미한다. 어머니를 향하여 자신의 부족했음을 고백하면서 "밤새 뒤통수와 굽은 어깨에 꾸지람을 내리라"고 하는 것도 자기 반성의 속도와 자기 수련을 더욱 상승시키기 위함이다.

누구에게나 어머니의 존재는 사랑과 이해, 절대적인 존재다. 그럼에도 불구하고 시적 화자의 지난 과거는 어머니의 존재를 인식하지 않고 행동했음을 암시하고 있다. 그러나 현재의 시적 자아는 '다시는 잘못이 없도록' 어머니의 절대적인 힘에 기대어 자신을 바라보고 있다. 그리고 젊은 날의 방황과 불성실을 반성하고 있다. 이것이 어머니에게 거듭되는 당부로 표현된다. 시적 자아가 어머니에게 '홍두깨'로 자신을 다듬이질 하라고 하는 것은 본질적이고 원천적인 상태로 돌아가기 위한 가식없는 자아의 노력을 의미하는 것이다. 그리하여 "날라리 이내 영혼/ 홍두깨에 감고 밤새 다듬이질 하세요"라고 하는 것은 시인의 내면적인 방황과 불성실한 태도를 반성하는 몸짓의 상징이다. 다시 말하면 '날라리 이내 영혼'이라고 자처함은 "삶을 긍정하고 항상 잠깬 눈으로 모험하고 창조하고 살아가게 하는 위대한 생명의 원동력"13)을 회복하려는 노력의 원천인 것이다. 이처럼 자기 반성의 속도를 가속화는 자기와의 서언과 자기 변신을 주도하게 된다. 자기 극복의 자세 가다듬기는 더욱 가속화되어 "이 황량한 마당에서 비로서/ 가장 소중한 걸 깨닫고/ 묵은 福音書를 읽겠습니다"(「가을」)에 나타나고 있다. 또한 시인은 반성과 극복을 거듭 행하면서 자기 변신을 꾀한다. 이 시적 자아의 자기변신이 「銀狐」에 표현되고 있다.

두 눈에 눈물 고여도
입술로 찬란히

---

13) 허영자, 「내 작은 사랑은」, 앞의 책, 164쪽.

웃을 줄을 알며

시퍼렇게 이는 官能의 불길
검은 洞窟에 은밀히
식힐 줄 알며

— 「銀狐」에서

여기서 한 마리 '은색 여우' 스스로의 반성과 극기를 거듭하면서 택한 자아의 모습이다. 그런데 이 모습은 일상적인 여우의 교활한 것이 아니라 순수에 가까운 이미지로 사용되고 있다. 은색의 질감이 신비하고 순수의 빛이라면, 이 빛깔은 시퍼런 관능의 빛과는 대별되는 것으로 정열적인 것, 치열함에서도 물러나 있는 색이다. 이처럼 위의 시에서 시적 자아는 '눈물과 웃음' 찬란히 바꿀 줄 아는 지혜를 가지고 있으며 관능의 불길도 은밀히 식힐 줄 아는 여유를 갖고 있다. 이 여유는 치열한 자기 정체성을 찾기 위한 시도에서 생긴 것으로 초년의 갈등과 번민의 변모에서 비롯된 것이다. 그리고 자연적인 질서의 수용에서 생긴 것이다. 그렇다고 「銀狐」에서 시적 자아의 갈등이 완전히 해소된 것은 아니다. 아직은 다 순화되지 않은 상태로, 모순성을 내포한 채로 남아 있다. 그것은 '검은 洞窟'의 이미지에서 드러나고 있다. 검은 색은 은색과의 대조되는 색으로 비순수이며, 감추어진 색이다. 이 감춤이 더욱 구체화된 것이 '동굴'이다. 동굴은 어둡고 침울한 공간으로 시적 자아의 완전히 정화되지 않은 감정의 잔재가 감추어 있음을 의미한다. 이것은 아직도 시적 자아가 자기 승화를 위한 부단한 노력을 해야 함을 시사하는 것이다.

4. 자기 승화와 세계와의 화해

서 언급한 것처럼 허영자는 자신의 철저한 반성적 성찰에 기인하여
새로운 인식의 전환을 보인다. 인식의 전환은 시에서 사물에 대한 너그
러움과 자기 긍정으로 나타난다. 이때 자기 긍정은 세계에 대한 포용력
이며, 타자와의 화해이고 약속이다. 그리고 이것은 존재에 대한 깊은 성
찰로 드러난다. 다시 말하면 세계에 대한 너그러움은 지금까지 견제하
던 타자와 세계와의 화해로, 새로운 세계인식은 시인으로 하여금 자기
승화에 전념케 한다.

> 오직 이 부스럼 투성이의 肉塊와 白骨을 갈가마귀 우지짖는 들판
> 에 던져두고 阿僧祗劫을 타는 유황불 아귀지옥의 대장간을 찾아들
> 어 이 영혼을 달구고 치고 때려 새로 製鍊키 원할 따름이어라.[14]

위의 인용에서 시인이 자기 승화를 위한 통찰을 게을리하고 있음을
볼 수 있다. 시인의 이와 같은 자세는 시적 순수 지향으로 나아가게 하
는 요소로서 주변적인 작은 것까지도 소중한 삶으로 통합하고자 한다.
그리고 자신의 모든 것은 작아지고 주변의 물상은 크게 보이는 심미안
이 작용하게 된다. 시인의 내적 깊이와 체험은 그의 시에서 잠재한 사랑
의 모습으로 표현된다. 또한 인생을 바로 보기 위한 참사랑의 실천으로
드러난다. 이러한 시적 표현은 「중년」·「별」·「雪景」·「回春」·「새벽」
등에서 찾아볼 수 있다.

　　세상은

---

14) 허영자, 『어여쁨이야 어찌 꽃뿐이랴』(범우사, 1977), 100쪽.

가시 넝쿨 얼크러진

씨앗을 받으며

가을 뜨락에
씨앗을 받으려니
두 손이 송구하다.

모진 비바람에 부대끼며
머언 세월을 살아오신
斑白의 어머니, 가을 草木이여

나는
바쁘게 바쁘게
거리를 헤매고도

아무
얻은 것 없이
꺼멓게 때만 묻어 돌아 왔는데

저리
알차고 여문 황금빛 生命을
당신은 마련하셨네

가을 뜨락에
젊음이 역사한 씨앗을 받으려니
도무지
두 손이 염치없다.

― 「씨앗을 받으며」에서

위의 시에서 '斑白의 어머니'와 '가을 초목'의 이미지는 강인한 생명

력의 상징으로 드러난다. 마음의 상처와 고통의 나날을 살아온 어머니,
그러나 한 순간에 열매 맺는 그 순간을 위해 살아온 초목같이 자기 희생
을 감수한 어머니의 모습은 궁극적으로 자연의 한 모습과 상통한다. 시
인이 어머니와 가을의 열매 맺는 현상을 하나의 등가적 관계로 형상화
한 것은 원초적인 삶, 본질의 가치를 인정하기 위함이다. 말하자면 삶의
본질에 천착해 봄으로써 더 큰 사랑과 순수를 느낄 수 있기 때문이다.
지금까지의 고독과 연민의 의미 부여는 여기서 완성된다고 할 수 있다.
시인은 삶이 나만을 위한 것이 아니고 공유하는 가치있는 일임을 깨닫
게 된다. 자신만을 위한 작은 사랑의 방황은 "아무/ 얻은 것이 없이/ 꺼
멓게 때만 묻어 돌아오는" 것을 자각한 시인은 삶에 대한 인식의 지평을
넓힌다. 그리하여 "가을의 씨앗 받는 것이 송구함"을 새삼 느끼게 되고
"참으로 아픈/ 이별의 때에/ 저런 法悅의 미소를/ 나도 배우고 싶다."15)
라는 고백을 한다. 이 고백은 자연 현상에서 터득한 존재에 대한 깊이
있는 통찰인 것이다. '젊음으로 역사한 가을의 씨앗'이나 '반백의 어머
니'와 상대적으로 먼 거리에 존재하던 시적 자아는 점차 거리를 좁히면
서 자연의 모습을 내 안의 것과 통합하는 과정을 보여준다. 이러한 자각
과 성찰이 심도를 더하면서 "破市의 늙은 酌婦/ 살점을 홍정하는 거리에
서도/ 썩지 않으리라/ 다짐을 하게 된다."16) 이는 시인의 순수 지향을 위
한 건강한 삶의 단상이다.

1

진흙탕 세상 길은
끝이 없어도

---

15) 『親展』 중 「낙엽」에서.
16) 『어여쁨이야 어찌 꽃뿐이랴』 중 「回春」에서.

하늘 꽃이 꾸미는
이 古典的 風景 속에

우리는 늘
부끄럼타는 新婦이고져

내일의 꿈을 믿는
순한 눈매의 짐승이고져.

—「雪景 1」 전문

　하얀 눈이 내린 거리의 풍경, 이것은 시인에게 아름다움 그 이상의 의미다. '눈'은 세상의 모든 부정적인 것을 감추는 일시적인 것이 아니라 소멸과 생성의 변증을 일깨우는 사유의 시발이다. 그리고 이것은 우주와 나의 순환고리로써, 나는 우주적 세계, 자연의 질서를 따르게 되는 것이다. '눈'의 이미지가 높은 곳에서 아래로 떨어지는 것이지만, 천상의 위력을 지닌 순수 의지의 상징으로 드러난다. 「설경·1」에서 시적 자아의 갈망이 지고지순이라면, 더욱 구체화된 관념적인 등가물로 표현된 것이 「설경·2」의 "지워라/ 고요히……// 눈 앞의 한 그루/ 나무를 지우고// 머나면 외오리 길을/ 길 위의 발자욱도 지워라"로 표현된다. 이 표현의 이면은 앞 시의 '끝없는 진흙탕 같은 세상 길', 그리고 눈앞의 한 그루 나무도 지우고 싶어하는 시적 자아의 태도와 일맥상통하는 것이다. 이것은 일체의 물상적인 것, 현존하는 세상사에 멀어져 새롭게 살고자 하는 시적 자아의 욕망이다. 이 욕망은 새로운 현실과 이상은 비극적인 것의 소멸에 있으며, 희망이 내재함을 뜻한다.

　이 시의 가장 근원적 의미는 세상사를 단순히 거부하거나 가리기보다는 수용하는 것에 있다. 그리하여 시인은 항시 '부끄럼 타는 新婦', '순한 눈매의 짐승'이 되고 싶은 것이다. 이것은 시인의 지향점이고 시적 가치 중심이며 이를 위해, 그리고 "아침해 다시 뜰 때/ 눈물 씻고 웃는 얼굴/ 저 부활의 聖處女"[17]가 되기 위해 부단히 노력하고 있으며, 시적 확장을 계속하고 있다.

5. 결 론

　지금까지 시인 허영자의 시적 특성을 고찰한 바, 그 특성의 원천은 참 사랑의 추구에 있음을 알 수 있다. 그의 시에 나타나는 사랑은 주요한 시적 테마이면서 순수한 삶의 경지에 도달하려는 힘의 근원이 되고 있다. 허영자는 사랑을 표현함에 절제와 겸손을 바탕으로 형상화하고 있어 치열하지 않지만, 대칭구조와 대립적 심상을 이용하여 서정성의 전통적 표현을 극복하고 있다. 여성적인 갈망의 표현인 사랑이 전통적인 것에서 벗어날 수 있는 것은, 앞에서도 언급하였듯이 지성과 이성적 심상과 대립시키고 있기 때문이다.

　허영자는 현실적 상황에 한발 물러난 자세로 자신을 성찰하고 있어 더욱 전통적인 서정시인의 모습으로 보이기도 하였다. 그러나 전통적인 서정시인이라는 시각으로 볼 때, 그의 시적 특성은 앞에서도 언급하였 듯이 단순한 여성적 시점에서 한발 진보한 객관적인 시적 표현과 인간의 보편적인 삶에 가치를 부여하는 시적 성실성을 들 수 있다. 시적 성실성은 고독의 극복으로 표현되고 있다. 그래서 그의 시에서 모티프로 작용하는 꽃, 바람, 나무 등과 같은 사물도 서정성으로 바라보는 정물이 아니라, 인간의 사랑이 투영되고 삶의 과정이 투사된 인생의 단면이 된다. 끊임없는 자성과 자문으로 점철된 노력이 그의 시에서 인생의 단면을 드러내며 세계와의 화해지향이라는 정신세계로 확대된다. 이것은 시

---

17) 허영자 시집『어여쁨이야 어찌 꽃뿐이랴』(범우사, 1977), 28쪽,「나팔꽃」에서 인용.

인의 자기 승화이다. 허영자의 시세계는 초기 시집의 개인적 서정에서 머물지 않고 사랑의 의미를 확대시켜 삶의 구경을 향하고 있는데, 이런 특성의 출발이 주로 1970년대의 시집에서 나타난다. 40년의 긴, 시인의 詩作의 과정을 통해 발견되는 특성이 바로 허영자 시인의 시적 의의다. 꾸준히 지속되고 확대되는 삶의 성실성은 단순한 전통적 서정성의 한계를 극복하고 있다.

시가 인생을 외면할 수 없듯이, 시인의 시적 굴곡은 시의 전반에 사랑과 미움, 삶과 죽음의 연속적인 흐름에서 서로 반복되고 상충되어 표현되고 있다. 허영자의 시의 중심이 진실한 삶이고 사랑인 이상, 그의 시를 관통하는 특성은 어느 시대를 막론하고 사랑의 범주를 벗어나지 않는다. 다만 언어의 선택이 얼마나 심오해지고 정제되는가가 우리의 관심이 되는 것이다.

요컨대 허영자의 시는 점점 더 크고 순수한 사랑 찾기, 그리고 인간의 번민을 벗어나는 길의 모색이라 할 수 있다. 허영자의 시가 여성적 감상의 나약성보다는 세상을 받들고 사는 강인함과 부드러움, 그리고 차갑고 날카로운 내면을 동시에 표현하고 있는 것이다. 이런 표현은 자성과 자문의 자세에서 귀결된 것으로 볼 수 있다. '內臟에 불을 담은 땡고추'와 같은 삶의 태도는 계속해서 새로운 삶의 지향점을 향하고 있고, 후기 시에서 간결하고 압축된 언어로 성실히 표현하려는 노력으로 이어지고 있다.

환상과 욕망의 숲에서 날아오르기
— 성춘복론

1. 서 론

시인 성춘복은 1958년 신석초에 의해 ≪현대문학≫에 추천되어 등단한 후 12권의 시집을 상재하면서 꾸준히 시인으로서의 작업을 계속한다. 그는 1966년에 제1시집『오지행』, 같은 해에 제2시집『파고다공원』, 1970년에 제3시집『산조』, 1984년에 제4시집『복사꽃제』, 1986년에 제5시집『바깥 세상에 띄우나니』, 1987년에 제6시집『꽃잎 띄운 물 마신 듯』, 1988년에 제7시집『네가 없는 이 하루』, 1990년에 제8시집『길 하나와 나는』, 1992년 제9시집『그리운 죄 하나만으로는』, 1995년 제10시집『혼자 부르는 노래』, 1996년에 제11시집『헤적이기 해작이기』, 1998년 제12시집『혼자 사는 집』 등을 발표하였는데, 이 시집들에는 시인의 의식적·무의식적 체험의 시적 변형이 거듭하여 시적 基調를 형성하고 있음을 발견할 수 있다.

예술작품이 여러 가지 규범의 성층적인 체계로 이루어진다면 시는 기본적으로 언어와 작가의 의식으로 이루어진다. 특히 시의 언어는 작가의 시적 경험을 토대로 다양한 이미저리를 형성하여 시적 의미를 만든다. 그러므로 시에 대한 이해와 분석은 이미지에서부터 출발한다. 뿐만 아니라 이미지는 작가의 시적 특성을 설명하는 데 매우 유효하다. 그리고 시의 이미지는 시적 언어의 구조적 분석으로 시의 심층적 깊이를 이루는 작가의 세계관에 대한 해석의 실마리를 제공하기도 한다.

니체가 그림을 이해하기 위해서 작가를 판단하지 않으면 안 된다고 하였듯이, 시를 이해하기 위해서는 시인을 알아야 한다. 시인을 알기 위한 방편은 여러 가지가 있지만, 시인이 자주 사용하는 언어와 이미지에 대한 분석은 그의 삶과 더불어 시의 올바른 해석을 위해 매우 유용한 것이다.

그러나 한 시인의 긴 창작과정을 통틀어 이미지의 통시적인 고찰은 결코 쉬운 작업이 아니다. 더구나 40년의 긴 세월 동안 시인으로 살아 왔고 12권의 시집과 다수의 수필집을 상재한 성춘복의 경우는 더욱 그러하다.

시인의 시적 특성은 시인이 구사하는 언어와 그 형식, 그리고 바탕에 깔려 있는 의식에 대한 해명으로 가능하다. 따라서 본고에서는 시인 성춘복의 세계관과 시적 특성의 파악을 위해 그의 시에 나타난 이미지를 중심으로, 어둠의 유폐의식에서의 벗어남과 진정한 자아의 모색을 위한 해체의 몸짓 등으로 이어지는 일련의 시적 과정을 검토하고자 한다. 또한 지금까지 시집 중심으로 이루어진 성춘복의 시에 대한 논의[1]를 바탕으로 시인의 시적 세계관과 시적 특성을 통시적 관점으로 고찰하고자 한다.

그의 시에서 드러나는 주요한 이미저리[2]는 그의 시적 주제를 드러낸

---

1) 하현식과 박이문의 논의가 있다. 이들의 논의는 주로 「복사꽃제」와 「네가 없는 이 하루는」에 대한 분석으로 이루어져 있고, 박이문의 글은 시집의 발문 형식으로 이루어져 있다.

2) 이미저리(imagery)란 말은 '언어에 의해 정신 속에 생산되는 이미지들'을 말한다. 이것은 문학의 질을 언어적 특성에서 찾는다는 측면과 개별적 이미지들의 집합이라는 측면을 동시에 포함하며, 이미지란 용어보다 그 개념이 한

다. 그리하여 본고에서는 주제의식과 이미지의 연계성도 함께 고찰하여 시적 세계의 변이과정을 추구하고자 한다.

2. 어둠과 유폐의식에서의 탈피

1960년대에 있어서 성춘복 시학의 골격이 '시대적 갈등'이라는 하현식의 지적은 제1시집 『오지행』과 제2시집 『파고다공원』에만 적용되는 것이 아니라, 엄밀히 말하면 제3시집 『산조』과 제4시집 『복사꽃제』에도 나타나는 공통적 현상이다. 그러나 그의 시집 가운데 제1시집과 제3시집에 이르기까지가 가장 강렬하게 갈등적 현상이 드러난다고 할 수 있다.

이 갈등은 개인의 고뇌와 함께 1960년대에서 1970년대의 시대 저항이 개인의 정서와 사회적 정서로 교체, 확장하면서 '그림자'와 '불안', '고독의식' 등의 어둡고 불안한 유폐의식으로 표현된다. 그의 시대적 저항은 직설적으로 서술되기보다는 그림자, 불안, 어둠, 고독의 이미지로 표현된다.

시인 성춘복 자신의 말처럼 '무너져내림, 떨어져내림, 터져버림'의 초기 시에서 고통과 어둠은 시대적 갈등과 계속 겹치면서 그 의미가 확장된다. 그리고 이 갈등은 '渡江'으로 구체화된다. 즉 '강 건너기'는 결핍과 고독의 현장으로부터 벗어남을 시도하는 것이며, 새로운 세계에 대

결 분명하여 문학을 논의할 때 이미지란 말과 함께 사용된다. 이미저리는 작품을 대할 때, 오직 독자의 정신에 야기되는 감각적 경험만을 강조하는 정신적(mental) 이미저리, 그 이미저리가 비유적으로 사용되고 있음을 강조한 비유적(figurative)이미저리, 이미지 유형(pattern)에 관심을 둔 상징적(symbolic) 이미저리의 세 가지 유형으로 나뉜다[이승훈, 『시론』(고려원, 1990), 154~156쪽 참조].

한 인식의 이행을 추구하는 것이라 할 수 있다. 그러므로 초기 성춘복의 시에서 '강'의 이미지는 주요한 의미를 갖는다.

앞에서도 언급하였듯이, 주로 제1시집과 제 4시집의 시들에서 드러나는 시인의 현실인식은 불투명한 시대적 갈등의 세계인식인 것이다. 이 인식의 이동이 '강'의 이미지로 구체화된다. 그리고 조금이나마 미래의 비전을 제시하기 시작하는 것이 제4시집 『복사꽃제』라 할 수 있다. 이 시기는 앞의 시집에서 표출된 시인의 불안과 고통을 조금씩 해소해 가는 양상을 띤다. 시인은 자신이 과거에 경험한 고통의 질곡과 현실 상황을 동일화시키면서도 어둠을 밝음의 세계인 '꽃의 핌'으로 표현해냄으로써 어둠을 극복하고자 한다. 이 역동적 표현을 '복사꽃이 피는 축제'로 설정하고 있으며 이 축제는 '파고다 공원'이라는 역사적 현장성을 시인의 개인적 갈등과 대치하고 깊이 인식함으로써 가능해진다. 시대적 갈등의 골을 깊게 하고 개인적 고통과 맞닿게 하여 시적 의미를 강화하는 것과 같은 시적 표현이라 할 수 있다. 그의 시에서 서서히 어둠에서 밝음으로 나아가는 모습은 고통의 질곡을 벗어나는 의지로 설명할 수 있다.

1) 고통의 강 건너기

그림자도 없고
흐려진 눈에는
얼굴이 없고
동방의
하늘은 아물거린다.

가까움이 보이지 않는
현기스런 사방

흐름의 구름떼가
내 어슬픈 세상을 흔든다

                                            ―「내 세상은」에서

오지의
더욱 깊숙한
하늘은 둥글고,
해 하나 중천에
떨어질 날이 없지만

빛으로 어두워진
내 눈은
사방이 무너져
황홀을 볼 수가 없다.

                                            ―「奧地」에서

　위의 두 시에서 공통인 분위기는 어둡다. 특히 「내 세상은」의 시적 공간은 「奧地」와 같이 몹시 부정적이고 혼미하다. '현기스런 사방'과 '짙은 어둠의 그림자'는 결국 같은 의미의 축으로, 시인이 인식하는 현실에 대한 묘사다. 그리고 이 시에서 '내 어슬픈 세상'은 "사방이 무너져/ 황홀을 볼 수가 없다"는 시적 상황과 등가적이다. 그 이유는 같은 부정적 공간 설정이기 때문이다. 「내 세상은」에서의 시적 자아가 "흐려진 눈에는/ 얼굴이 없고"라고 토로하는 모습이나, "빛으로 어두워진/ 내 눈은/ 사방이 무너져/ 황홀을 볼 수가 없다"라고 한 「奧地」에 나타난 모습에는 어떤 동질성이 감지된다. 이러한 부정적 동질성은 시인이 인식하고 있는 현실적 상황의 반영으로 시의 심층에서는 시적 자아의 불안한 심리 상태를 드러내고 있다. 뿐만 아니라, 이러한 불안의식의 중첩은 시인이 인식하고 있는 삶의 현장성을 박진감 있게 표출하기 위함일 것이다. 이처럼 시에서 부정적 현실의 노출은 시인의 양심과 시대극복의 반영이라

할 수 있다. 그런데 이와 같은 표현이 구체화되고 적극성을 띠고 있는
것이 「비상」이다.

    높직이 떠올라
    끄나풀만 풀어보고
    下界의 벌판,
    불길로 뎌 감는
    짐승의 징그런 무리가 내려다 보이고
    간혹 주검을 굽는
    연기가 그을려
    남아 넘치는 가득한 눈알,
    빛줄기로 되살아 亂射하는
    눈이여.

    세계로 들어가는 저 길목의
    둘레를 맴돌며
    벗어던지는 깃털에
    나는 털복숭이가 되어
    새끼새의 소리로 울며
    깨어난다
    한낮의 꿈 속에서.

                    —「비상」에서

    여기서 표현된 '下界'는 「내 세상은」에서 표현된 공간과 동일한 의미
를 지닌다. 또한 이 부정적 공간은 시적 자아의 현실 상황이다. 하지만
시인이 외면하고 싶은 이런 상황을 적극적으로 표출하는 것은 새로운
의미의 전도를 위함이다. 불안이 중첩되는 의미로 고통의 현장성을 드
러내고 있는 위의 두 시 「奧地」와 「내 세상은」은 같은 현실적 공간이며,
이 공간은 수평적 공간이동으로 나타난다. 다시 말하여 시에서 지속적

으로 나타나는 부정적 속성의 시어들, '그림자도 없는', '얼굴이 없고' 등으로 표현되는 현실은 시인이 벗어나기를 소원하는 의지의 발언이다. 그러기에 시인은 '下界'를 '징그런 무리'로 표현하는 것이다. 그리고 이 러한 시적 병치법은 '불길로 떠 감는'으로 표현되면서 그 의미는 강도를 더한다. 요컨대 시인이 인식하는 세상에 대한 불안과 긴장, 그리고 고통 의 강도가 어느 정도인지를 짐작케 한다. 그러나 시인은 더 이상 어둠의 상황에 추락하기를 거부한다.

시인은 「비상」에서 어둠과 혼미의 세상을 향해 비록 '어린 새끼 새'이 기는 하나 울음소리로 침묵을 깬다. 울음은 침묵의 대항이며 묵묵히 현실 을 바라보던 태도와는 달리 긴장과 고독과 불안으로 연속되는 세계를 벗 어나기 위한 새로운 출구가 된다. 지금까지 이러한 일정한 거리에서 바라 보던 시적 화자가 '어린 새끼 새의 울음'으로 세상의 길목을 벗어나려 하 듯이 시인은 새로운 세상의 입성을 위해 '渡江'을 준비한다. 그리고 '渡 江'으로 인하여 시적 화자의 긴장과 저항은 서서히 희석되기 시작한다.

옛 대륙을 건너면
생생하게 흐르는 강 저 쪽에
우리가 알고 있는 모든 것이 멈추어서
가냘픈 손으로도 가리킬 수 있는
피안의 꽃이 되었다.

우리가 살 수 있는 유일의 세계로
이 땅의 연속이지만
너무나 선명하게 떠오르는
무지개며 별들의 신선한 꿈으로
빛나고 있는 강의 힘으로
노를 젖는다.

우리의 손을 따라

망각된 기억의 강은
커다란 슬픔의 소리처럼 포말을 이루고

이 망각의 더미는
제마다 나를 안고
다른 이빨에 떠밀려
기억의 심연을 향해 잠적한다
노를 저어라
아무 것도 남기지 않는 形骸의 산,
옛땅과 피안을 잇는 深部엔
기억의 알갱이 뿐
비약에서 나를 찾을 수 없다.

후미진 알갱이의 골짜기를 따라
그림자처럼 흐르는 것은 내가 아니다
내가 아니면 결코 고독하지 않다.

―「渡江錄」 전문

이 시에서 '강'의 이미지는 시인의 심리적 세계의 표상이며 인생의 환유적 표현이라 할 수 있다. '강'은 단순한 기억의 재현적 공간이 아니라 시인의 이념적 공간이다. 동시에 시인이 어둡고 고독한 세계에서의 탈출을 시도할 수 있도록 하는 매개적 공간이다. 이 공간은 누구나 선망하는 '피안의 땅'이다. 그리하여 시인은 "가냘픈 손으로도 가르킬 수 있는 땅"으로 묘사한다. '가냘픈 손'은 선택받은 자, 혹은 권력이나 힘을 가진 자가 아닌 일반적인 사람을 지칭한다. 그리고 '가냘픈 손'으로 가리키는 피안의 땅은 누구나 도달할 수 있는 곳임을 의미한다.

여기에서 우리는 성춘복의 초기 시에서 주요한 열쇠어인 '강'을 발견하게 된다. '강'을 통하여 그곳에 도달할 수 있기 때문이다.

희랍신화에서 '강'은 삶과 죽음의 경계로 작용하지만 단절의 표상은 아니다. 마찬가지로 성춘복의 시에서 '강'의 이미지는 인간의 삶과 죽음의 영역으로 흘러드는 유동적 세계가 된다. 이 유동성은 결국 시적 자아의 이념이고 의지의 표출을 의미한다. '강'은 고통의 영혼을 현실에서 먼 이상적 세계로의 이행을 매개하는 역할을 담당한다. 말하자면 시인이 지향하는 세계로의 도달을 위한 예비적 단계를 환기하고 암시한다. 그리하여 성춘복의 시에서의 '강'은 죽음 쪽에 가까운 세계가 아니라 '모든 것이 멈추어 선' 혹은 '무지개며 별들의 신선한 꿈'의 세계인, 피안으로 접어드는 길목인 것이다. 이 길목에서 시인은 아픔과 고통, 그리고 자신의 어두운 과거를 보내고 진정한 자아를 바라보려고 한다. 고통의 삶과 비통한 기억을 망각하려는 것이 아니라, 그것을 넘어서려는 것이다.

그는 "노를 저어라/ 아무 것도 남기지 않는 形骸의 산,/ 옛땅과 피안을 잇는 深部"를 향해 간다. 이것은 도피가 아니라 고스란히 고통을 감수하는 것이다. 그래서 시적 자아는 "기억의 알갱이 뿐/ 비약에서 나를 찾을 수 없다"고 한다. '기억'은 고통의 기억일지라도 시적 화자는 가슴에 새겨두고 있음을 뜻한다. 그러므로 시적 화자는 단순한 비약에서 고통의 현장을 벗어날 수 없는 것이다. "비약에서 나를 찾을 수 없다."고 하는 것은 그가 직면한 현실을 구체적으로 대응하려는 의지로 해석할 수 있다. 후미진 고통의 기억이기는 하나 그는 이 고통을 감싸 안고 현실에 대응하려고 하는 것이다. 그는 망각이나 회피의 소극적 자세에서 물러나 현실을 바로 직시하려는 태도를 보인다.

이러한 강에 대한 시인의 인식이 더 구체적으로 드러나는 것이 마지막 행이다. 여기서 시인은 "내가 아니면 결코 고독하지 않다"라고 단언한다. 이것은 애써 회피하지 않고 맞대응으로 현실을 인식하는 시인의 자세를 보여준다. 다음에 이어지는 「나를 떠나보내는 江가엔」에서는 더욱 구체화된 시인의 현실인식을 볼 수 있다.

나를 떠나보내는 언덕엔
하늘과 강 사이를 거슬러
허우적거리며 가슴을 딛고 일어서는,
내게 들리는 저 소리는 무언가.

밤마다 찢겼던 고뇌의 옷깃들이
이제는 더 알 것도 없는 아늑한 기슭의
검소한 차림에 쏠리워
들뜸도 없는 걸음거리로
거슬러 오르는게 아니면,

강물에 흘렸던 마음이
모든 것을 침묵케 하는
다른 마음의 상여로

입김 가신 동혈을 지향하고
아픔을 참고 피를 쏟으며
나를 떠나보내는 강으로 이끌리어
되살아 오르는게 아닌가

강 너머엔
강과 하늘로 어울린
또 하나의 내가 소리치며
짙은 어둠의 그림자로 비쳐 간다.

—「나를 떠나보내는 江가엔」에서

　　이 시에서 시적 자아는 '강'을 사이에 두고 현실로부터 초월을 꿈꾼
다. 이 현실의 초월은 곧 이상적인 자아의 발견과 새로운 삶의 지향으로
드러난다. 시인은 자신이 꿈꾸는 이상적 공간에 도달하기 위해 "동혈을
지향하고/ 아픔을 참고 피를 쏟으며" 노력한다. 이 노력은 밤마다 고뇌

의 옷깃을 찢으며 이어진다. 그리고 이제 시인은 자신을 발견한다. 고통의 언덕을 비스듬히 벗어나고 있음을……. 그는 들뜸도 없이 검소한 차림으로 오른다. 이러한 새로운 자아의 발견과 외부 현실에 대한 새로운 의미의 발견은 '나를 떠나보내는' 행위를 통해 가능해진다. '나를 떠나보내는 것'은 자신의 태도 변화는 물론이고 시인이 인식하고 느꼈던 시대의 암울성마저도 극복할 때 가능하다. 시인은 자신의 정체성과 시대적 갈등 사이에서 "허우적거리며 가슴을 딛고 일어서는,/ 내게 들리는 저 소리", 참다운 소리를 발견한다. 이 발견은 곧 갈등의 극복인 것이다. 그러나 시인은 끝없이 이어지는 갈등의 소용돌이 속에서 자신을 찾는다. 이 노력은 "모든 것을 침묵케 하는/ 다른 마음의 상여로"에서 드러나는 것처럼 시인은 강물 위로 지난 모든 아픔을 떠나보낸다. 이것이 '다른 마음의 상여'로 형상화된다. 시체를 담아 실어 나르듯 과거의 고통과 번민을 강물 위로 실어 보내면서 시인은 새로운 나, 또 다른 나를 소리치며 찾고 있는 것이다.

이 시에서 '강'의 이미지는 앞의 시와는 차이가 있다. 앞의 시에서 '강'의 이미지가 이상적 세계와 인식의 공간이라면, 「나를 떠나보내는 江가엔」에서의 이미지는 훨씬 구체적이고 실제적인 공간이다. 그러나 결국 '강'은 흘러보내고 다시 흘러오는 소통과 교류의 공간이다. 이 소통의 실존적인 공간에서 시인은 세계와 자아의 탐구에 전념하고 있다. 시인 성춘복은 자신의 내면을 응시하면서도 자신이 통어할 수 없는 세계의 바깥을 염려하기도 하고, 또한 상심하기도 한다. 이러한 비주관적인 세계에 대한 관심이 구체화되는 것이 '꽃'의 이미지로 드러난다. 이 '꽃'의 세계는 자족적인 자의식의 분출이 아니라 시대와 사회성의 자각에서 비롯되는 것이다.

2) 꽃의 세계로의 편향

묵은 잠을 일구는
밭은 숨소리가
말발굽으로 달린다
젖은 바닷바람과 함께

생애를 마감하고
거듭 시작을 보이는
매듭의 끝가지를 타고
꽃이 심한 기침을 해댄다

우리들의 마음보다 더 얕게
무릎으로 지쳐가는
바닷가 안개,
그 풋풋한 텃밭

한동안의 신기루
어떤 불로도 지울 수 없는

빛의 한가운데
꽃은 튀어오른다

단숨의 재치로운 걸음으로
바다와 바람과 안개가
꽃을 밀어올린다
복사꽃밭의 꽃을.

—「복사꽃제」 전문

시인은 '꽃'으로 시대성의 자각을 구체적으로 드러내고 고통과 번뇌의 세계에서 벗어나 밝음의 세계로 이행한다. 이 이행이 바로 '渡江'으로 가능해졌고 시대적 상실감을 서서히 벗어나게 된다. 이러한 모습이 「복사꽃제」에서 표출된다. 「복사꽃제」의 시편의 핵심은 밝음의 추구라 할 수 있다. 그리고 '꽃의 세계'로 표출된 밝음은 시집 『파고다공원』에서 "제국에는 꽃이 없었다/ 꽃은 오히려/ 화색 짙은 사탑의 열층에서/ 열 두 폭의 뭉게구름으로 피어/ 천국 가까이에 머물고"로 인식되던 것과는 상당히 다른 표현이다. 이때 『파고다 공원』에서 '꽃'의 상징은 여러 가지로 해석될 수 있으나 일단은 희망의 부재인데 반하여, 「복사꽃제」의 '꽃'의 상징은 정서의 환기와 더불어 긍정적이다. 말하자면 '꽃'은 강한 생명력과 아름다운 추억을 상징한다. 바다와 고향을 '꽃'의 세계와 등가적 관계를 맺어 삶을 퍼올리는 힘의 저장을 뜻한다. 이것은 마음의 휴식과 안정을 위한 재충전으로 해석할 수 있다. 그러므로 그의 시에서 '꽃'은 강한 생명력이며 고향의 이미지와 중첩된다.

위의 시에서 '젖은 바람'과 '텃밭' 그리고 '복사꽃'은 시인의 존재론적 '공허', '부재', '빈틈'을 메운다. 즉 '복사꽃의 핌'은 인간의 내적인 생성의 본질을 드러내는 것으로, 꽃과 인생을 대응관계로 표현하고 있다. 그러므로 순수한 세계의 탄생을 그리는 '복사꽃'의 이미지는 '밭은 숨소리'와 '심한 기침', 그리고 '단숨의 재치로운 걸음'으로 표상될 수 있는 것이다. 시적 화자의 갈급한 의식은 '피고지고 지고피는' 복사꽃의 생명성과 함께 이중의 의미를 함축한다. 시인의 생명력에 갈급한 의식은 '재치로운 걸음', '밀어올린다'는 긍정적 찬미인 폭발성으로 이어진다. 그리고 피고 지는 꽃의 세계는 다시 자연의 '어떤 불로도 지울 수 없는 빛'으로 강조된다. 이 빛은 앞의 시에서 드러나는 시대적인 혹은 개인적인 암울을 희망적이고 긍정적인 세계로 이끄는 전환적 역할을 한다.

시에서 꽃의 피어오름은 단순한 개화의 모습이 아니다. 어떤 운동성, 혹은 강한 생명적 의지를 함축하고 있다. 왜냐하면 "꽃이 튀어오른다"에서 '튀어오른다'는 시어는 "바다와 바람과 안개가 꽃을 밀어 올린다"는 표현과 함께 자연 발생적인 개화에 인간의 심리적 욕구가 투영된 표현이라 할 수 있다. 즉 시적 자아의 욕구와 의지가 내재되어 있음을 감지하게 된다. 말하자면 시인의 세계인식이 변화를 맞이하고 시적 변모가 일어남을 엿볼 수 있다. 지금까지 암울하고 침통한 세계인식이 '복사꽃'으로 전이되면서 미래에 대한 희망이 싹틈을 암시한다.

　이러한 시적 특성은 1980년대의 특성이며 시인 성춘복의 시적 전환점이라 할 수 있다. 1960년대와 1970년대를 지나면서 가졌던 시대적이고 개인적인 암울과 비통은 새로운 전환점을 마련하면서 서서히 사라지기 시작한다. 시인 성춘복의 시적 전환점은 바로 이 시기이며 이 시기에는 어둠에서 밝음으로의 전이가 나타난다. 그리고 이 시기의 '꽃'의 이미지는 곧 '바다'와 함께 묘사되어 고향 이미지를 드러낸다.

　시인 성춘복의 고백처럼 그의 유년은 바다와 함께 기억되고, 그의 시에서 고향은 바다로 형상화된다. 시적 자아가 이미 유년의 추억을 되새기는 아득한 나이가 되었음에도 불구하고 그에게 있어서 '바다'는 영원한 젊음을 느끼게 한다. 그러므로 시적 자아에게 있어서 '尾浦'는 영원한 생명력의 근원이다. 그리하여 시적 자아는 '尾浦'를 찾아나선다.

　　　유년의 그 뜨락을 지나
　　　尾浦에 이르렀네
　　　바다로 닿는끝의 끄트머리에
　　　든든한 기슭만 부여 잡고
　　　몇 마리의 가재와 함께
　　　세찬 물줄기를 가르며
　　　바다에 서 본다네

　　　時間의 아득한 벼랑 아랜
　　　물과 안개로만 채워진 골짜기
　　　어린 날의 우렁이와 성게들,

아직도 그 달이 거기 있는
尾浦로 향한다네

고운 모래 둑을 쌓고
투명한 삶을 퍼 모으던
바다, 故鄕의 그 바다에
하나도 빚지지 않는 마음으로
다시 서 본다네.

—「尾浦가는 길」 전문

위의 시에서 시적 화자는 고향으로 향하고 있다. 그에게 있어서 '미포'는 고향이다. 고향은 어린 날의 추억과 함께 형상화되어 있다. 이 시의 1연에서 나타난 '몇 마리의 가재'와 함께 '바다'는 그에게 있어 그리움의 대상이며 추억의 대상인 것이다. 마찬가지로 2연의 '우렁이와 성게', 3연의 '고운 모래'는 곱고 아름다운 고향과 바다의 이미지이다. 성춘복에게 있어서 '바다'는 향수의 공간이다. 그러나 그 향수는 '빚지지 않은 마음', 즉 아름답고 투명한 기억으로 남아 있다. 그 기억은 '몇 마리의 가재'와 '우렁이와 성게', '고운 모래' 등으로 형상화되어 있어 어떤 고뇌의 흔적도 보이지 않는다. 다만 아름답고 천진한 추억으로 존재할 뿐이다. 시적 화자는 유년의 그 뜨락을 지나 '시간의 아득한 벼랑 아래'에 서 있어도 마냥 바다는 설레임의 대상이 되며, '바다, 故鄕의 그 바다'를 그리워하게 되는 것이다. 시인의 기억 속에 자리한 '바다'는 '꽃'과 함께 고향의 이미지로 나타나며, 고향에 대한 그리움은 '尾浦'를 향하게 한다.

3) 낯선 거리로의 길 떠나기

넋이려니
피 토하도록 마시는
술이려니

꽃잎 띄운 물 마신 듯
비틀거리며 가는
취한 걸음 이려니

손만 들어올려도
가슴 밀어붙이는
아프고 쓰린 병

그 병만큼이나
깊이 묻힌 믿음이려니

풀잎에 올라앉아
산그림자에 발 담그고
혼자 외롬 타는 버릇

지닐 수 있는 것 모두
거느릴 수 있는 것 다
허물어뜨리는 어리석음이려니

보이지 않기에 설움 잊고
닿지 못하기에 살고 싶은
비굴의 내 욕심

이승을 달아나는 서글픔
내 넋이려니

어저, 살아가는 일이여.

—「이승 벗어나」 전문

'창 밖은 항상 내겐 세상의 *끄트머리*'라는 성춘복의 말처럼 시적 화자
는 창 밖으로 인식되는 세상에서 언제나 낯설다는 느낌을 받는다. 동시
에 이 낯선 공간에서 시적 화자는 자신을 가장 잘 볼 수 있다. 그리하여
시인은 이 낯선 세계를 회피하지 않고 오히려 이 낯선 '이승'을 즐기고
있다. '이승'은 결국 타국, 타향으로써, 시인은 보헤미안의 자유와 분위
기를 즐기고 진정한 자아와 대면한다. 이 진정한 자아는 거짓없는 순수
한 자신의 모습의 발견인 것이다. 시인 성춘복은 '바깥 세상'을 내면의
충실과 확신을 위한 출구로 인식한다. 그렇기 때문에 '바깥 세상'에 대
한 배회는 침몰하지 않고 회복을 가능하게 하는 힘을 얻는 안식처가 되
며 진정한 자신을 인식하게 하는 기능을 한다. '떠남'은 단절과 폐쇄가
아닌 자유와 여유로움이 되고 새로운 만남을 빚어내는 너그러움인 것이
다. 그의 시에서 볼 수 있는 여행은 새로움을 얻기 위한 것이 아니라 과
거와 현재를 충실하게 지키는 역할을 한다.

위의 시는 제7시집에 실린 시로, 여기서 주목하고 있는 것은 시인의
모습이다. 이 시의 시적 자아는 진정한 자기 모습 찾기에 열중한다. 우
선 시적 어조를 보면 매우 서정적이다. 이 서정성은 '−이려니'의 연결
어미로 드러나며 지속성을 띤다. 그리고 이 어미가 주는 지속성의 느낌
은 긴 호흡을 요구하며 시적 자아의 끈질긴 자아 찾기의 모습을 엿볼
수 있다. 또한 5연에서부터 구체화되는 시적 자아의 모습은 "풀잎에 올
라앉아/ 산그림자에 발 담그고/ 혼자 외롬 타는 버릇"으로 표현되어 있
는데 그의 모습은 애절하고 서정적이다. 그러나 이승에서 어리석음과
설움을 닿지 못하게 하고픈 인간적 욕망에도 불구하고 자신이 어리석음
과 설움에 닿아 있음을 서글퍼하고 있다. 이것은 시적 자아가 자신을 정
확하게 관찰하고 고백하고 있음을 보여주는 것이다. 자기 자신에 대한

철저한 관찰은 「자화상」에서도 나타난다.

 "한번도 만난 적이 없는/ 그래서 더욱 알 수 없는/ 그림자의 그림자/ 어둠 속에선 흔적을 버리고 /밝음 안쪽에선 뚜렷하게 서는/ 검정 빛깔만의 눈/ 검정 빛깔만의 머리/ 투명한 머리칼의 그림자."(「자화상」 전문)에서 보여주듯 시인은 자신을 타자로 인식할 만큼 거리를 두고 살피고 있다. 이러한 시인의 태도가 시적 분위기를 무겁게 하지만 이 분위기는 진정한 자아의 발견을 위한 최선의 노력이다. "어둠 속에선 흔적을 버리고/ 밝음 안쪽에선 뚜렷하게 서는"이라는 표현도 같은 논리로 해석할 수 있다. "어둠 속에서 흔적을 버린다"라는 의미는 어둠 속에서도 그리고 밝음의 안쪽에서도 더 분명하게 자아를 바라보려고 한다는 것이다. 이런 태도는 결국 자신을 타자로 인식하고 냉정히 관찰하려는 의도로 볼 수 있다. 그렇기 때문에 시인은 자신을 "검정 빛깔만의 눈/ 검정 빛깔만의 머리/ 투명한 머리칼의 그림자"라고 표현한다. 여기서 '검정 빛깔만의 머리와 눈'에서 'ㅡ만'이라는 조사는 어떤 색깔도 섞이지 않은 순수한 '검정'을 뜻한다. 이것은 결국 시적 자아의 정체성을 간접적으로 밝히는 것이기도 하다. 이렇게 관찰된 시적 자아의 모습은 낯선 거리에서도 계속 이어지고 있다.

거기 갈숲이 있고
갈잎에 쌓인 몸집 큰 메기 한 마리
내 신세처럼 비린내를 흩다가
빨간 소금밭의 항구를 겨냥했다

카이저와 크레오파트라 街가 얽어대는
낯선 전찻길 위
두 마리의 당나귀가 끄는 낡은 마차 앞에서
나는 소리쳐 물었다
"바다 넘어 내 고향은 내가 갈곳은 어디냐"

—「알렉산드리아 가는 길」에서

천리 길도 멀다 않고
한 시골 스런 마을
한적한 곳에 닻을 내렸다오

우리네 아이들처럼
때늦은 문을 두드리며
욕질로 고개도 넘어
여기 와 있다오
[……]

워낙 조요로운 데라서
바깥세상은 까먹고
어둠 속 깊은 곳에
고향길을 묻는다오.

—「루체른을 앞두고」에서

성춘복의 시에서는 여행시를 많이 볼 수 있다. 그러나 그의 여행시는 단순한 보헤미안의 서정과 낯선 문물에 대한 묘사의 차원을 넘어선다. 우리는 위의 두 편의 시에서도 이러한 특성들을 살필 수 있다. '알렉산드리아'와 '루체른'이라는 타지에서도 시적 화자는 자신의 고향을 그리면서 자아의 중심을 바라보고 있다. 이 외부를 통한 내부의 관찰은 보헤미안이 갖는 낭만이라고 할 수도 있으나, 이것은 자아의 내면을 성실하게 바라보려는 태도인 것이다. '알렉산드리아'라고 하는 이국에서 바라보고 느끼는 사물은 곧 시인의 고향과 일상에서 바라볼 수 있는 느낌과 공통점이 있다. 이것은 바로 시인이 외부에서 내부를 향하고 있다는 사실, 즉 '갈숲'과 '몸집 큰 메기 한 마리'는 시인이 고향에서 바라볼 수 있는 친숙함이며, 타국에서는 자신의 일부로 느껴지는 것이다. 시인은 이국 정취에도 불구하고 그는 "소리쳐 물었다/ 바다 넘어 내 고향은 내가 갈곳은 어디냐"라고 묻는 표현은 곧 시인의 성찰에서 비롯된다.

이처럼 시인은 세계에 대한 기행이나 여행에서 느끼는 낯선 정취만을 시적 중심으로 삼지 않고, 이국정취의 드러냄은 단지 자아의 발견을 위한 것이다. 이것은 달리 표현하면 타자 속에서의 자아의 발견, 자아를 찾기 위한 길떠나기에 불과한 것이다. 그리고 자아와 세계에 대한 유연성의 획득을 위함이다. 그렇기 때문에 성춘복의 시에서의 이국은 고향 이미지와 중첩된다.

「루체른을 앞두고」에서 묘사된 '시골스런 마을'이나 "우리네 아이들처럼 때늦은 문을 두드리며 욕질로 고개도 넘는" 아이들의 모습은 시인이 경험한 세계와 일치한다. 이것은 앞에서도 언급한 것처럼 시인의 가슴에 내재된 삶이 시로 투영되는 것이다. 말하자면 자아성찰과 삶의 깊이를 위한 길떠나기가 성춘복의 여행시의 목적인 셈이다. 시인 성춘복의 열번째 시집 『혼자 부르는 노래』의 서문에서 "이 시집은 '길'에 관한 나의 추적들로 첫째는 '나'의 '너'를 조명해 보는 것이고, 다음은 그런 '너'에 비추어지는 '나'를 삶의 한 양식으로 확인하는 일"이라고 고백하고 있다. 여기서 우리는 성춘복의 고향이 아닌 타지에 대한 탐험이 여러 개의 다른 삶과 존재의 양상에 자신을 비추어보고자 하는 노력의 일단임을 알 수 있다.

3. 욕망의 해체와 일상적 자아의 발견

앞에서 시인 성춘복의 길떠남은 삶의 깊이를 위한 시도라고 하였다. 결국 시인의 길떠남은 자신의 회복을 위한 것이다.

"길은 늘 비어 있어/ 빈 길을 나는 채우며 간다// 어린 날로부터 걸음마를/ 걸음마는 다시 달음질로/ 그래서 나는 낯선 길을 찾아 나선다//

[……]// 쉰도 넘어 예순 가까이/ 그 다음도 열심히 찾아다닐 이 길/ 마음의 터로 깔아놓은 내 자리이다.”(「길로 나서며」)에서 시인은 낯선 길의 떠남이 자신을 찾기 위한 것임을 강조하고 있다. 이러한 시인의 고백적 언술은 시에서 1인칭 시적 자아인 ‘나’로 구체화된다.

시에서의 고백적 양식이 시의 형상화 측면에서 평가 절하되기도 하지만 진솔한 자의식의 드러냄, 그리고 순수한 정신적 세계의 표백이라는 점에서 무조건 평가절하할 수 없다. 시인 성춘복은 1980년대 후반부터 정신적 공허함과 인간의 한계를 스스로 인정할 뿐만 아니라 자신의 내부에 균열된 틈, 서정을 인지하면서 시적 세계가 인간의 보편적인 정서로 표출된다. 그리고 서정적 자기 발견은 종래의 시적 틀에서의 변이를 추구하면서 진정한 자유를 시도한다. 이것은 자아의 회복과 자아의 비상을 위한 새로운 시도인 것이다.

1) 자아의 회복과 기원

밤마다 나는 나를 버린다
배겟잇에 떨군 머리카락처럼

낮에도 나는 키를 줄인다
은빛 몸비늘을 흩어버리듯

기억은 차츰 허물어져 가고
욕망도 출렁이다 드러누워버리고

나를 버려야 내가 사는 길이라면
나를 줄여야 나는 사는 법이다

차일 밑에 가둬놓은 편안같이

인생은 어리석음의 무덤이거니

날마다 조금씩 내가 나를 죽인다
살아가는 일이 생애를 줄이는 것이듯.

―「나를 버리는 일」 전문

이 시는 열번째 시집에 실린 시로, 시적 자아는 계속해서 자신의 욕망의 해소를 꿈꾸는 것으로 되어 있다. 여기서 욕망의 해소는 자신을 버리고 억누르는 행위로 나타난다. 욕망의 털어버림, 즉 현실적 삶에서 거리두기는 시의 핵심을 이룬다. 그리고 시의 전반부에서 계속 반복된다. 반복적으로 지속되는 삶의 거리두기는 삶에 대한 허무인식으로 표현된다. 욕망의 부질없음은 결국 인생의 허무함으로 이어진다. 이 시의 1연, 2연, 3연에서 '떨어지는 머리카락', '몸비늘', '허물어지는 기억'으로 표상되는 것은 인생의 부질없음을 드러내는 것이다. 그리고 이 인생의 부질없음, 인간의 육체적 쇠락에 대한 깊은 자각은 자신의 버리는 일, 자신의 내부에 자리한 부질없는 욕망의 털어냄을 가속화한다. 그렇게 노력하는 시적 자아의 모습이 '자신을 죽이는 것'으로 나타난다. 이것은 자신의 욕망과 감정을 억제하고 인내함을 말한다. 그리고 자신이 바로 사는 길임을 깨닫는다. 이와 같은 계열의 시가 「밤이면 자리에 들어」라는 시다. 여기서도 절박한 고독과 괴로움을 느끼는 밤의 공간에서 시적 자아가 갖는 공허한 삶에 대한 인식을 드러내고 있다.

어깨가 시리다
모로 누으면 다른 쭉지가.
돌아누워 뒤채면 등이 또한 시리다

이슥해져서야/ 이뤄지는 내 귀갓길
매일 만나도 낯선 이 어둠이

나는 두렵다
[……]
몇 뼘 안되는 주검자리의 이쪽과 저쪽
차곡차곡 어둠을 지금 채워가는 중이다.

—「밤이면 자리에 들어」에서

여기서는 시적 자아의 고독과 외로움이 짙게 나타난다. 시적 자아의
삶에서의 결핍의식이 죽음의 세계로 이어지면서 고독감은 더욱 깊어진
다. 그러나 고독감은 존재에 대한 깊은 성찰과 내면의식으로 작용한다.
시적 자아가 "몇 뼘 안되는 주검의 이쪽과 저쪽에 차곡차곡 어둠을 채워
간다"고 한 것은 죽음의 수용이요, 스스로의 삶의 한계를 깨닫고 있음이
다. 이런 태도는 진정한 삶이 무엇인가를 자각할 때 가능하다. 그리고
진정한 삶의 가치를 발견하고 고독한 자기와의 투쟁을 시작할 때 드러
난다. 아래의 시에서도 시적 자아의 고백적 진술, 즉 자기와의 대화와
투쟁의 모습이 소슬한 분위기와 함께 엄숙하게 느껴진다.

밤 열 시면
어김없이 돌아와
내 집에다 열쇠를 꽂는다
어둠보다 더 깊이 가두었던
빈 집의 문을 따놓으면서
안으로 가득 채워진 내 속은
드디어 짐을 풀기 시작한다

다시 문을 닫고
열렸던 창도 걸고
담자락 끝에서 풀려난 달빛을
허탈과 자율에 알맞게 풀어
적멸과 방종의 내 하루치 그릇에 쏟으며

쥐도 새도 모르게
나는 내가 아닌 사람
그야말로 엷은 그림자에 단속을 하게 한다

종일 비워 두어
싸늘하게 식어버린 침상
몫이 따로 없는 피곤의 빈 몸뚱이에 몇 모금의 맹물

구석마다 눈물로 못질한 나를 읽어
끊겼던 전화줄로 묶듯
내 주검자리를 가늠한다
내가 나를 반듯이 눕혀 재우듯이

—「열쇠」 전문

위의 시에서 '열쇠'는 일반적으로 갖는 열쇠의 의미와 시적 의미로 중
층화되어 있다. 1연에서 '열쇠'가 문을 열고 잠그는 일상적 기능을 하는
단순한 의미로 씌였다면, 1연의 4행에서부터는 열쇠의 의미는 본래의
기능보다 더 큰 의미로 작용한다. 시적 자아가 자신의 내부에 가두어 두
었던 정신적 짐을 풀어놓을 수 있는 계기로 작용한다. 그러므로 이 열쇠
는 일반적 의미보다는 시적 의미가 부가된다. '담자락 끝에서 풀려난 달
빛'과 함께 하루의 삶 속에서의 긴장을 풀어놓는 기능을 담당한다. 그리
고 삶의 긴장과 고통, 그리고 자신의 실체를 발견하는 동기를 부여한다.
여기서 시적 자아의 고통의 실체가 무엇인지 짐작할 수 있다. 2연의 "쥐
도 새도 모르게/ 나는 내가 아닌 사람/ 그야말로 엷은 그림자에 단속을
하게 한다"는 시행에서 이중적 모습, 즉 사회적 구속에서 진실한 자신의
모습을 드러내지 못하고 사는 피곤한 모습이다. 그리하여 시적 자아는
자신만의 공간에서 가장 진솔하고 솔직한 자기 고백을 하고 있다. 그 고
백은 "구석마다 눈물로 못질한 나"로 표현된다. 이 표현에는 시적 자아

의 한스러움과 눈물이 고여있음에도 드러낼 수 없는 상황이 드러난다. 자신을 옭아매던 낮의 삶에서 풀려나 '내 주검자리를 가늠'하는 진실한 자기와의 시간, 밤을 마주하는 시적 자아의 모습이 드러난다.

그러므로 이 시에서의 열쇠는 시적 자아로 하여금 자기만의 공간으로 돌아옴을 가능하게 하고 시적 자아의 내면에 갇힌 설움을 마주 보게 한다. 이렇듯 시인은 자신 앞에 펼쳐진 삶을 인식하고 진정한 자아와의 대면을 직시하면서 죽음이라고 하는 삶의 끝을 바라본다. 이러한 자세는 결국 시인 성춘복의 유연성과 자유의지에서 비롯된 것이다.

말하자면 자신의 주검을 바라보고 인지한 후의, 아니 자신의 주검을 바라볼 수 있을 만큼의 여유를 지닌 시인의 시적 태도는 시적 세계의 변용을 시도하게 된다. 자유로운 시적 변용은 시 양식에 대한 실험성으로 나타나기도 한다.

2) 전통적 시 양식의 거부

나는
바람에 실려가는
□ 구름

너는 푸르다 못해 물들어버린
하늘 □□

오늘
너는 들판으로 나앉고
나는 당국화의 목놓은 가을이 되거니.

―「오늘 나는」 전문

1인용의
 간이 침대에서 스무나무 해
 하루는 자벌레
 다른 하루는 딱정벌레

어젯밤엔
 모서리의 한 끝에 매달려
 내 묘기의 실제에 있어선
 헛
 딛
 기

꿈 속의
 깜깜함, 황당함
 침대에서의
 떨어지기 전

발버둥치기
바람가르기
아침엔 (失足)
 한쪽발가락의 반창고
 또 다른 발목의 압박붕대.

—「실족(失足)」 전문

나는 보았다
흔들리지 않기 위하여
다 벗은 알몸으로
겨울나무가 되어 가던 것을

그리고 또 보았다
제 이름마저 잊기 위하여

추상적인 것 다 떨구어버리고
곧은 햇살로 증발하는 계절도

나무는 본다
시간의 끝을 곧추세우기 위하여
한밤중인 나를 거울로 지우고
의미의 숲 언저리에 떠나게 한 것도

드디어 나무는 느낀다
더는 쓰러지기 않기 위하여
가는 뿌리털의 발톱을 만들고
안간힘으로 다시 봄을 일으키는 것을.

—「나무」 전문

"현대의 시인들은 규격화되고 조직화된 세계에 도전하게 되고 세계의 감추어진 추악함과 무질서, 그리고 자신의 내면의 온갖 추악함, 모순을 스스로 폭로하려할 때 탈승화의 시적 장치[3]"가 필요하게 된다. 이와 같이 시인 성춘복의 경우도 새로운 시적 양식을 필요로 한다. 그리하여 그의 제11번째의 시집에서는 종전과는 다른 그림과 도상기호, 시행의 일탈로 새로움을 추구한다. 이것은 그의 시에서 흔히 볼 수 있었던 것은 아니다. 시인이 나이 이순을 넘기면서 시 형식의 변이가 구체화되는데 시적 형식의 변이에는 사회적 모순이나 부정적인 인식, 그리고 고발정신을 표방하는 것이 아니라 자신의 정신적 깊이와 인간의 구속적 삶의 테두리에서 날아오르기 위한 노력이 드러난다. 다시 말하면 시적 깊이를 위한 새로운 시적 양식, 종래의 글쓰기의 방법에서 벗어난, 시적 전략인 것이다. 이와 같은 시적 기교는 의식의 전환과 새로움을 드러내기 위한 방편이며, 시인의 전략이다. 시인의 의도적인 표현방법의 변형은

---

3) 김준오, 『현대시의 환유성과 메타성』(살림, 1998), 91쪽.

정신세계의 변이를 반영한다.

　그는 제11번째의 시집에서 형식의 파행을 "참으로 많은 무너져내림, 떨어져 내림, 파묻혀버림, 터져버림, 그리고 낡고 삭아 자신이 허물어져 버린다는 허망조차 잊고 사는 까막 기억들, 그 이유를 바깥으로만 돌리고 있는 큰 소리들에 앞서 우리들의 정신구조에다 초점을 맞추고 싶었다."고 토로하고 있는데, 이 말은 시인이 자신의 내부에 잠재한 현실에서의 벗어난 새로운 정신구조의 반영을 의도하고 있음을 뜻한다. 그가 추구하는 시적 구조는 시집의 제목인 '해적이기와 해작이기'로 드러나고 있다. '해적이기와 해작이기'인다는 말은 다소의 장난기가 어린 천진한 '풀어해침'의 행위를 뜻한다. 그리고 틀에서의 벗어남을 의미한다. 그는 시집에서 그림과 시를 하나의 의미로 그리고 있는데, 그림이 시요, 시가 그림인 셈이다. 낙서 같기도 하고 크로키 같기도 한 그림과 함께 나란히 쓰여진 시를 보면 그 속에는 언어의 낭비를 막고 있음을 발견할 수 있다. 「오늘 나는」·「실족(失足)」·「나무」 등의 시에서 이러한 시인의 의식과 시형식의 변이를 살펴볼 수 있다.

　「오늘 나는」에서는 시적 자아인 '나'가 '너'와 하나로 통합되어 있고 다시 나와 너는 자연의 세계인 하늘, 구름, 가을로 확장되고 통합되어 있다. 그리고 여기서 시적 자아는 '바람에 실려가는' 저항없이 자연의 일부로 편입된다. 시적 자아의 대상인 '너'는 '푸르다 못해 물들어버린' 하늘이 되면서 '나와 너'는 구름과 하늘의 불가분의 관계를 맺는다. 이 관계성은 지금까지 시인 성춘복의 시에 나타난 시적 자아의 모습과는 차이가 있다. 그러나 여기서 특이한 것은 시어를 대신하여 기호를 사용하고 있다는 것이다. 이 기호는 단순한 자리 빔의 표현이 아니다. 시어가 하나의 기호이듯 시에 사용된 어떤 도상기호도 언어의 테두리에서 벗어날 수 없다. 빈 사각의 형태로 묘사되는 구름과 하늘의 모습은 무엇으로도 설명할 수 없는 무궁한 자연의 모습이고, 이것이 시인의 내면을 감싸고 있음을 드러낸다. 시에서 빈 공간의 선택은 존재의 본질에 대한 탐구와 주어진 조건을 무시한 이상적 공간을 의미하는 것이다. 그리고 이 빈곳은 다시 시의 표층구조에서 무시되는 현실일 수도 있다. 즉 일반적인 시행의 규칙과 규범을 일탈하고 있는 모습을 시의 표현방법의 일탈로 드러내고 있는 셈이다. 이것은 엄격한 자기집중의 표출이면서 일종의 현실저항이라 할 수 있다.

「실족(失足)」에서 '자벌레', ' 딱정벌레'의 모습으로 묘사되는 시적 자아의 모습은 매우 불안전하다. 이 불안은 2인용 침대가 아닌 1인용 간이 침내 위에서의 잠으로 더욱 시적 자아의 불안을 가중시킨다. 이 침대에서의 생활이 '스무나무 해'나 되었건만 아직도 '헛딛기 발버둥치기'로 익숙하지 않아 밤을 지새는 시적 자아는 시의 3연과 4연에서 그 모습이 희극화되어 묘사되고 있다. 시적 자아의 모습이 '헛딛기'와 '압박붕대'로 묘사되는 것은 강박관념의 노출이다. 비단 잠자리에서의 일시적 실수가 아니라 시적 자아의 심적 공허함의 표현이다. 그리고 3연에서 '발버둥치기'와 '바람가르기'가 사람의 다리모양의 형태로 쓰여진 것과 4연에서 '한쪽 발가락의 반창고'와 '또 다른 발목의 압박붕대'의 어긋남으로 표현한 것은 표층에서의 단순한 흥미 유도가 아님을 짐작케 한다. 말하자면 꿈 속에서 시적 자아는 혼자가 아니라 두 사람의 잠자리로 인식한다. 이것을 두 다리의 서 있는 모습으로 표현하고 있는 것이다. 그러나 아침이 되면 꿈의 황당함으로 인하여 '헛딛기' 때문에 다리와 발에 상처를 입는다. 이 현실과 꿈의 어긋남은 시행의 어긋남으로 표현되고 시의 내포적 의미가 들어 있음을 뜻한다. 시인의 의도적인 기법은 시적 자아의 심리적 외로움을 드러내는 데 기여하고 있다.

마지막 세 번째의 시 「나무」를 살펴보자. 이 시에서 각 연의 1행은 "나는 보았다/ 그리고 또 보았다", "나무는 본다/ 드디어 나무는 느낀다"로 중첩되고 서로 대칭을 이룬다. 시적 자아인 '나'는 계절의 변화에서 사물의 변하는 모습을 통하여 사물의 존재성까지도 보았음을 강조하고 있다. 그 다음 3연과 4연에서는 나무를 시적 자아로 설정하여 '나'를 관찰한다.

그리고 4연에서는 나무를 의인화하여 감정을 이입하면서 존재의 부활을 강조한다. 여기에서 '나무와 나'는 하나의 같은 존재로 소통된다. 좀더 구체적으로 살펴보면 이 시의 1연에서 내가 본 것은 "다 벗은 알몸으로 되어 가는 나무"다. 그런데 이 나무가 알몸이 되는 것을 시적 자아인 나는 '흔들리지 않기 위해'라고 의미를 부가한다. 흔들림이 없는 것은 곧 자아의 정체성의 획득을 말한다. 또한 2연에서 시적 자아는 '제 이름마저 잊기 위하여', '곧은 햇살로 증발하는 계절'을 보았다고 한다. 이것은 시간의 흐름과 변화에서 오직 순수한 의지와 자신의 바른 모습을 세우기 위한 自問인 것이다. 3연에서 '시간의 끝을 곧추세우기 위하여' 나무는 보고 있다. 사라지는 마지막 순간, 얼마 남지 않은 삶의 순간을 위하여 나무는 "한밤중인 나를 겨울로 지우고", '의미의 숲 언저리를 떠나게 한' 것에서 주요한 의미를 발견할 수 있다. 여기서 밤과 같은 혼돈과 사멸의 시간이 바로 겨울이다. 이 겨울은 하루를 두고 보면 밤에 해당한다. 그리고 인생에서는 사멸의 시간이다. 그런데 이 시에서 나무는 "나를 겨울로 지운다". 이것은 어둠과 암흑의 혼돈에서 새로운 '나'의 탄생을 위한 나의 지켜봄을 강조한 표현이다. 그리하여 나무는 다시 봄을 맞이하기 위하여 안간힘으로 가는 뿌리털을 만들고 있다. 이것을 시적 자아인 '나'는 '나무'를 매개로 자신의 삶을 충실히 바라보게 되는 것이다.

3) 자유로움을 위한 비상

어느 날 살아오던 것들을 깡그리
다져 반듯하고 단단하게 꾸민
다음 아주 천연한 잠을 청하면

헛간 하나를 문득 비우고 싶다
—「죽음」 전문

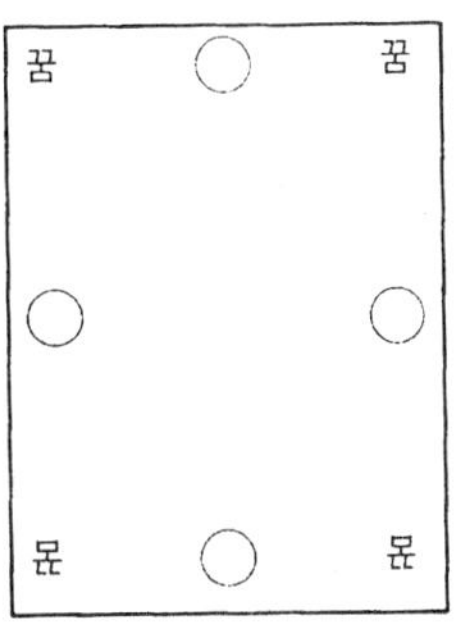

(4×꿈)+(못×4)

  앞의 시는 제12번째 시집 『혼자 사는 집』에 실린 시다. 이 시집을 발행하는 시기에 오면 시인의 의식이 매우 홀가분해짐을 엿볼 수 있는데, 이것이 이 시에서 「꿈」과 공통적 심상으로 드러나 있다. 시적 자아가 살아온 삶은 네모의 빈 공간으로 묘사되고, 또한 꿈이라는 원형의 모습으로 나타난다. 네모의 틀 속에 갇힌 죽음과 꿈, 그리고 잠의 뒤엉킨 모습으로 표현되는 삶은 어떤 동질성을 갖는다. 비현실, 즉 환상적 세계로 인식하던 현실이 이제는 움쩍할 수 없는 틀 속에 갇히게 된다. 시의 네 모퉁이를 감싸고 있는 것은 현실과의 단절이다. 그러나 여기서 현실은 죽음과 꿈의 세계로 동일시된다. 이러한 유연한 정신적 세계는 죽음으로 무르익어 가는 삶을 인정하기 때문에 가능하다. 시인은 죽음이라는 미지의 세계로 나아가 강력한 상상력을 발휘한다. 그리하여 시인은 암시와 축약으로 외적 현실과는 다른 '내면성의 매개물로 포괄적인 삶의 양태'[4]을 나타낸다. 새로운 시적 배열과 표현양식은 시인의 내적 삶을 드러낸다. 그리고 시인의 내적 삶의 양태는 다양한 꿈의 모습으로 나타난다.

---

4) 후고 프리드리히, 장희창 역, 『현대시의 구조』(한길사, 1996), 103쪽.

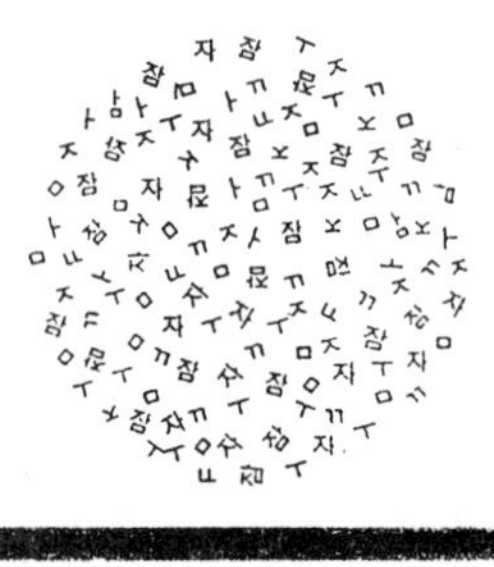

나무잎새한둘흔들거리느팔서넛.부서진의지나이쑤시

‘마른나무잎새한둘흔들거리느팔서넛,부서진의지나이쑤시개몇개,취
해비틀거리느몸뚱이의깜깜속으로들어와나를마구혼들어놓는······
······

—「꿈」 전문

　뒤집어진 꿈이라는 글자는 이상적 꿈의 현실마저도 부인되는 죽음의
공간을 뜻한다. 그리고 네모의 상자 안에 ‘꿈’과 ‘꿈’ 사이의 ‘못’은 현실
에서 꿈꾸던 이상적 세계의 단절을 의미한다고 할 수 있다. 시에 사용된
기호는 매우 자의적이기 때문에 그 의미를 한정하기는 어려우나 ‘죽음’
이라는 시어와 연계해서 고려해 보면 ‘못’의 기능은 매우 현실적이다.
다시 말하면 시에서 ‘못’은 허튼 행위나 공간을 차단한다. 그것은 ‘반듯
하고 단단하게’라는 시어로 설명될 수 있다. 자신의 지금까지의 삶을 반
듯한 사각의 틀 안에 잠재우려 하는 시인의 노력은 “이따금 뜬구름 훑으
며/ 어쩌면 되리, 어쩌면 되리 하고/ 제 꿈의 확산을 물새들은 놀라고/
그래서 하루 종일 울부짖다가/ 내내 물 위로 솟구쳐 오르다가/ 머리를
짠물에 적시고 만다”(「갈매기」)같이 한 마리의 갈매기의 반복되는 날개
짓, 하늘을 나는 움직임으로 지속되고 있다.

4. 결 론

　시인 성춘복은 삶에 지친 우수와 비애를 기본 정서로 삼지 않고 있다.
그는 삶에 대한 깊은 서정과 슬픔을 고백하더라도 매우 정제된 모습으
로 드러낸다. 앞서 언급한 바대로 그의 시를 살펴보면, 시인이 고통의
현실을 극복하기 위하여 '渡江'을 준비하고 있음을 알 수 있다. 그는 초
기 시에서 '渡江'의 이미지로 성실과 진지함, 그리고 현실극복의 의지를
드러낸다. 이러한 노력은 계속 이어져 초기 『파고다 공원』과 『산조』,
『복사꽃제』 시집까지 줄곧 나타난다. 시인의 개인적 삶에서 오는 고통
과 서정성이 이웃에 대한 눈 돌림, 시대적 현실에 대한 직시와 중첩되면
서 시적 세계의 폭이 넓어진다.

　『파고다 공원』과 『산조』, 『복사꽃제』의 특징들이 확장되면서 다시 그
의 시세계는 존재에 대한 근원적 물음으로 나아간다. 그 다음으로 나타
나는 시적 변용은 '길 떠남'으로 형상화되는데, '길의 떠남'은 곧 자아의
발견을 위한 새로운 세계의 마주함이다. 새로운 자아의 발견을 위한 도
정이 시적 성실성과 정직성으로 표출된다. 삶의 진실을 도모하기 위한
시적 자아의 태도변화는 시에서 여행시로 나타나지만, 이는 '길의 떠남
과 새로운 삶과의 마주함'으로 구체화된다. 그리고 이와 같은 시적 태도
의 변이는 다양한 시의 양식적 변화를 시도하기도 한다. 이것이 점차 후
기 시집까지 이어지고 있으며 기존의 글쓰기 방식을 해체하기도 하면서
시와 그림의 혼합, 기호와 색채로 표현된 시의 형태로 변화된다. 여기서
의도하는 시인의 시적 의미는 시인으로서의 참모습의 발견에 천착하는
일련의 태도로 풀이할 수 있을 것이다. 또한 개별적으로 서로 다른 유형
의 요소, 구성을 상호 결속시켜서 독자들로 하여금 다양한 개연적 의미
를 느끼도록 유도하는 것은 '寫像책략'(mapping strateges)[5]이라 할 수 있

다. 이러한 의도적 방식은 시적 의미를 분산하거나 깨지 않으면서 독특한 시적 이미지를 구현하여 삶의 진실성에 도전한다. 또한 이것은 시인의 개성이며, 고도의 진실성과 진지성의 표출인 것이다. 시적 진실성에 도전하는 시인, 성춘복은 내밀한 자신의 욕망조차도 부수어 버린다. 그는 자신의 삶을 꾸준히 굽어보면서 세계 속에 고립된 자아를 '혼자 사는 것'으로 규정한다. 인생의 출발과 끝이 혼자이듯 그는 지금까지의 삶을 해체하는 과정으로 시어와 시형식을 변화시키고 모든 것을 헤적이기 시작한다. 언어와 문체, 그리고 시적 진실성까지도 실험을 하고 있다. 이것은 새로운 시적 모색과 도전이며, 시인의 현실인식이다. 투철함과 끊임없이 새로운 자아의 심연을 굽어보는 시적 태도는 시의 미학과 시적 변형의 근원이 되고 있는 것이다.

시인 성춘복은 새로운 시적 방법의 모색을 현실에 대한 적극적 대응 혹은 개인적 운명으로의 도피나 감정의 과잉 노출 등의 부정적 속성으로 표출하지 않는다. 다만 새로운 見性의 자세를 위한 자아 해체의 모습으로 드러낸다. 시인의 해체의 몸짓은 기호와 그림으로 시적 의미를 병치하면서 세계의 확장을 시도한다. 그리고 시인 자신에게 충실한 서정적 자아를 설정하기도 한다.

요컨대 시인 성춘복은 연륜이 더해질수록 그의 시적 표현을 서정적 매너리즘에 빠뜨리지 않고 새로운 형식으로 표현의 폭을 넓힌다. 이것은 그의 시적 특성이며 꾸준한 시작을 가능하게 하는 動因이다. 또한 그의 시에서 같은 내용과 형식으로 진동하면서 표현되는 서정성은 개인에서 사회로 다시 개인적 삶의 원형으로 굽이친다. 이것이 하나의 전형화된 자족적 세계의 표현에 머물지 않고 새로운 세계, 즉 환상과 욕망의 숲에서 벗어나 참다운 세계를 바라보기 위한 시적 노력으로 이어지고 있다.

---

5) 서로 상이한 표현을 동질의 대치관계로 재구성하는 것을 의미한다[오세영 외, 『구조와 분석』(도서출판 창, 1993), 71쪽 참조].

시인은 언어의 연금술에 능한 사람이기는 하나 인생을 보지 못하는
신비한 궤변론자일 수 없듯이, 시인은 묵묵히 생을 바라볼 뿐이다. 평생
을 '시'라는 프리즘으로 인생을 바라보는 그 묵묵함은 하늘을 나는 새처
럼 높아 보인다.

제2부

작품론

시의 서정성과 전환적 의미

— 김광균의 『黃昏歌』를 중심으로

1. 서 론

『黃昏歌』는 1957년 7월 산호장에서 300부 한정본으로 간행된 김광균의 제3시집이다. 그가 문단을 한동안 떠나 실업계에 진출하면서 낸 것으로, 총 38편의 작품을 3부로 나누어 편성하고 있다. 먼저 '黃昏歌'부에는 「汽笛」, 「秋夕날 바닷가에서」, 등 15편을 수록하고 있다. 이들 중에서 「吹笛벌」은 1940년 9월호 ≪문장≫지에 발표된 「荒凉」을 제2시집 『寄港地』에 일차로 실었다가 제목과 내용을 바꾸어 『黃昏歌』에 다시 수록한 것이다. 그리고 '寄港地'부에는 「列車」, 「忘憂里」 등 16편을 수록하고 있다. 이들은 제2시집 『寄港地』에서 「荒凉」을 제외한 전 시편을 일부 순서를 바꾸어 편성한 것이다. 끝으로 '思鄕圖'부에는 총 7편을 수록하고 있는데, '사향도'의 시편들은 제1시집 『瓦斯燈』의 시편들이 발표되기 이전, 그러니까 김광균의 습작품들이 발표되던 시기의 시작 5편과 기타 2편으로 이루어져 있다. 그리고 시집 말미에는 '황혼가'부의 시편인 「汽笛」과 「美軍兵士에게 주는 詩」를 영역하여 수록하고 있다.

이상으로 미루어 본고의 대상은 '황혼가'부의 시편 중 「吹笛벌」을 제외한 14편과 여기에는 실리지 않았지만 이 시기에 발표된 「喪輿를 보내며」·「그믐날 밤에 혼자 누워 생각하기를」[1]·「喪輿를 좇으며—呂運亨 선생 장례날」·「花鬪」·「UN軍 墓地에서」 등이 이에 해당된다. 이들은 모두 제2시집 『寄港地』 이후 제3시집인 『황혼가』가 출간되기 이전까지 쓴 작품들로, 김광균의 시력으로 보아 그 중간기에 해당된다. 『황혼가』 시편들의 시적 특색은 한마디로 감상과 서정성의 표현이 직설적이라고 할 수 있다. 시집의 편집후기에서 저자 자신도 "이 책은 나의 문학의 墓標가 될 것이므로, 여러 가지 생각하다 이루지 못한 슬픔으로 그 우에 서린 황혼의 빛은 처참하리라"[2]고 하고 있는 바, 일시 시단을 떠나는 서글픈 감회를 그는 이렇게 표현한 것이다. 아무튼 『황혼가』의 시편들은 『와사등』이나 『기항지』와 같은 초기시편들과는 사뭇 다르다. 그의 초기 시편들이 감각적이고 회화적인 기법과 도시적 서정을 특색으로 하고 있다면, 『황혼가』의 시편들은 보다 회고적이고 정감적 속성을 특색으로 하고 있다.

본고는 김광균의 시적 전환기에 해당되는 『황혼가』의 시편들을 대상으로 그 특색을 고찰하기로 한다. 그러나 이 시기의 시작들이 김광균을 대표한다는 것은 결코 아니다. 그의 시작 전반을 대상으로 하는 통시적 작업의 일환으로 『황혼가』의 시편들을 심층적으로 고찰하고자 한다. 우리의 현대시사에서 김광균은 거의가 감각성과 회화적 기법을 주축으로 한 모더니스트로서의 경향을 강조하여 왔다. 그러나 이것은 어디까지나 그의 초기를 대표하는 『瓦斯燈』과 『寄港地』의 시편들을 중심으로 한 논의에 불과한 것이다. 그 뒤로도 김광균은 3권의 시집을 간행하고 있는 바, 이것들은 그의 통시적 고찰을 위해서 간과해서는 안 될 대상들이다. 따라서 본고에서는 그 작업의 일환으로 『황혼가』 시편들을 대상으로 그

---

1) 1948년 1월 4일자 《자유신문》에 발표된 작품으로 시집에는 실려 있지 않다.

2) 김광균, 『黃昏歌』(산호장, 1957), 114쪽.

중간기의 전환적 의미를 고찰하고자 한다.

2. 사라지는 것에 대한 그리움과 허무의식

김광균에 대한 대부분의 논의가 시적 감각성과 회화적 기법이라는 관점으로 통념화되고 그 대상도 초기의 두 시집의 시편들에 국한되어 있다함은 이미 앞에서 말했다. 그러나 본고에서 대상으로 하고 있는 『황혼가』의 시편들은 김광균의 후기시라 할 수 있는 『秋風鬼雨』나 『壬辰花』의 시편들과 같은 맥락으로 죽음에 대한 슬픔과 허무의식을 기조로 하고 있다. 그러나 『황혼가』의 시편들에 나타나 있는 죽음의식은 '기적', '황혼'의 이미지와 연계되어 있다. 이때의 이미지들은 초기시에서 배경과 시적 분위기로만 작용하던 것과는 달리 삶의 황폐화와 시대적 전망의 부재로 표현된다. 따라서 이런 속성은 정감적 경향으로 기울게 되는데, 이 시기에 이르러 비애와 슬픔은 자아와의 거리가 훨씬 단축되면서 더욱 심화되어 나타난다.

『황혼가』의 시편들이 다루고 있는 개인의 죽음은 시인 자신의 삶과 죽음 그리고 시대적 고난과도 연계되어 있다. 그렇기 때문에 시인의 가족이나 가까운 친구들의 죽음에 대한 애도가 모든 사라지는 과거적인 것에 대한 그리움과 서글픔으로 확장될 수 있는 것이다. 또한 이러한 죽음의식은 시집의 주축이 되면서 그의 시는 보다 정감적 속성으로 기울게 된다.

「汽笛」·「뻐국새」·「永美橋」·「九宜里」 등과 같은 일련의 시에 나타난 '죽음'은 모두가 타자의 죽음이지만 이들은 김광균의 친지들이다. 이들의 죽음에 대한 시적 자아의 감정이 매우 직설적으로 드러나는데 그 현상은 시의 어조의 변화에서 찾아볼 수 있다. 지나간 과거에 대한 그리움과 회고의 정감은 '—하는지' '—하는가' 등의 회상어조로 나타난다.
이런 죽음에 대한 허무의식과 지나간 과거적인 것에 대한 그리움의 정
감은 김광균의 시적 전환뿐만 아니라, 현실적 삶에 대한 태도의 변화를
가져오는 계기가 된다. 다시 말해서 『瓦斯燈』과 『寄港地』 같은 초기 시
편들에 나타난 감각적이고 회화적인 모더니즘 기법이 신변적이고 자전
성의 소재와 감상성으로 바뀌는 것은 바로 그런 의미다.

그에게 있어서 가족이나 가까운 친구들의 죽음은 단순한 타자의 죽음
이 아니고, 그 죽음을 통해서 자신의 삶과 시대를 깊이 성찰케 하는 계
기가 되기도 한다. 또 한편으로 「황혼가」·「영도다리」·「秋夕날 바닷가
에서」·「乘用馬車」 등의 시에는 시대적인 혼란으로 인한 타향살이의 고
통과 비애가 드러나는데, 이런 悲感은 죽음의식과 함께 『황혼가』의 주
요한 서정의 원천이 된다.

1) 소리를 매개로 환기된 죽음의식

김광균과 같은 시대에 활동한 모더니스트들이 죽음의식이나 서정성
을 전혀 표출하지 않았던 것은 아니다. 그러나 김광균은 다른 시인들과
달리 죽음을 표현하는 데에도 크게 차이를 드러내고 있다. 이를테면 『황
혼가』 시집 이전의 초기의 두 시집에서 표현하고 있는 죽음은 다소 주
관적 감성을 절제하고 있으나 『황혼가』 무렵에는 매우 직설적이다. 그
이유는 김광균의 시적 소재와 주제로 다룬 죽음이 추상적이고 형이상학
적인 죽음 의식이 아니라 구체적인 체험의 반영이기 때문이다. 그렇기
때문에 당시의 시인들과 달리 매우 직설적이고 감상적이다. 이를테면
김기림과 같은 모더니스트는 슬픈 감정을 노래했으면서도 시적 자아를
고립시키는가 하면, 시에서의 '자제된 무관심'3)으로 자신의 감정을 절
제하고 있는데 반하여, 김광균은 그렇지가 않다. 그는 타인의 죽음을 바

라보면서 주관적 서정의 노출을 억제하지 못한다. 이것은 그의 시에서
의 개인적 죽음이 사회적 수난과 맞물려 있기 때문이다.

밤중에 들리는 기적소리는
멀─리 간 사람과
이미 죽은 사람들을
생각게 한다.
내 追憶의 燭臺 우에
차례 차례로
불을 켜고 간 사람들
그들의 영혼이
지금 도시의 하늘을 지나가는지.
汽笛이 운다.
기적은 공중에서 무엇을 찾고 있나.
나는 얼결에
잃어진 生活의 키를 생각한다.
汽笛이 운다.
발을 구른다.
高架線 우에 걸려 있는
마지막 信號燈을 꺼버리고
아 새벽을 향하야
모다들 떠나나 보다.

―「汽笛」에서

　이 시에서 시적 자아인 '나'는 기적 소리를 통하여 시인의 주변에서
멀어진 사람, 아니 죽어서 영원히 사자진 사람들의 기억을 떠올린다. 이
기억은 단순히 사라진 것을 떠올리는 것이 아니라, 그립고 애달픈 정감
적 세계에 몰입하는 것이며, 시적 자아의 가슴에 아픈 상처를 되새기는

---

3) 문혜원, 『한국현대시와 모더니즘』(신구문화사, 1996), 207쪽.

것이다. 김광균과 함께 살았던 가까운 사람들이 촛불을 켜고 떠나갔다
는 것은 감상과 비애의 속성이 아닐 수 없다. 이때 '촛불'의 의미는 한
생명이 다하고 떠나는 '죽음'을 상징하면서 시적 자아의 가슴에 사라지
지 않은 아픈 상처로 표상된다. 다시 말하면 일반적인 '촛불'의 이미지
가 자기 승화를 뜻한다면, 이 시에서의 '촛불'의 이미지는 불가시적인
세계의 존재와 이들을 향한 꺼지지 않는 애절한 기억의 근원이다. 따라
서 사라진 사람들을 "불을 켜고 간다" 함은 시적 자아가 죽은 사람들을
보내지 않고 가슴속에 깊이 묻어둔다는 의미로 해석할 수 있다.

이처럼 김광균은 도시문명의 상징인 '기적'으로 '새로움에 대한 건강
한 지향'4)이 아닌 기억 속에 저장된 비애를 회상한다. 시인은 '죽어 사
라진 것'과 지나간 '과거적인 모든 것'에 대하여 떨쳐버리지 못하고 환
기하고 있는 것이다. 그런데 시적 자아가 얼결에 '잃어진 생활의 키'를
생각한다는 것은 그들의 죽음이 현실적인 생활과 무관하지 않음을 의미
한다. 즉 죽어간 이들의 삶이 고통스러웠으며 이들을 기억할 때마다 자
신의 현실적 삶과 미래의 불확실한 삶도 함께 염려한다는 것이다. 시인
의 이러한 심리적 상황이 "발을 구른다" 와 "마지막 信號燈을 꺼버리고/
아 새벽을 향하야/ 모다들 떠나나 보다."로 구체화된다. 마지막 신호등
마저 꺼버리고 새벽을 향하여 떠나는 것은 이른 새벽 일터로 떠나는 삶
의 절박한 모습이며 각박한 현실이다. 이러한 현실에서 시인에게 다가
오는 기적소리는 절박감과 슬픔, 불확실한 미래의 고통을 되새기는 환
청이며, 이미 죽어서 그의 곁을 떠나간 사람들에 대한 회상인 것이다.
더구나 모두가 잠든 한밤중에 멀리서 들리는 '소리'는 환청의 허무감을
부추긴다.

「永美橋」와「九宣里」는 이와 같은 죽음의식이 드러나는 시다. 여기에
는 죽음에 애상과 비통한 감정이「汽笛」보다 구체화되고 심화된다. 그

---

4) 김학동, 『김기림 연구』(새문사, 1988), 17쪽.

이유는 시 제목에서 지역이름이 구체적으로 나타나는 것은 특별한 의미가 있기 때문이다. 이 두 시에서 지명은 타자의 죽음과 무관하지 않다.

> 광나루 십리벌엔
> 눈물에 어린 길을
> 등불이 간다.
> 저등불 사라지면
> 밤이 새는지.
>
> 철길에 사모치는
> 물길을 쫓아
> 바람도 가다가는
> 돌아 오는데
> 고달픈 날개
> 여울물에 적시고
> 물새는 어느 곳에
> 잠이 드렀나.

―「九宜里」에서

　친구의 죽음을 애도하는 이 시는 매우 단조롭다. 따라서 이렇게 단조로운 시에서는 형식보다는 의미가 강조되는데, 그것은 비애의 서정이다. 친구가 죽어간 '광나루 십리벌'을 비를 맞으며 헤매는 것이나 "물소래 찾아/ 갈대밭 헤치고/ 내려가 볼까" 등은 시적 자아가 비탄에 빠진 모습을 드러낸다. 이러한 시적 자아의 죽음의 애상이 '눈물 어린', '사모치는', ' 쓸쓸하고나' 등의 시어와 '―까', '―나', '―가' '―냐' 등의 어조로 나타난다. 여기에는 절제되지 못한 시인의 감정이 드러난다. 뿐만 아니라 이런 사실은 시인의 내면의 서정이 그대로 표현되고 있음을 알 수 있다.

좀더 구체적으로 살펴보면, '물소래'는 고요하고 적막한 광나루의 쓸쓸함을 드러내기도 하지만 친구의 애절한 울음소리와 동일시되기도 한다. 한편 '물소래'를 다음에 이어지는 "누가 우느냐"와 연결해서 보면, '물소래'는 울음과 동일한 의미로 중첩되기도 한다. '밤비'는 시적 분위기를 더욱 애절하게 하는 기능을 한다.

그리고 "바람도 가다가는/ 돌아오는데/ 고달픈 날개/ 여울물에 적시고/ 물새는 어느 곳에/ 잠이 드렀나"라는 시행에서는 친구의 죽음이 '어린 물새'에 비유되면서 죽음은 더 애절해지고 구체적인 의미를 지닌다. 돌아올 수 있음에도 불구하고 돌아오지 않는 물새는 다시 회생할 수 없는 세계로 떠난 친구의 죽음으로 반복되고 친구의 죽음은 서러움으로 강조된다.

마지막 연에서 "쓸쓸도하다", "서러운 생각", "고요히 싸서/ 강기슭 풀언덕에/ 묻어 버릴까" 등에는 시인의 내면의식이 투영되고 있다. '서러운 생각'이나 '묻어 버릴까' 등은 친구의 죽음을 그대로 받아 들려야 한다는 생각과 도저히 용납되지 않는 친구의 죽음 사이에서 괴로워하고 있는 시인의 내적 갈등이 표출되고 있다. 그리고 친구의 '죽음'과 마주한 '나'의 슬픔이 고조된다. 오직 체념의 자세로 수용할 수밖에 없는 자신의 한계를 드러내고 있다.

김광균의 근본적인 서정적 충동의 모티프를 '소멸과 침잠'⁵⁾이라고 한 것처럼 시인은 불안하고 고통스러운 현실을 적극적으로 대처하지 못함을 서러워하면서 자신의 내면적 고통으로 수용한다.

競馬場 낡은 鐵柵 우에 가마귀 떼지어 울고
장안을 왕래하는 무수한 人馬
이 곳을 스쳐가나
벗은 여기 白布에 쌓여 말이 없으니

---

5) 유성호, 『한국현대시의 형상과 논리』(국학자료원, 1997), 142쪽.

서른 다섯의 짧은 세상 다녀가기 그리 총총하고 서러웠던가
애처럽고나
우리 서로 기약한 일 뉘게 말하랴.
어린 상제 나란히 목메여 울며
황망한 墓色우에 꽃을 뿌리나
시들은 갈대닢 바람에 서적어리고
어둠 속에 사라지는 南天물 소리

—「永美橋」에서

1946년 8월에 발표한 이 시 역시 친구 김관의 죽음을 애도하는 弔歌다. 앞의 시와 마찬가지로 지명이 시의 제목으로 사용되고 있는데 이것은 시적 의미와 무관할 수 없다.[6] 다시 말하면 시의 전체적인 의미와 상호 관련이 있음을 짐작 할 수 있다. 위의 두 시의 지명은 곧 죽음과 관련 있는 장소다. 이렇게 구체적으로 장소까지 표출한 것은 애석함과 안타까움에 대한 드러냄이다. 친구의 죽음이 "白布에 쌓여 있는 친구"와 "어린 상제 나란히 목메여 울며"는 "서른 다섯의 짧은 세상"으로 묘사되면서 애도와 비애로 통합된다. 즉 여기서 구체적인 사실로 묘사되는 죽음의 서술적 표현은 가장 기본적이고 중심적인 애상을 강조하기 위함이다. 이것은 주제를 드러내는 표현으로 점층적 서술인 것이다. 이러한 시적 표현은 시인 앞에 놓여진 현실을 바로 직시한 결과에서 오는 것인데, 시인은 구체적인 현실로써 일반적인 죽음의 비애를 드러내고자 하는 것이다. 비예술적이고 비시적인 사실을 시적 의미로 강조하기 위한 의미론의 장치인 것이다. 그리고 이러한 시인의 의도는 더욱 직설적인 언술로 드러난다. 그러나 이런 사건에 대한 진술이 시적 서정으로 수렴되는

---

6) 시 텍스트에서 지리적 명칭의 역할은 특수한 연구 주제다. 이런 단어들은 주어진 상황으로부터 그 의미를 받으며, 문맥을 벗어나서는 아무런 의미도 갖지 못한다. 다만 상황 속에서 의미의 열쇠가 될 수 있다[유리 로트만, 유재천 역, 『예술텍스트의 구조』(고려원, 1991), 256쪽 참조].

것에는 시적 자아의 서정과 일치할 때 가능하다. 결국 "시들은 갈대닢이 바람에 서적어리는 것"이나 "어둠 속에 사라지는 南天 물소리"는 시적 자아의 내면적 서정과 친구의 죽음이라는 외적 의미가 서로 일치하면서 표현된 것인데, 여기에서 外景과 內景이 동시에 나타나면서 시적 의미가 생성된다. 친구의 죽음에 대한 애상을 시인은 '갈대-바람-어둠-물소리'로 드러내면서 시간과 공간의 시적 분위기와 시인의 내면의 정서를 하나로 통합한다. 그리고 일치된 시인의 감성은 어조의 강조로 나타난다. 예를 들면 시의 마지막 행의 "아 우리 언제 다시 만나/ 왕십리 하늘을 밑을 서성거리랴"에서 시인의 애석한 마음이 영탄조가 되는 것은 이런 의미다.

그런데 김광균의 죽음의식이 시대적 갈등과 첨예하게 대응되면 주관적 서정에서 객관적 서정으로 옮겨가는 현상이 나타나기도 한다.

> 쓸쓸한 곳에서 바람이 불어온다.
> 진흙빛 산과 들을 건너
> 荒凉한 都市의 등불을 죽이고
> 떼지어 오는 통곡소리.
> [……]
> 汽笛소리 따라 가고 싶고나
> 거기 쓸쓸한 사람이 모여사는 곳
> [……]
> 원통한 생각이 밤새 끓어 오른다.
> 원통한 생각에 밤새 잠이 안온다.
> 별은 내 이마에 밤새 못을 박고
> 어제 벗었던 喪服 다시 입는가. 바람이여
> 화살을 싣고 나를 따르라.
> 나도 언제 나의 원수를 찾자.

—「悲風歌」에서

이 시에서 "荒凉한 都市의 등불을 죽이고/ 떼지어 오는 통곡소리"의
상징적 의미는 무엇일까? 그것은 등불을 죽이고 온 통곡 소리로 헐벗은
산과 들을 건너서 불어오는 '비풍'이다. 8·15 직후의 분단된 민족적 현
실에 대한 비통한 울분을 이렇게 표현한 것이다. 도시적 지향의 초기 시
작들과는 달리, 이 시에서 화자는 기적소리를 따라 오곡이 무르익고 쓸
쓸한 사람이 모여 사는 농촌으로 가고 싶다고까지 한다. 그는 이런 불확
실성이 착종된 민족현실에 대하여 울분과 분노로서 대응한다. 그는 밤
새도록 원통한 생각이 끓어올라 잠이 오지 않는다고 울분을 토로하고
암울한 현실타개를 위해 앞장설 결의를 다지기도 한다. 그리하여 그는
"바람이여/ 화살을 싣고 나를 따르라/ 나도 인제 나의 원수를 찾자"고까
지 한다. 이것은 고향상실에 대한 분노의 표출이다.

『황혼가』 시집 중 「뻐국새」에서는 아기의 죽음이 시적 주제로 작용한
다. 여기에서 시인은 과거에 그의 곁을 떠난 어린아이의 죽음을 슬퍼한
다. 이 슬픔도 '소리'로 매개되어 그 슬픔의 강도가 애절하나 「悲風歌」
에서처럼 애절하지는 않다.

한마디로 죽음에 대한 슬픔이 「뻐국새」에서는 개인적 차원의 슬픔으
로 그려지고 있다면, 「悲風歌」에서는 집단적인 슬픔으로 그려지고 있어
더욱 비극적이다. 이것이 「悲風歌」의 '떼지어 오는 통곡소리'로 나타나
고 있다. 이것은 그가 8·15 직후의 불안정하고 혼란된 시대와 사회적 갈
등의 극한적 상황에서 자행된 살생의 현장을 수없이 목격했기 때문일 것
이다. '죽음'은 생로병사의 자연적 과정이기도 하지만, 김광균이 이 시에
서 노래한 죽음은 그것이 아니다. 원통한 생각이 밤새도록 끓어오르고
잠이 오지 않는다고 한 것과 같은 맥락에서 해석할 수 있는 것이다.

이와 같이 「汽笛」·「悲風歌」·「뻐국새」 등에 나타난 '소리'로 매개되
는 죽음은 비애의식을 기조로 한 서정성이 주조를 이룬다. 이 서정성은
단순한 타자의 죽음에 대한 슬픈 감정이 아니라, 시적 자아의 새로운 삶
에 대한 강인한 의지의 표출로 확대되는 기능을 하기도 한다. 이것은 그

가 타자의 죽음을 통해서 자아의 죽음과 연관짓기에는 아직도 젊은 나이였고, 현실적 삶에 대하여 긍정적이고 무엇인가 하고자 하는 의욕의 소유자였기 때문이다.

이들 일련의 시에서 나타나고 있는 '황혼', '바람', '기적' 등의 시어는 죽음의식을 환기하며, 사라진 모든 것들에 추억과 애상을 기조로 한 비애의 속성으로 나타난다. 그리고 그 속에는 세월의 흐름도 함의되어 있다. 즉 '황혼'과 바람 등은 빠른 속도감으로 표출된다기보다는 느린 정감이나 서정성의 속도감으로 표출된다. 문명과 속도감으로 상징되는 '기적소리'조차도 김광균은 느린 환청으로 표현한다. 느린 속도감은 서글픈 정황을 지속하는 효과를 지닌다.

한마디로 김광균의 중기시에 해당하는 『황혼가』의 시편들 가운데 죽음의 서정을 다룬 시편들은 거의 모두가 도시성보다는 전원적이고 회고적이다. 그 이유는 그의 시에서 서정은 죽음과 연계된 비애의식이기 때문이다. 그러나 김광균의 '죽음'은 단순한 모티프 차원을 넘어서 시적 주제를 제어하는 중요한 기능적인 요소로 작용한다.

2) '흐름'을 매개로 한 실향의식

김광균의 시에서 '실향의식'은 해방 후 혼란한 시대적 상황과 밀접한 관계가 있다. 시인은 세월의 흐름을 시대적 고통으로 인식하고 이 고통을 삶의 지평에 대한 혼란과 존재의 한계로 표출하고 있다.

이것은 타향살이의 서러움과 고통으로 표출되고 시대적 절망감으로 확대되기도 한다. 특히 시인은 인간의 운명과 삶의 가치가 상실되고 훼손되는 것에 대한 연민과 우려를 나타내는데, 여기에는 시대 인식과 현실에 대한 고뇌가 시의 중심이 되고 있다. 고향에 대한 그리움과 인간의 보편적인 삶에 대한 기원이 개인적 고통과 상황의식으로 중첩되면서 표현된 것이다.

―「黃昏歌」에서

이 시는 훼손당한 현재의 삶과 과거의 삶을 서로 대비하여 시적 자아의 비애감을 드러내고 상실감을 구체화한다. 이때의 '황혼'은 스산한 분위기와 어둠의 절망으로 이어져서 시적 자아의 허무의식을 증폭시킨다. '人馬와 먼지와 슬픔에 덮인 都市'와 '낯익은 솔밭 사이사이에 들국화 가즈런―히 피어'는 파괴된 현실과 파괴되지 않은 과거의 대비인데, 결국 시적 자아의 고통을 간접화로 드러내는 것이다. '먼지와 슬픔'은 서로 독립적인 의미를 지닌 시어들이나 이들은 都市의 폐허를 강조하는 의미에서는 등가적이다. 이러한 표현은 다시 '褪色한 옷'과 '한줄기 嗚咽'로 이어지면서 시대적 상황의 고통이 구체적으로 묘사한다. 그러나 시인은 변화하고 파괴되는 삶의 현장을 바라보면서 허무의식에만 몰입되지 않는다.

시인은 '나의 남은 半生'으로 시대에 대한 염려와 삶에 대한 자성의 태도를 드러낸다. 여기서 '나'는 개인적 자아가 아니라 초월적인 나, 비인칭적인 '나'라고 할 수 있다. 그러므로 이 '남은 반생'은 자신만을 위한 삶이 아니라 가족들을 위한 자신의 삶이며, 한가닥 희망이며, 생의 의지다. 그러기에 시인은 "날이 밝으면/ 褪色한 옷을 입고 거리로 가리라"고 의지를 표명한다. 여기에는 황폐화된 현실과 대응하는 시인과 세계의 대립이 나타난다. 그러나 시적 자아인 '나'와 '세계' 사이를 완화하고 조절하는 것으로 '등불'과 '어린것들'이 있다. '등불', '어린것들'은 고향에 대한 연민과 그리움의 상징인데, 이러한 것들은 시인의 현실극복을 가능케 하는 동인으로 삶의 지표로 작용한다. 그러므로 「黃昏歌」가 전망이 차단된 시대에 시적 자아가 겪는 상실감을 주조로 표현하고 있지만 여기에는 과거에 대한 회복의 꿈이 잠재되어 있다. 앞에서도 말했듯이 '들국화 가지런히 피어 있는' 변함없는 자연의 모습이 고향의 상징이라면 '텅빈 하늘'은 타향의 모습이다. '텅빈 하늘'은 다시 '하나의 아름다운 노래도 없는 백만 장안'으로 확대되면서 '다만 한줄기 鳴咽 뿐인' 현실이 된다. 그리고 1연과 2연에서 '여기'와 '오늘'은 시적 자아의 분열의식과 불안을 조장하는 현실로 작용한다. 하지만 시적 자아는 어찌할 수 없는 세계의 불안을 일체감과 연속적인 삶으로 대체하고자 한다. 이 극복의 의지가 "우리집 조그만 들창에도 불이 켜지고/ 저녁 밥상에 어린것들이 지껄이리라" 라고 하는 회상으로 나타나고 있다. 회상은 결국 실향의 허무와 비애를 극복하기 위한 장치다. 시인은 고향의 가족을 상기하고 자신의 일상적 삶의 키를 잃지 않으려고 번민하고 있다.

이와 같은 맥락으로 해석할 수 있는 타향에서의 슬픔을 노래하고 있는 작품이 「영도다리」다. 이 시에도 '黃昏'과 '등불'은 타향의 서러움을 강조한다. 그리고 한편으로 '黃昏'과 '등불'은 고향의 상징으로 비애감의 표현이기도 하다. 그러나 이 시에서 '國商船들 때마쳐 꽃고동'은 고

향의 이미지와 상반된 타향의 삶을 드러낸다. 타향의 삶이 "손목잡고 밤
샐 친구 하나도 없이", "아침이면 소요한 群衆에 등을 밀리고"와 같이
반복되면서 외로운 삶임을 드러낸다. 또 "오늘도 생각한다/ 내 이곳에
왜 왔나" 등으로 반복되는 시적 자아의 타향살이에 지친 모습은 "난간
에 기대어 서서"와 같이 처량함으로 표현된다 결국 '영도 다리'는 시인
의 외로움과 고통을 외로움을 재현하는 하나의 대상이다. 이 시에서 타
향살이의 외로움과 서글픔이 아나포라적 반복[7]으로 통합을 이룬다. "내
이곳에 왜 왔나// 부두엔 등불이 밝고 外國商船들 때마쳐 꽃고동 울려도/
손목잡고 밤샐 친구 하나도 없이 아침이면 소요한 群衆에 등을 밀리고/
黃昏이면 고단한 그림자를 이끌고/ 이다리 지난지도 어언 한해"라고 노
래한 이 시는 아주 정확한 것은 아니지만 '왔나'와 '어이해'라고 하는 규
칙적인 연결어미가 서로 대응하는 양상을 띠고 있다. 이러한 구문론적
반복은 결국 타향에서의 외로움과 고통의 표출에 대한 극대화를 위한
것이라 할 수 있다.

> 헐벗은 산과 들
> 녹슨 鐵路와 해여진 電線柱 우에
> 그 동안 地球가 한바퀴 돌아
> 來日은 새해가 찾아온다지.
> 삼백 예순날을 다 보내고도
> 종로는 쓸쓸한 노래로 차 있더라.
> 별도 치워 떠는 추녀밑
> 고단한 生活의 촛불 가에
> 除夜의 종소랜 들려 올테지.
> 초하로날은

---

7) 아나포라적 반복은 단어들의 대응과 짝을 이루거나 리듬, 구문론적 구성의
   동일한 요소로 반복하는 것을 뜻한다[유리 로트만, 유재천 역, 위의 책, 128
   쪽 참조].

몇사람이 새옷을 갈아 입을가.
넓은 장안에
연기 나는 굴뚝이 몇이나 될가.
새해맞이 술잔에 눈물이 어리우니
오는 봄엔
삼팔선 눈물길에 진달래 구름 일고
잔등에 피가 맺힌
겨레들의 살림이 나어나질가.
이 보람마저 서운히 살아지면
우리 한숨에
꽃도 안피고 새는 울지도 말라.

—「悲凉新年」 전문

이 작품은 「그믐날밤 혼자 누워」[8]와 「秋夕날 바닷가에서」, 「복사꽃과 제비」 등과 같은 유형의 시들로 세월의 흐름 속에서 느끼는 회고지정을 노래하고 있다. 특히 「悲凉新年」과 「그믐날밤 혼자 누워」는 신년에 부치는 시로서, 「悲凉新年」은 1948년 1월 1일에 자유 신문에 발표한 작품이고 「그믐날밤 혼자 누워」는 1949년 1월 4일자 자유신문에 발표한 시다.

이 두 편은 내용이 거의 동일한 것으로, 상실한 보편적 삶에 대한 반성과 회한이 나타나 있다. 이러한 회한의 정서는 과거의 삶에 대한 회상에서 비롯한다. 시에서 첫 행의 "헐벗은 산과 들/ 녹슨 鐵路와 헤어진 電線柱"는 병들고 파괴된 현실의 상징이며 시적 자아의 '고단한 生活'의 터전이다. 이런 현실은 과거와는 다른 모습임을 강조하고 있다. 가장 활발하고 언제나 홍청거리던 서울의 종로가 "삼백예순 날을 다 보내고도" 여전히 "쓸쓸한 노래로 차 있더라"라고 하는 것은 충만하고 활기찬 거

---

8) 이 작품은 1949년 《자유신문》 1월 4일자 新年詩로 발표된 것이지만 지금까지 발표된 작품연보에는 누락된 것으로 필자가 올 여름 발견한 것이다. 이 시는 시대적으로나 성격상 시집 『黃昏歌』 시기에 포함시키는 것이 타당하다고 생각한다.

리로 남아 있지 않음을 말한다. 이것은 비단 종로 거리뿐만 아니라 서울, 민족의 삶과 밀접한 관계가 있는 삶의 터전이 아직도 회복되지 않고 파괴의 공간으로 남아있다고 하는 안타까움과 아쉬움에 대한 표출인 것이다. 그리고 회복할 수 있는 물리적인 시간이 지났음에도 치유되지 않는 현실에 시적 자아는 깊은 자괴감을 드러낸다. 이 자괴감은 새로운 한 해를 알리는 종소리가 들려와도 이 소리가 아름답게 들리지 않고, "몇 사람이나 새 옷을 갈아입을 수 있을까" 혹은 "몇 집에서 연기가 날까" 등의 반복과 등가적 표현으로 강조되면서 "새해맞이 술잔에 눈물이 어리우니"로 더욱 고조된다. 이런 고조된 표현은 삶에 대한 직접적인 고통을 반영하기 위한 것이다.

"꽃도 피지 말고 새도 울지 말라"고 하는 것은, 우리 민족의 삶에도, 언젠가는 번영의 기회가 반드시 온다는 확신을 반어적으로 표현한 것이다.

신년을 축하하는 시에서 생활에 대한 고통이 중첩해서 드러난다는 것은 당시의 정치 경제적인 현실이 몹시 비극적임을 알리는 것이고, 또한 이러한 알림은 다 함께 고통을 극복하고자 하는 염원이 서려 있다. 여기에는 "한 그룹의 구성원을 결집시키고 사상과 감정의 열망의 총체"9)를 드러내고자 하는 시인의 갈망과 민족적 염원의 표출인 것이다. 시인은 "이 보람마저 없어지면 꽃도 피지 말고 새도 울지 말라"라고 한다. 이것도 소망의 간절함과 현실에 대한 극복과 미래에 대한 전망인 것이다. 시인은 신년시를 중심으로 민족에 대한 애정과 연민을, 그리고 희망을 표출하고 있는 것이다. 이것은 시인으로서의 사명감이며 그가 주장하는 '시인의 시대성 인식'인 것이다. 「그믐날밤 혼자 누워」도 위와 같은 신년을 맞이하며 쓴 시로써, 달빛을 보며 우리 모두의 삶과 현실에 대하여 연민을 드러내고 있으며, 보편적인 삶과 고향상실로 인한 삶의 고통과

---

9) 홍성호, 『문학사회학, 골드만과 그 이후』(문학과 지성사, 1995), 51쪽.

고뇌가 담겨 있다.

> 애비의 간 곳 북녘 하늘엔 길길히 누운 산이
> 떼무덤이 되어 눈을 가리고
> 산 길엔 이미 落葉 추석달이 그 우에 걸려 있다.
> 그 산넘언 새벽마다 별이 지새고
> 세월은 어언 한해가 지나 가는데
> 아해들의 애비는 어느 곳에서
> 이 어린것들을 보고파 할까?
> 차라리 잊자 눈을 감으나
> 파도 소리마다 서러운 생각
> 아해들의 애비는 어서 오라
> 와서 이 바닷가 어린것과 더부러 놀라
>
> ―「秋夕날 바닷가에서」에서

이 시의 1차적 의미는 가족의 붕괴현상인데 단란해야 할 가정의 파괴
는 시대의 희생물임을 간접적으로 드러내고 있다. 이것을 우리는 "애비
의 간 곳 북녘 하늘엔 길길히 누운 산이/ 떼무덤이 되어 눈을 가리고"에
서 짐작할 수 있다. 그리고 시적 자아의 자전적이고 비극적인 언술은 전
쟁의 상흔을 드러낸다. 즉 "세월은 어언 한해가 지나가는데" 돌아올 수
없는 '아해들의 애비'를 생각하면서 시적 자아는 슬퍼하고 있다. 시적
자아의 슬픔은 '落葉'과 '추석달'로 전이되어 세월의 무상함과 시적 자
아의 서러움이 동시에 겹쳐진다. 그리고 "별이 지새고"라는 서술로 통합
되면서 돌아오지 않는 동생을 기다린 세월의 무상함을 다시 강조한다.
이와 같은 시적 자아의 서러움은 계속해서 반복된다. "파도 소리마다 서
러운 생각"이란 표현에서 애상의 깊이와 강도는 심화된다. 끊이지 않는
'파도소리'는 시적 자아의 내면에서 잊어지지 않는 슬픔과 등가적 관계
를 맺으면서 서러움은 다시 강조된다. 이러한 시적 자아의 슬픔은 "아해

들의 애비는 어서 오라/ 와서 이 바닷가 어린것과 더부러 놀라"고 하는 가능성이 없는 사실의 절규로 이어진다.

그리고 시적 자아의 슬픔은 상상적 세계로 전이된다. 말하자면 죽음의 세계에 있는 동생의 심정으로 돌아가 "어느 곳에서 이 어린것들을 보고파 할까?"로 나타난다. 그러나 이것이 "차라리 잊자 눈을 감으나"로 대응하면서 애상은 더욱 구체화된다. 또한 이 시의 1연과 2연에서 "등불 단 기선이 지날 때마다/ 저 배를 타고 아버지가 오느냐고/ 큰애비 팔소매를 잡아 당긴다"는 표현은 단순한 대상에 대한 서정성의 표출이 아니고 시적 자아의 경험적 세계에 대한 진솔한 고백이다. 그러나 앞에서도 말한 바, 이 고백은 시적 자아의 체험의 진술이기 이전에 전쟁의 상흔으로 흩어진 가족과 개인의 존재의 한계성을 드러내고 있어 더욱 애절하게 느껴지는 것이다. 개인적 체험과 경험에 대한 진술이 시대의 고난을 상징하고, 희망의 부재인 현실을 대변하고 있기 때문이다.

3. 자기 성찰과 시대적 소명의식

김광균은 "시인은 시대를 인식해야 한다"고 전제하고 "시인이 시대를 인식하지 않는 것은 정신의 적"이라고까지 한다. 이 말은 시인은 현실을 바로 성찰해야 하며, 시에는 그의 현실인식이 반영되어야 한다는 의미로 해석해 볼 수 있다. 따라서 시인의 시대인식은 곧 현실에 대한 자각이고 인간의 실존적 상황에 대한 의식이다. 시인 김광균은 해방을 전후한 우리의 민족적 현실을 파괴의 상실의 시대로 인식하면서 자성과 소명의식에 대한 갈등으로 일관한다. 이러한 시인의 갈등은 개인적 경험의 세계를 사회적인 경험세계로의 확대를 가져온다. 「노신」·「詩를 쓴다는 것이 부질없고나」·「乘用馬車」·「悲凉新年」 등에는 자아와 시대와의 갈등, 그리고 시인으로서의 소명의지가 표출되어 있다.

1) 자아와 시대의 갈등 상황

해방 후의 시대적 혼란과 고난은 파괴된 도시의 모습으로 드러난다. 이런 상황은 시인의 갈등의 원인이 된다. 황폐화된 세계는 삶에 대한 심한 자괴감과 슬픔으로 표출된다. 불투명한 미래와 고통의 현실이 착종되어 시인의 우울한 서정은 짙어지고, 시인의 개인적 고뇌는 사회적, 집단적 번민으로 확장된다. 그러나 한편으로 시인은 현실의 고통을 극복하고자 노력한다. 이러한 노력은 세계와의 조응으로 나타나는데 결국은 시인의 내적 갈등으로 대치된다.

「승용마차」와 「복사꽃과 제비」, 「미국병사에게 주는 시」 등에서 이러한 특징을 발견할 수 있다. 불투명한 미래의 전망에 대한 시인의 탄식과 열망이 개인과 사회적 갈등으로 드러나고 있다.

    [……]
    기우러진 지붕에 가스등을 달고
    허리 녹스른 방울 소리
    馬券 없는 競馬場인 서울 거리
    [……]
    말은 기침을 한다.
    종로에 밤이 들면
    진무른 두눈에
    [……]
    말아
    늙은 會社員처럼 등이 굽은 말아
    [……]
    [……]

고-스톱과
信號燈을 부숴 버리고
馬夫와 곱비를 내어던지고
차라리 民主主義쪽을 향하여
오곡이 익은 들로 달려라.

—「乘用馬車」에서

이 시는 1948년 1월 26일 ≪서울신문≫에 발표된 것으로 시인이 겪고 있는 시대적 상황과 고뇌를 '말'과 '늙은 회사원'의 관계로 형상화하고 있다. 시적 자아는 말을 타고 어수선한 서울거리를 달리는 것으로 묘사되어 있으나, 사실은 손님을 싣고 힘들게 달리는 '馬'의 형상과 같은 존재다. 즉 '기침을 하는 말', '진무른 두 눈'의 말은 피로에 지친 '늙은 회사원'이나 '술 취한 손님'과 등가적 관계에 있다. 이것들은 혼탁한 시대의 흐름에 지친 시적 자아의 모습이다. 그리고 이 시에서 '기우러진 지붕', '허리 녹스른', '馬券 없는 競馬場인 서울 거리'는 이미 질서를 상실한 홍폐화된 서울의 모습이다. 도시 공간으로 묘사되는 '경마장과 같은 서울거리'는 이미 시인에게는 홍미를 상실한 혼란스러운 모습의 상징이다. 이 혼란은 건강하고 활기찬 도시의 모습이 아니라 '안개와 기우러진 지붕'으로 균형의 상실과 삶의 건강성을 잃어버린 그런 공간이다. 일체의 가치를 상실한 공간일 뿐이다. 그리고 황량함과 어수선함은 "信號燈을 부숴 버리고", "馬夫와 곱비를 내어던지고"에서 극치를 드러낸다. 그리고 이것은 작가가 도피하고 싶은 인생에 대한 묘사"[10]인 것이다.

시인이 도피하고픈 현실이 이상적 세계인 '민주주의'로 통합된다. 여기서 '민주주의'는 질서와 통합을 위한 안전한 상황의 상징이다. 시인은 "馬夫와 곱비를 내어던지고/ 차라리 民主主義쪽을 향하여/ 오곡이 익는

---

10) 르네 워렉·오스틴 웨렌, 이경수 역, 『文學의 理論』(문예출판사, 1988), 107쪽.

들로 달려라"고 노래하고 있다. "마부와 곱비를 내어던지고 오곡이 익는 들"로 간다는 것이나 "민주주의를 택한다"는 것은 전통적인 삶의 터전과 과거의 삶의 방식으로의 회귀를 의미한다. 즉 현실에 대한 부정적 인식의 발로이며 거부인 것이다. 다시 말하면 시인은 분열되고 혼란한 도시보다는 대다수의 민중이 편안할 수 있는 희망의 공간, 즉 인정이 넘치고 메마르지 않는 삶의 현장으로의 복귀를 희망한다. 시인은 이 간절한 소망이 '민주주의'라는 이념으로 대체되는데, 여기서 '민주주의'는 이념적, 이데올로기의 특성보다는 대다수의 민중을 위한 삶의 의미로 풀이할 수 있다. 이것은 곧 파괴는 질서를 바로 세우는 가치와 질서의 세계를 의미한다. 단절과 파괴를 회복하려는 열망인 것이다.

또한 이러한 시인의 갈망이 '乘用馬車'라는 움직임의 공간으로 표현되고 있다. 즉 "지용의 시에서 황해는 본질적으로 밖으로 나가는 것이 아니라 오히려 그 외부공간을 빌어 내부의 공간을 탐험하는 것"11)이라고 한 것과 같이 '乘用馬車'는 지속적인 변화를 모색하는 시인의 내면의식의 변화를 상징한다. 이러한 시인의 의식의 변화는 "信號燈을 부숴 버리고/ 馬夫와 곱비를 내어던지고" 등에서 구체화된다. 이것은 도시성의 파괴를 극복하기 위한 노력인 것이다. 결국 시인은 "부러진 지붕에 가스등을 달고/ 허리 녹스른 방울 소리/ 馬券 없는 競馬場인 서울 거리"를 바라보며 파괴된 도시의 회복을 염원한다. 다른 한편으로 시인은 시대적 불행과 상처 달래며 전망의 부재를 걱정한다.

「美國將兵에게 주는 시」와 「복사꽃과 제비」은 의도적인 목적이 다분이 내재된 시들이다. 그리고 여기에는 매우 유사한 시적 구조를 갖고 있다. 즉 시대의 희생자인 젊은 병사와 어린이들을 위한 헌사라는 점이 두 시의 동질성인데 「복사꽃과 제비」는 '어린이 날을 위하여'라는 부제가 붙어 있다. "죽엄의 바다를 건너온 피로한 隊列", "전쟁냄새와 旅愁에 젖

---

11) 이어령, 「창의 공간기호론」(≪문학사상≫, 1988. 4).

은 퇴색한 軍服"이나 "불행한 나라의 하늘과 들에 핀 작은 별들", "어린 것", "너희들"은 모두가 시대의 불쌍한 희생자들이다. 시인은 이들에 대한 사랑과 연민을 노래하고 있다.

2) 시인으로서의 소명의식과 갈등

시인 김광균의 생애를 살펴보면, 그는『황혼가』이후 10여 년 간을 절필하고 생업에 몰두하는데, 이러한 사실은 시인으로서의 소명의식과 개인적 삶의 성실에 대한 한계인식에서 생겨난 것으로 짐작할 수 있다. 그는 시인으로서의 삶과 개인의 삶, 이 두 가지 길에서 많이 번민하고 고뇌하였다. 시인은 시대적 고난 속에서 시인으로만 살아갈 수 없는 현실, 즉 詩作으로 현실을 극복할 수 없다고 인식하면서 심한 갈등을 드러낸다. 그리고 詩作의 무위성, 즉 시를 쓰는 것으로 현실의 고통을 극복할 수 없다는 자각은 절필의 빌미가 되기도 한다.

> 철주꽃 피면
> 강화섬에 가자던 약속도 잊어버리고
> 좋아하던 『존슨』『브라운』『테일러』와
> 麥酒를 마시며
> 저세상에서도 黑人詩를 쓰고 있는냐.
> 해방후
> 수없는 靑年이 죽어간 인천땅 진흙밭에
> 너를 묻고 온지 스무날,
> 詩를 쓴다는 것이 이미 부질 없고나.

—「詩를 쓴다는 것이 이미 부질 없고나」에서

1947년 ≪신천지≫10월호에 실린 이 시는 '哭 배인철 군'이라는 부제

와도 같이 친구의 죽음을 애도하고 있다. 그러나 이것은 단순히 죽은 사
람을 위로하는 형식적인 弔歌이기보다 한 시인의 죽음 앞에서 자신을
되돌아보는 성찰의 시다. 이 시의 제목이 "시를 쓴다는 것이 얼마나 부
질없는 것인가"라고 한 것은 '해방 후 수많은 청년들이 죽어가는' 현실
에 대한 반항의 목소리다. 시를 쓴다는 것이 인간의 실존을 위한 아무런
보탬이 될 수 없음을, 그리고 생명의 존귀함 앞에서 詩作은 무의미할 수
밖에 없음을 드러내고 있다. 시인은 친구의 죽음에 대한 허무함을 "나는
살아서 달을 치어다 보고 있다", "정다운 벗들이 떠드는 술자리에 ― 너
의 椅子가 하나 비어 있구나", "부질없는 생각에 담배를 피고 있다" 구
체화하면서 심화한다. 그리고 죽은 친구 ― '그'와 '나'를 하나로 묶어 주
던 '계동집', '월미도' 의 옛 기억을 되살린다. 이것이 시인의 슬픔이고
허무가 된다. 친구의 죽음이 결코 개인사가 아닌 시대적 고통임을 자각
하고 삶의 방향성에 대한 각성을 하게 된다. 이러한 자각의 표출이 "詩
를 쓴다는 것이 이미 부질 없고나"로 드러나고 있다.
　시인으로서의 삶에 대한 회의는 결국 현실적인 생활고와 함께 시인의
내면적 심한 갈등으로 점철된다.

詩를 믿고 어떻게 살어가나
서른 먹은 사내가 하나 잠을 못잔다.
먼―汽笛 소리 첨하를 스쳐 가고
잠들은 아내와 어린것의 벼개 맡에
밤눈이 내려 쌓이나보다.
무수한 손에 뺨을 얻어맞으며
항시 근두박질해온 生活의 노래
지나는 돌팔매에도 이제는 피곤하다.
등불을 키고 일어나 앉는다.
담배를 피여 문다.
쓸쓸한 것이 五腸을 씻어 내린다.

魯迅이여
이런 밤이면 그대가 생각난다.

온—세계가 눈물에 저져 있는 밤
上海 胡馬路 어느 뒷골목에서
슬슬히 앉아 직히던 등불
등불이 나에게 속삭어린다.
여기 하나의 傷心한 사람이 있다.
여기 하나의 굳세게 살아온 인생이 있다.

—「魯迅」에서

이 시에서 '서른 먹은 사내'는 결국 시인이다. 그리고 그는 시를 믿고 살 수 없음을 한탄한다. 이 말은 현실적인 생활의 고통을 시인으로서 극복하기 힘들다는 것을 뜻한다. "무수한 손에 뺨을 얻어맞으며", "항시 곤두박질해온 生活의 노래"는 삶의 고단함을 표현한 것이다. 그리고 "지나는 돌팔매에도 이제는 피곤하다"라고 실토하는 시인의 모습에서 현실적 삶이 얼마나 고통스러운지를 짐작할 수 있다. 그러나 시인은 생활고에 대한 고통과 더불어 시인으로서의 사명감 자아정체성에 대하여 심한 갈등을 하고 있음이 드러난다. 이것이 '魯迅'으로 상정되고 있다.

'魯迅'은 카실러(E.Cassirer)가 말한 인식의 표상(Represention)인 셈이다. 시인의 이상적 세계인 것이다. 그러나 시인의 이상과 현실 사이에서의 고민이 시에서 반복해서 표출된다. "등불을 키고 일어나 앉는다", "담배를 피여 문다" 등의 행위는 시인의 의식의 내면을 대변하는 것이다. 가족 모두가 잠든 밤에 혼자 일어나 등불을 밝히고 담배를 피우는 것은 자신 앞에 놓여진 삶의 선택을 위해 심각한 고민에 빠져 있음을 의미한다. 그런데 "이런 밤이면 그대가 생각난다"라고 하는 것은 시인의 잠재의식 속에 있는 이상적 존재를 통하여 자신의 소명, 그리고 인생의 목표의식을 되새겨 본다는 의미다. '魯迅'은 시적 화자에게는 이상적 존재다.

이와 같이 시인에게 또 다른 이상적 존재가 시에서 나타난다. 이 이상적 존재는 "쓸쓸히 앉아 직히던 등불"이다. 여기서 '등불'은 시적 자아의 흔들리는 마음을 바로 세우는 희망이요 의지다. 시인에게 있어서 '魯迅'의 존재 역시 같은 의미를 지닌다. 그러므로 '등불'은 '魯迅'은 같은 등가적 의미를 지니게 된다.

말하자면 자신을 '魯迅'의 처지와 동일시하면서, 자신이 느낀 상실감과 허무, 절망감을 극복해 보고자 한다. 그러나 시인은 이 '상심한 사람'으로 묘사될 뿐, 어떠한 의지도 강하게 드러내지 못한다. 그런데 그를 지키는 '등불'이 있어 '상심한 사람'에서 '굳세게 살아온 사람'으로 대치될 수 있는 것이다. 이것은 항시 자신의 내부의 잃지 않는 희망인 '고향'의 이미지로 작용하는 '등불'이 시인의 현실의 고통을 감내할 각오와 힘을 부추기고 있음을 알 수 있다. 그러므로 이 시에서 '등불'은 '魯迅'과 같이 시인의 고민과 갈등을 역동성으로 내면화하는 구실을 한다. 이 시에서는 결국 김광균이 갈등하던 시인으로서의 소명의식은 일상인으로서의 삶과 대치되면서 더욱 극명하게 드러나지만 그는 '굳세게 살아온 인생'으로 귀결된다. 그는 '魯迅'과 '등불'로 자아의 내면세계와 현실적인 갈등을 드러내기도 하지만 시인의 소명의식으로 심화시키는데 초점을 두게 된다.

4. 결 론

지금까지 『黃昏歌』의 시편들을 살펴본 바, 여기에는 시인 김광균의 본질적이고 생태적인 서정성을 발견할 수 있다. 물론 이 서정성은 김광균의 초기 시집에서도 나타나지만 『黃昏歌』의 시들처럼 직접적이지는 않다. 『黃昏歌』의 시집에서는 시의 소재나 주제가 자전적이어서 시적 서정이 시인의 내면적 심정과 거의 일치하는 양상으로 드러난다. 이러한 특징을 시적 표현 방법론으로만 평가하면 분명히 『黃昏歌』 이전보다 퇴보한 것으로 볼 수 있지만 시대와 개인의 갈등이라는 측면에서 보면 달리 평가될 수도 있다. 시인 김광균의 서정성을 '식민지 시대의 자기 상실과 이데아의 향수'[12]로 설명하는 것도 시대적 고뇌와의 갈등에 초점을 두고 있기 때문이다.

시인 김광균이 시집 『黃昏歌』의 말미에 "나의 옛날 讀者에게 失望을 주고 同僚들에게 예술의 峻嚴함을 가르치기 위함"이라고 언급한 사실은 시인으로서 소명의식과 시적 방법론의 변화를 암시하는 매우 중요한 의미가 담겨 있는 것으로, 『黃昏歌』에는 인간적인 삶과 갈등이 주축이 되고 있음을 예고하는 것이다. 그리고 이것은 김광균의 시적 서정성이 인간적인 사랑에서 출발함을 의미한다.

『黃昏歌』 이전의 시집에서는 시적 기교가 중심이 되었다면 제3시집인 『黃昏歌』에서는 서정성이 시적 중심이 되고 있는데, 이 서정성의 주된 근원이 불안하고 황폐화된 삶의 고뇌인 것이다. 그리고 황폐화된 현실의 고통이 시인의 주변에 있어야 할 친구들의 죽음과 잃어버린 고향으로 구체화된다. 따라서 『黃昏歌』에서는 주로 인생과 운명에 대한 허무함의 단상이 주축이 될 수밖에 없다. 친구와 知人들의 죽음이 시적 주제의식으로 작용하면서, 시인은 회화적인 표현기법으로 대상과의 거리를 두기보다는 시인과 일체가 되는 자전적이고 고백적인 언술을 주로 사용하게 된다. 이것이 비록 시적 표현의 긴장감의 상실과 미적 효과를 저해하더라도 시인의 내면의식이 진솔하게 대변되고 있다는 점에서 의의가 있다.

환언하면 『黃昏歌』에서 죽음의 서정이 주축이 되고, 그 표현기법이 변한 이유는 시인이 감당하기에는 너무 벅찬 사회의 변화, 그리고 생명

---

12) 유성호, 「이미지즘 시학의 방법적 수용과 구절」, 『한국 현대시의 형상과 논리』(국학자료원, 1997), 140쪽.

에 대한 위기감 때문이다. 뿐만 아니라 이러한 위기감은 과거의 시간과 공간에 대한 잦은 회상과 직설적인 감정노출로 나타난다. 인간의 보편적 가치를 상실당하는 현실을 바라보면서 시인은 자신의 한계와 시 쓰는 것에 대한 무력감을 깊이 인지하게 된다. 이러한 시인의 각성이 그대로 시집 『黃昏歌』에 담겨 있다. 시인의 생에 대한 깊은 갈등이 시의 기교보다는 주제의식을 우위에 두게 하며, 사물의 외피보다는 사물의 내면의 정서를 중심에 두게 한다. 이러한 태도가 시적 전환으로 작용하여 서정성을 앞세우게 된다. 시인 김광균은 시인의 본연적 자세에 대한 준엄한 성찰을 표명하고 나선 이 『黃昏歌』 시집은 자연히 앞의 시집과는 다른 시적 양식, 즉 표현 방법과 시 정신, 모두를 변화시키는 전환적 의미를 지니게 된다. 시집 『黃昏歌』은 시인을 전체적으로 조망하는 위치에서 볼 때, 변화의 극점이 된다. 이런 의미에서 시집 『黃昏歌』는 중요한 의미를 지닌다. 또한 여기에서 시인의 시적 진실성과 사회적 갈등이 "비극적 세계인식과 모더니즘의 불일치"[13]로 드러난다 해도 시인의 진솔한 인간적 고뇌가 드러나고 있어 의의를 지니게 된다.

---

13) 문혜원, 앞의 책, 154쪽.

안과 밖의 중립지대에서 서성임
─ 黃命의 유고시집을 중심으로

1. 서 론

시는 언어적 기교의 산물처럼 보이지만 그 속에는 시인의 세계가 함축되어 있다. 특히 시인의 '완성' 작품과 '미완성' 작품에는 분명한 차이가 있다. 이미 발표되어 완성된 작품에 비해 미완성 작품의 전체적이고 부분적인 구성과 의미는 언제든지 어떤 것이 끼여듦으로써 변할[1] 수 있는 가변성이 있다. 그러므로 미완성, 미발표 작품은 완성된 작품에 비해 작가와 더 친밀하다. 이런 의미에서 한 시인의 유고 시집은 생전의 어떤 시집보다도 진솔한 의식이 담겨 있을 수 있다.

황명은 생전에 많은 시집을 내지 않은 시인으로, 시가 200편이 넘게 실린 유고 시집 『噴水와 裸木』은 그런 의미에서 의의가 깊다. 또한 이 시집은 지금까지 그가 써온 모든 시세계를 포함할 수 있을 만큼 작품의 양이나 내용 면에서 다양성이 감추어져 있다.

시의 제목은 적당히 감추고 드러내는 암호요 기호로 해석할 수 있는데, 황명의 유고 시집의 제목은 그가 붙인 제목이 아닐지라도 그의 시세

---

1) 김성곤·유인정 역, 『무카로브스키의 詩學』(현대문학사, 1987), 65쪽.

계를 충분히 함축하고 있다. 즉 '噴水'가 갖는 상징성은 드러냄과 외면이라면 '裸木'은 감춤과 내면의식을 상징한다. 이렇게 두 개의 축으로 상징되는 황명의 시세계는 어느 한쪽으로 치우치지 않는 '중립지대'로 설명할 수 있으나 그의 시에서 보인 시적 화자의 태도는 '서성임'으로 일관한다. 그러나 이 '중립지대의 서성임'은 방황이 아니라 자아의 발견과 삶의 깊은 애정을 담은 것이라 할 수 있다.

그리하여 그의 시에서 발견할 수 있는 특징은 진솔하지만 강렬하지는 않는 시적 화자의 태도다. 시적 화자는 의식을 치열한 존재의식으로 표출하지 않고 항상 관찰자로서 일정한 거리두기를 유지한다. 그리고 소재는 타인이나 주변의 사물이 중심이 되서 '나목'으로 진행되는 시적 과정에서 드러난다. 그의 시를 관통하는 가장 큰 특징인 외면과 내면의 변주는 삶의 현장, 즉 현실과 시인의 내면의식으로 엮어져 시 텍스트의 의미 체계를 이룬다. 본고는 이 두 가지 양상으로 드러나는 시적 화자의 태도를 중심으로 그의 시세계의 특징을 살펴보고자 한다.

2. 한계의식과 외면지향

황명의 시에는 '겨울의식'이 많이 드러나고[2] 있다고 하는데, 이러한 지적은 그가 존재에 대한 천착과 삶에 대한 반성을 시의 화두로 삼았다는 증거이기도 하다. 말하자면 그는 자연의 모습을 형상화하고 있으면서도 그 이면에 담겨 있는 의미를 인간의 고통이나 한계로 일치시킨다. 그러나 이러한 의식을 드러내는 것은 시적 화자의 조건을 강한 몸짓으로 거부하기보다는 오히려 수용하고 긍정하는 자세를 견지하고 있다는

---

2) 채수영, 「로맨티시스트의 고독과 가을의식」, 『분수와 나목』(새미, 1999), 28쪽.

증거이다. 다시 말하면 외면을 지향하되 큰 목소리의 소유자가 아니라 항시 주변을 응시하고 한계를 의식하는 모습을 의미한다.

> 지금 어느 먼 산문에서 조용히
> 노승 한 분이 입적한다.
> 뒤돌아보지도 않고
> 가진 것도 남긴 것도 없이
> 훌훌 털어버리고 떠나는
> 저 황홀한 모습이여

> —「落照·2」 전문

위의 시는 짧은 단 연의 시로 인생의 끝에서 세상을 바라보는 여유를 그리고 있다. 객관적 상관물인 '落照'는 '노승'에 비유되고 세상에 얽매이지 않는 초탈함을 시의 중심으로 삼는다. 그리고 '노승'의 모습을 "뒤돌아보지도 않고"와 "훌훌 털어버리고 떠나는" 것으로 거듭 한정하여 수식함으로써 아무런 거부의 몸짓도 하지 않고 현실을 수용하는 삶의 자세를 드러내고 있다. 여기서 우리는 시인의 서정성에 침몰하지도 현실에 격앙되지도 않는 시인의 태도를 엿볼 수 있다. 그러나 마지막 행의 "저 황홀한 모습이여"라는 시적 화자의 감탄은 시인의 염원이 착색된 표현이다. 자신의 감정을 토로함에 있어 간접적인 방법을 사용하여 욕망과 절망의 순간을 하나의 이미지로 연결하고 있다. 해가 지는 것은 절망이라면 황홀한 붉은 빛은 욕망이고 시적 화자의 이상이라고 할 수 있다. 이렇게 시인의 고통과 현실을 표현하되 자연의 공간을 시적 세계로 투입하여 삶의 고통을 자연의 세계로 침윤시키고 있다. 그 이유는 항상 삶의 고통을 구체화시키지 않고 상당한 거리를 두고서 표현하는 시인의 태도에 기인한다. 자신의 삶을 느끼되 한계의식으로 인식하는 시인은 현실을 부정하게 된다.

이 가을에 오는 비는
비가 아니다

어쩌면 멀리 흘려버린
기억의 나뭇가지에 걸린

노란 또는
빨간 그런 숱한

다 져가지 못한
잎새들을 되씹게 하는

미진한 가로수의
눈짓으로

엷은 입김은
나부끼는 옷자락 같은

그것은 정말 비가 아니다.

—「가을에 오는 비는」 전문

이 시는 가을비를 노래하듯 하면서 실제로는 시적 화자의 심경을 가을비에 의탁하여 노래하고 있다. 즉 비는 추억을 매개하는 자연으로 묘사되지만 실제로는 '눈짓', '엷은 입김' 같은 희미한 기억을 드러낸다.

1연과 7연의 반복적 기교의 사용, "가을비는 비가 아니다"라고 강조한 이유는 가을비의 서정을 강조하기 위해서다. 다시 말하면 이 시의 의미 중심은 여기에 있다.

2연, 3연, 4연에서 계속되는 묘사의 의미체계는 되씹는 가슴 속 그리움의 표현이다. 이렇게 '비'를 매개로 그리움, 혹은 사랑을 드러내는 것은 서정시의 한 단면이다. 이 시의 의미는 매우 단순하지만 그저 평범한 비오는 풍경묘사가 아니라 비를 매개함으로 시적 화자의 내면의 풍경을 드러내고 있다. 그러나 이러한 내면 풍경은 내면의 흔들림, 미묘한 감정의 질감을 전개하고 있다. 이러한 표현의 점층을 위해 시인이 시적 구조와 문장부호를 의도적으로 사용하고 있음을 발견할 수 있다.

시에 사용되는 문장부호는 휴지 그 이상의 의미를 수반하는데, 이 시에 사용된 문장부호는 마침표 하나다. 마지막 연에 사용한 마침표는 '정말 아니다'의 부사와 함께 시의 중심이 아래로 향하고 미가 갖는 일상적 이미지를 부정함으로써 가을비를 情調化하고 있다. 이 시텍스트에서의 문장부호는 예사롭지 않은 의미를 부가한다. 즉 시간이 흐르듯 자연스럽게 가을의 서정을 모사하기 위해 다른 연에서는 일체의 부호사용을 금하면서 마지막에 사용한 의도는 역시 시적 의미의 중층화를 위해서다.

앞에서 언급한 것처럼 이 시의 중심 모티프는 '가을비'다. 이 '가을비'는 자연현상의 실체 이전에 시인에게는 우수나 낭만을 일깨우는 사유체계요 기호다. 그러기에 시인은 가을비와 함께 잊어버린 기억들을 낙엽의 색깔만큼이나 곱게, 그리고 깊게 되씹고 있다. 가을비는 시인에게 아쉬움과 연민으로 상징되나 그 상징의 깊이는 얕다. 다만 이 시에서 발견되는 연민의 정체는 '어쩌면 멀리 흘려버린', '다 져가지 못한'으로 표현되어서 쉽게 짐작 할 수 있다. 그 연민의 실체는 시인의 미진한 욕망, 즉 삶의 회한이지만 시인은 자신의 감정을 드러냄에 매우 간접적이고 소박하다.

일정한 목소리, 크기와 템포를 유지하면서 삶의 고뇌와 감정의 표현을 표출한다. 이것은 비의 정체에서도 드러나는데 이 '비'는 열정으로 상징되는 여름의 소나기도 아니고 삭막한 겨울에 내리는 운치 없는 비도 아니다. 오직 시인이 느끼는 비는 '엷은 입김', '나부끼는 옷자락' 같은 부드럽고 다정한 것이다. 그러므로 이 비는 시인의 정신적 여유를 부여하는 매개체로써 시 텍스트 형성의 動因이 된다. '가을비'를 중심으로

예리한 감성을 읽어내기보다는 주관적이고 피상적인 감상을 드러내지
만 시적 화자의 목소리는 상당히 절제되어 있다.
　이 시에 드러나는 표면적인 시의 어법은 규칙적인 병행구문으로 계절
에 따라 다르게, 혹은 같은 현상으로 드러나는 자연의 반복과 항구성을
드러내기도 한다. 그래서 시의 주조는 투명하고 감각적인 세계보다는
자족적인 서정의 세계를 보여주고 있다.

　　한꺼번에 뭇 성좌(星座)가 무너지고 난 다음
　　그 자리에 다시 새로운 별들이 채워진다

　　아마들 제각기 어디론지
　　가고 싶었던 여정으로 쏟아져 갔으리라

　　어쩌면 찰라에서 무한으로
　　숨쉬어 볼 새로운 날을 그리워하며

　　지금 어두움이 가시어지면
　　저마다의 넓은 품을 열고

　　언젠가 이수하였던 모습들을
　　하나하나 기억해 가는 아름다움에서

　　오-랜 날 스스로가 간직하여 오던 맵씨로
　　종족의 씨를 뿌리며
　　혹은 나무를 자라게도 하고
　　빛깔을 맞추어 꽃을 피우기도 하여

　　옛날Prospero가 살던
　　절인고도(絶人孤島)의 무료를 위하여
　　마리아 같은 연인을 생각하며

그래도 아우성치던 군상들과……

탈출의 꿈을 잊지 않던 대열에서의
전율같은 몸부림이 좋았다고 느낄 것이다.

—「별들의 陋巷」 전문

　이 시에서 하나로 통일된 의미체계로 드러나는 것은 과거의 아우성, 전율같은 몸부림을 그리워하는 것이다. 이제는 절인고도(絶人孤島)의 한가로운 신세가 된 시적 화자는 그 때를 회상하면서 허탈한 심정을 노래하고 있다.

　이 시의 중심어인 '별'은 '아우성치던 군상'에 비유되고, 뿔뿔히 흩어져 '絶人孤島'의 신세가 된, 이제는 할 일이 없어진 자신을 '陋巷'에 비유하고 있다. 그러나 이 시에서 시적 화자는 일정한 거리로 떨어져서 감정을 토로하고 있는데 이런 흔적이 시의 어미사용에서 드러난다. 즉 2연의 '갔으리라'와 마지막 연의 '느낄 것이다'는 단호한 어조가 아니고 추측과 짐작으로 일관된다. 추측은 환기적 역할을 하기도 하지만 리얼한 생동감보다는 감상풍경으로 기운다.

　사실 이런 유형의 시가 그에게는 수없이 많다. 그의 시작의 본질을 이루는 시혼이 자아에 머물고 있되 확대되지 못하는 아쉬움이 남는다. 하지만 그는 생활 주변의 범상적 소재를 취하여 삶을 주제로 하거나 자아를 주제로 관념을 형상화하고 있는데 이 계열의 시편들이 '裸木' 연작시다. 외관의 아름다움보다는 내적인 것에 충실하려는 시인의 노력이 시의 깊이로 드러난다. 다소 사변적이기는 하지만 훨씬 솔직한 고백을 듣게 된다.

3. 자아로의 회귀와 내면지향

　시 작품이 개성의 직접적인 표현이라는 크로체의 이론은 유보되어야 하지만 시작품의 주체는 시인의 개성을 인식할 수 있도록 도와주기도 한다. 황명의 시에서 주체는 반드시 시인이 될 수는 없다. 그러나 숨겨져 있기도 하고 드러나기도 하는 시의 주체는 동사와 인칭, 그리고 작품의 감정적 색조 등을 통하여 짐작할 수 있으며, 이때의 시적 주체는 시인의 의식과 태도를 반영하기도 한다. 우리는 시에서 발견할 수 있는 두 번째의 특성으로 시인의 본래적인 자아로의 회귀를 지향하는 태도를 엿볼 수 있다. 여기서 시인은 '裸木'을 통하여 하나의 의미, 즉 자연의 모습을 진술하는 동시에 은폐된 인간의 모순된 삶의 과제를 반성하는 또 하나의 의미를 제시한다.

　우리는 그가 裸木을 통해 형상화한, 암시하고 재배치한 의미망을 향하여 나아가면 시적 화자의 단호하고 솔직한 어조를 접하게 된다. 이러한 시적 화자의 어조는 시인의 태도와 관련이 있으며 작품의 주제와 친밀한 관계를 맺기도 한다.

> 아무런 미련도 없이
> 당신을 불러보고 싶다.
> 유리 그릇 윤기나듯 그런
> 파란 눈을 보고 싶다
> 저 계곡을 흐르는 것은
> 물소리뿐인 것을
> 기억의 끝자리에서 서서
> 기다리는 의미
> 당신의 손목이라도 잡고 싶다

이름이라도 부르고 싶다.

—「裸木·12」 전문

이 시에서 시적 화자는 2행과 4행 그리고 8행과 10행에서 '—고 싶다'는 서술로 단호한 어조를 띠고 개인적 욕망을 표출한다. 인칭이 생략되어 있지만 시의 주체는 일인칭이다. 시에서 일인칭의 의미는 욕망의 간절함을 표출하는 것이며, 그 근원은 자신의 현존성을 타인과의 관계 속에서 찾고자 하는 의도에서 출발한 것이다.

이 시에서 '당신'은 시적 화자에게 '기다리는 의미'인 동시에 '삶의 의미'다. '당신'이 구체적인 대상이거나 아니거나는 문제되지 않는다. 오직 시인에게 있어서 귀중한 그 무엇일 뿐이다. 시인은 나무가 옷을 벗는 계절에 가슴 깊이 묻어 두었던 진실을 말해 보는 것이다. '裸木'은 시인에게 있어서 대타자이다. 타자와의 관계 속에서 자신의 삶의 정체성을 찾으려는 노력의 상징이다.

"입다물고 있어야 할 시간 속에서/ 한가닥 흔들림도 없이/ 저 하늘을 우러러 서 있음은/ 내 안에서 언제나/ 쉬지 않고 흐르는 강물이 있기 때문."(「裸木·5」)과 "정녕 한번쯤은 우리/ 걸거적거리는 일체의 것으로부터 벗어난/ 홀가분한 마음이고"(「裸木·6」), "가지 맨 끝에 겨울이 걸려/ 흔들리는 내 마음 위에/ 새는 아직 돌아와 주질 않는다"(「裸木·7」) 등에서 산견되는 시인의 시적 정체성은 강한 '자의식'과 '진실한 삶의 포즈', '생동감'과 '허무의식'으로 혼유되어 있다. 그것은 자신이 살아 온 삶의 지평에 대한 여러 층위에서의 회고인 동시에 '존재의 황폐화를 막기 위한 자위 행위'인 것이다. 이러한 행위의 원초성이 「裸木·8」에서 발견된다.

꽃을 바라지 않는다
열매를 바라지 않는다
다만 묵념으로 견디며 어느날

너는 개안(開眼)의 각자(覺者)

—「裸木·8」 전문

　이 시는 4행의 짧은 시이지만 함축된 의미를 담고 있는데 단순히 '裸木'을 '개안(開眼)의 각자(覺者)'로 상징했다고 하면 즉물시에 불과하다. 그러나 시는 독자의 시적 상상력을 발휘하여 다양한 해석을 할 수 있어 시의 해석은 다양한 방향으로 열려 있게 된다.

　다시 말하면 이 시는 삶에 대한 소박하고 성실한 자세를 다짐하는 시인의 삶의 방식을 보여준다. 1행에서 3행까지를 일인칭 시적 화자와 조응하면 '다만 묵념으로 견디던' 주체는 화자가 된다. '꽃'과 '열매'를 바라지 않는 것은 세속적 논리로 인생을 살지 않으려는 시적 화자의 노력이다. 이러한 노력은 나뭇잎 지는 것을 두터운 무지의 허물을 벗어 던지는 수행자의 자세에 비유되고 있으며, 말없이 인내하는 수행자의 모습은 시적 화자와 일치시키고 있다. 잎이 지는 겨울의 나무가 각자(覺者)로 대치되는 이유가 바로 여기에 있는 것이다. 시인의 객관적 묘사의 바탕에는 깊은 삶의 이치를 깨달으려는 의욕이 깔려 있다. 삶과 사물을 바라보는 긍정적인 의욕은 시인의 시선을 자아의 내면 지향으로 나아가게 한다. 자연의 순리에 맞추어 소박한 삶으로의 귀향은 번잡스럽고 혼란한 현실적 삶을 지양하고 허망한 현실을 깨닫는 시인의 자세에서 출발한다.

　　자꾸만 앞서가는 대열이 모여 홍수를 이루고
　　경이를 바라는 꿈들이 모여 단애(斷崖)를 만든다

　　가 보면 안다
　　가 보나마나 뻔하다

　　나는 그런 믿음으로 가고
　　너는 그런 두려움으로 머뭇거리고

그리하여 별들은 다 떨어져 가고
수없이 종소리는 밀려왔다. 되돌아 가고

마침내는 돌아오는가
하나의 이름으로 너와 나는 여기에 서는가

여기에 이르러 비로소
출발이란 것임을 안다

언제고 늘 우리는
이와같은 낭떠러지에 서면 그때 안다
결국은 아무 것도 아닌
미궁의 설계도같은

언제인가로부터 쌓올리고
싶었던 울타리와

예대로 한 빛 푸른 하늘과
늘어간 우리들의 주름살과 차이

그것뿐이다.
정말 그렇다

가보면 안다
가보나 마나 뻔하다

나는 그런 두려움으로 앞서고
너는 그런 두려움으로 머뭇거리고

앞 서자는 사람은 가고
머뭇거리던 사람은 죽고

하마면 홍수는 정화되고
마침내 나는 낭떠러지에 선다.

—「최후의 斷崖」 전문

앞에서도 언급하였듯이 시인은 단호하고 확실한 태도로 삶을 바라보고 있다. 시적 화자 '나'는 '너'와 대립되는 위치에서 현실을 바라보고 있다. "너는 두려움으로 머뭇거릴 때/ 나는 믿음으로 가고"라는 표현에서 시적 화자는 '미궁의 설계도' 같은 불확실성, 미혹의 시대를 포기하거나 절망하지 않는 태도를 보인다. 오히려 '낭떠러지'에 서서 새로운 출발을 다짐하면서 부질없는 '꿈', '뻔한 삶'의 행로를 되짚어 보고서 건조하고 혼란한 현실을 극복하고자 한다. 여기서 '낭떠러지' 이미지는 현실을 이겨내고자 하는 의지의 상징이며, 동시에 시적 화자가 인식한 한 절박한 현실이기도 하다.

1연에서는 '자꾸 앞 서자는 대열'은 시적 화자와 대립관계에 있는 것으로 부정적 의미로 사용되고 있다. 시인은 한때 몰려서 내리는 홍수를 질서와 가치의 파괴 현상으로 인식하고 고통과 혼돈의 상황을 극복하기 위해 낭떠러지에 서게 되지만, 치열한 정신적 반항의식보다는 자신의 내부로 향하는 삶에 대한 각성을 의미의 핵심에 둔다. '최후의 斷崖'는 시인의 자기 방어의 몸짓이며 삶에 대한 正念을 세우는 길이다.

4. 결 론

지금까지 살펴본 바 황명의 시세계는 현실에 대한 강한 부정의식이나 고발의식보다는 잘못된 부분을 감싸안고 이해하려는 온건한 의식이 배어 있다. 그리하여 그는 외면을 지향하고 있어도 시선은 항시 내면의 서정을 행하게 된다. 그것은 황명의 시세계의 뿌리가 개인적 서정에 있으며 역사의식이나 치열한 현실의식은 다소 사변적인 경향을 지니고 있음을 대변해 주는 것이다. 그의 시에 등장하는 소재가 현실성을 지니고 있다해도 시인의 정서로 채색되어 현실의식과 역사의식은 추상화로 흐른다. 그리고 그가 표상하는 현실의 고통은 구체화되기보다는 음영화로 남는다. 이러한 특성은 단순한 비유와 서술을 중심으로 한 시적 표현에서 드러난다.

그는 외면과 관조를 시의 무게로 삼는다. 말하자면 그는 세계의식을 내면세계의 낭만과 조응시키고 있는 셈이다. 구체적으로 살펴보면 '裸木'류의 시에서 배경은 겨울이다. 이 겨울의 상황은 충분히 현실 상황의 삭막함을 드러낼 수 있지만 시인은 '만년의 자화상'3)으로 인유한 것은 그에게 있어서 현실은 단편적인 시적 배경구실을 하는 것임이 분명하다. 그러나 그는 현실과 자아의 상관 관계를 확인하면서 건강한 삶을 위해 안과 밖을 배회하고 있다. 이것은 땀냄새 풍기는 거친 삶의 현장에서 한발 물러나 관념의 세계를 향하고 있으나 어느 한 쪽으로 기울지 않는 중립지대의 서성임인 것이다. 그럼에도 불구하고 그의 시에서 느낄 수 있는 열정이 있다면 그것은 시인의 세상과 자아를 향한 끊임없는 반성의 자세다. 이것이 그의 시세계를 관통하는 특징이 된다.

---

3) 채수영, 앞의 글, 290쪽.

시의 담화체계 연구

— 신경림의 『농무』를 중심으로

1. 서 론

詩人 신경림은 1956년 ≪문학예술≫에 「갈대」·「墓碑」·「深夜」를 발표하면서 지금까지 왕성한 詩作 활동을 하고 있다. 그가 본격적으로 활동하기 시작한 1970년대는 정치 사회적으로는 계층간의 갈등이 심화된 극한적 상황을 이루고 있었다. 산업화로 접어들면서 물질적 측면과 정신적 측면이 부조화를 이루어 사회 계층간의 빈부격차, 물질 만능주의와 인간 소외현상, 전통의 파괴 현상이 나타나고 있었다. 비민주적이고 비인간적인 시대적 상황은 1970년대의 많은 작가들로 하여금 "민중의 생활 가까이 가고 그들 편에 서려는 다양한 문학적 시도를 하게 하였다."[1]

신경림 역시 '쉬운 시로 일반 민중에게 친근한 정서로 짜여진 전통적 아름다움을 간직하고 민족의 치열함을 기록한'[2] 시를 발표하여 당시의 문단에 신선한 충격을 주기도 하였다. 또한 '당대의 절망의 안개를 민중적 정서로 차분히 걷어내고'[3] 근대화 과정에서 소외된 계층을 문학이

---

1) 서준섭,「현대시와 민중」,『1970년대 문학연구』(예하, 1994), 36쪽.
2) 서범석,『한국 농민시』(고려원, 1993), 981~988쪽.
3) 임헌영,『우리 시대의 시 읽기』(공동체, 1993).

외면할 수 없음4)을 보여주었다.

지금까지의 주된 연구는5) 시세계와 「農舞」가 지니는 시사적 의의 등 외재적 연구가 주축을 이루고 있다. 그러나 작품의 구조적 접근 등 심미적 구조를 밝히는 내재적 연구는 미미한 편이다.

본고에서는 시를 담화(discourse)6)의 일종이라는 견해에 동의하여7) 담화론적 접근을 시도하고자 한다. 채트만의 담화전달 구조8)를 원용하여

---

4) 신경림, 「무엇을 어떻게 쓸것인가」, 『80년대 대표 평론선』2, 김병걸, 채광석 편(지양사, 1985), 352쪽.
5) 김 현, 『분석과 해석』(문학과 지성사, 1993).
　구중서, 『분단시대의 문학』(전예원, 1981).
　구중서 외, 『신경림 문학세계』(문학과 지성사, 1995).
　김용직, 『한국현대시 연구』(민음사, 1989).
　유종호, 「쓸쓸한 삶과 시적 상상력-농무작가 신경림의 시세계」(≪정경문학≫, 1982, 5).
　조남현, 「농무의 詩史的 의미」(≪문학과 비평≫, 창작과비평, 1988. 6).
　송상일, 「농무의 두 시점」(≪문학과 비평≫, 창작과비평, 1988. 6).
6) 담화는 의사소통의 양식이며 화자가 청자를 전제로 메세시를 보는 형식이다. 담화의 체계에 관한 것으로는 로만 야곱슨의 언어전달 행위에 나타나는 구성 요소는 다음과 같다. 그 외에도 바흐찐의 의사소통모형도 있다. 참고로 야곱슨의 언어전달모형을 나타내면 다음과 같다[로만 야곱슨, 신문수 역, 『문학 속의 언어학』(문학과 지성사, 1977), 55쪽 참조].

문맥(context)
발신자(addresser) ——— 메시지(message) ——— 수신자(addressee)
접촉(contact)
기호(code)

로만 야곱슨보다 발전적인 바흐찐의 의사 소통모형을 살펴보면 다음과 같다.

대상
발화자 ——— 담화 ——— 청취자
상호텍스트
랑그

7) 시를 담화로 보고 논의한 글로는 정효구의 글이 있다.
8) Seymour Chatman, *Story and Discourse-Narrative Structure in Fiction and Film*(Comell University Press, 1983), 김경수 역, 『영화와 소설의 서사구조』(민음사, 1994).

숨은 화자─숨은 청자, 숨은 화자─드러난 청자, 드러난 화자─숨은 청
자, 드러난 화자─드러난 청자, 네 가지 통화 체계로 작품을 분석하고
작품의 상호 텍스트성9)을 설명하고자 한다. 이러한 의도는 신경림의 작
품을 1970년대의 시대 현실과 삶의 공간에 대한 발언으로 보기 때문이
다. 동시에 이러한 방법은 신경림 시의 특성인 서사성10)도 함께 밝혀 내
고자 한다. 분석대상 작품은 등단시와 『農舞』에 실린 詩로 한정한다. 그
이유는 등단시의 연구는 시인의 시세계의 출발을 파악하는데 중요한 단
서가 될 뿐 아니라, 『農舞』는 1970년대 시의 일획을 그은 시집임을 부인
할 수 없기 때문이다.

2. 담화의 전달 구조와 텍스트성

詩란 "화자와 청자 사이에서 축조되는 의사소통이라"11) 할 때 신경림
詩는 "나 - 나 체계에서 나 - 남(I-You,He,They)의 체계"12)로 혼용되어 있
다. 이러한 시적 체계를 더 자세히 분석하면 네 가지 통화체계가 된다.
네 가지의 유형별 통화체계를 가지고 시의 특징을 분석하고 정서의 표
출, 미적 거리, 서사성, 표현기법 등도 함께 논의하고자 한다.

---

9) 상호 텍스트성이란 용어는 줄리아 크리스테바의가 바흐찐의 대화주의를 번
   역하면서 도입, 상호텍스트성이나 대화주의는 문화적 실천에의해 생길 수
   있는 가능성을 말하며 텍스트를 둘러싼 언술들의 얼개를 말한다. 텍스트 밖
   의 사회적 문화적 총체와 관련을 맺게 되는 데 이것을 콘텍스트라 한다. 본
   고에서는 이 점을 배려하여 텍스트성이란 용어를 사용한다(여홍상, 『바흐찐
   과 문화이론』(문학과 지성사, 1995), 329쪽 참조].
10) 서사는 일정한 성격을 지닌 인물과 일정한 질서를 지닌 사건을 갖춘 이야기
    가 전개되는 것이나 본고에서 서사성은 전형적 서사물의 서사가 아닌 일반
    적 의미의 요약 서사를 말한다.
11) 정효구, 『현대시와 기호학』(느티나무, 1998), 24쪽.
12) 정효구, 위의 책, 24쪽.

1) 숨은 화자 — 숨은 청자의 통화체계

이 계열의 詩는 주관적 정서의 제한으로 설명될 수 있다. 나-나 체계이지만 나(시적화자)가 시의 표면으로 나타나 있지 않음을 말한다. 등단 詩 2편과 「서울로 가는 길」·「前夜」·「갈길」·「꽃그늘」·「罷 場」·「山 一番地」 등이 해당된다.

> 언제 부턴가 갈대는
> 속으로 조용히 울고 있었다.
> 그런 어느 밤이었을 것이다. 갈대는
> 바람도 달빛도 아닌 것.
> 갈대는 저 흔드는 것이 제 조용한 울음인 것을
> 까맣게 몰랐다.
> ─────── 산다는 것은 속으로 이렇게
> 조용히 울고 있는 것이란 것을
> 그는 몰랐다.

— 「갈대」 전문

"자아와 대상이 융합된 상태의 것, 대상이 주관화되고 내면화된 상태의 것"[13]이 서정시라 할 때 「갈대」는 분명 서정시다. 그러나 「갈대」는 화자-청자 모두가 드러나지 않으면서 시적 대상과의 일정한 거리를 두고 객관성을 유지하고 있다. 화자는 관찰자의 입장이지만 전지적 시점으로 완전한 객관성을 얻지 못하고 있다. 시인은 서사성에 주관적 서정성의 융합을 취하고 있다. 예를 들면 "갈대는 속으로 조용히 울고 있었다"는 객관적 진술뿐만 아니라 작가의 주관적 서정성을 내적으로 수용하여 청자로 하여금 이중적 반응을 갖게 하고 시적 긴장감을 획득하게 도와준다. 시의 대상은 주제를 구성하는 요소로써 시의 대상에 대한 천착은 작가의

---

13) 볼프강 카이저, 김윤섭 역, 『언어예술 작품론』(대방출판사, 1982), 275~289쪽.

세계관을 이해하는 길이기도 하다. 이런 관점에서 '갈대'는 시적 대상이면서 의미구조상 '그'로 병치될 수 있다. 「갈대」에 드러난 함축적 의미구조는 '(나)인간 — 고통의 삶의 현장 — 번민'으로 요약된다.

　화자와 청자가 지극히 제한되어 있지만 존재론적 인식, 삶의 문제 등이 갈대를 통해 드러나고 있다. '갈대' 즉 그가 울고 있는 것은 현재가 아니라 오랜 시간부터 시작된 자아인식이요, 존재론적 비애의 인식이다. 작가의 이러한 태도는 훗날의 작품에서 드러나는 시적 대응과도 맞물린다. 다시 말하면 슬픔 비애의 감정에서 온전히 탈출하기보다는 비애의 현장을 감싸안는 대응 방식을 취하게 된다.

　　　쓸쓸히 살다가 그는 죽었다.
　　　앞으로 시내가 흐르고 뒤에 산이 있는
　　　조용한 언덕에 그는 묻혔다.
　　　바람이 부는 어느 따스한 봄날
　　　그 무덤위에 흰 나무 비가 섰다.
　　　그가 보내던 쓸쓸한 표정으로 서서
　　　바람을 맞고 있었다.
　　　그러나 비는 아무것도 기억 할 만한
　　　옛날이 있는 것이 아니었다. 어언 듯
　　　거멓게 빛깔이 변해 가는 제 가날픈
　　　얼굴이 슬펐다.
　　　무엇인가 들릴 듯 하고 보일 듯 한 것에
　　　조용히 귀를 대이고 있었다.

—「墓碑」전문

　「갈대」가 객관적 진술 속에 주관적 정서를 내포하고 있다면 「墓碑」는 주관적 정서보다는 "그는 죽었다.", "앞으로 시내가 흐르고 뒤에 산이 있는", "바람을 맞고 있었다." 등과 같이 보고의 화법을 구사하여 화자

의 주관성을 통제하고 있다. ‘쓸쓸한’, ‘슬펐다’에서 화자의 주관적 심리
상태가 드러나지만 이 텍스트의 화자는 묘비의 주변을 청자로 하여금
함께 보는 기능을 한다. 시적 대상과의 결핍을 가져오기 쉬운 일인칭 시
점에서 탈피하여 가능한 객관성을 유지하고 있다. 내적 구조에서는 청
자 지향으로 화자의 관찰을 통한 메시지를 전하고 있다. “얼굴이 슬펐
다”에서 시인의 의식이 포착되기는 하나 문장 진술을 과거형을 사용함
으로써 죽음에 대한 거리를 유지하고 서정성에 함몰되는 것을 방지하고
있다.

　「墓碑」에 나타난 지시적 구조는 쓸쓸한 묘를 매개 공간으로 슬프고
어두운 모습이다. 함축적 구조에서 드러나는 의미는 삶에 대한 극도의
허무감이며 자아성찰이다.

　　　젊은 여자가 혼자서
　　　상여 뒤를 따르며 운다
　　　만장도 요령도 없는 장렬
　　　연기가 깔린 저녁길에
　　　도깨비 같은 그림자들
　　　문과 창이 없는 거리
　　　바람은 나뭇잎을 날리고
　　　사람들은 가로수와
　　　전봇대 뒤에 숨어서 본다.
　　　아무도 죽은 이의
　　　이름을 모른다 달도
　　　뜨지 않는 어두운 그날

—「그날」 전문

　이 시는 앞에서 살핀 텍스트와 같은 계열로 소외된 사회 계층의 죽음
을 통해, 삶의 비참한 고통을 보여주고 있다. 그러나 앞에서 보인 시와

다른 점이 있다면, "전봇대 뒤에 숨어서 본다"는 죽음을 함께 슬퍼할 수 없는 부정적 현실을 드러내고 있다는 점이다. '연기가 깔린 저녁길', '도깨비 같은 그림자', '달도 뜨지 않는 어두운 그날'에서도 역시 부정적 사회 상황을 '문과 창이 없는 거리'로 암시하고 있다. '만장도 요령도 없는 장렬', 이 상여가 표층에서 드러내는 것은 '도깨비 그림자'같은 화자의 내면이다. 화자는 어떤 이의 죽음을 서술하되, 드러나지 않고 숨음으로 해서 청자인 독자로 하여금 불쌍한 죽음을 목격하게 한다. 청자로 하여금 시적화자가 목격한 죽음에 대해 같은 연민과 어두운 사회의 단면을 느끼도록 유도한다. 화자의 직설적인 등장이 없는 시적 표현의 묘사는 억압되어 있는 비정한 현실과 용기없는 삶의 주체자를 동시에 드러내기 위함이다.

해가 지기 전에 산 일번지에는
바람이 찾아온다.
집집마다 지붕으로 덮은 루핑을 날리고
문을 바른 신문지를 찢고
불행한 사람들의 얼굴에
돌모래를 끼어얹는다.
해가지면 산 일번지에는
청솔가지 타는 연기가 깔린다.
나라의 은혜를 입지 못한 사내들은
서로 속이고 목을 조르고 마침내는
칼을 들고 피를 흘리는데
정거장을 향해 비탈길을 굴러가는
가난이 싫어진 아낙네의 치맛자락에
연기가 붙어 흐늘댄다.
어둠이 내리기 전에 산 일번지에는
통곡이온다. 모두 함께
죽어버리자고 복어알을 구해 온

어버이는 술이 취해 뉘우치고
산벼랑을 찾아가 몸을 던진다.
그리하여 산 일번지에 밤이 오면
대밋벌을 거쳐 온 강바람은
뒷산에 와 부딪쳐
모든 사람들의 울음이 되어 쏟아진다.

—「山 1番地」 전문

「山 1番地」는 해가 지기 전과 해가 진 시간으로 설정하여 비극성의 심화를 드러내고 있다. 밤은 오히려 모든 것을 체념하고 가슴에 묻을 수 있는 내밀성을 지니고 있다. 그러나 이 시에서의 시간 설정은 화자의 주관성이 극히 제한되고 서사양식의 서술자처럼 화자는 밖의 풍경을 투명하게 비추는 거울 역할을 한다. 다시 말하면 꿈, 환상도 가질 수 없는 애매한 해질녘의 시각은 인물들의 고통을 가시화하기에 적합한 공간표현이다. '불행한 사람들'은 시의 표면구조에 드러난 "가난이 싫어진 아낙네", "애비없는 애기를 벤 처녀", "죽어버리자고 복어알을 사온 아버지"는 같은 인물의 패러다임이다. 1970년대 소외계층 도시빈민을 표상하는 것이다.

「山 1番地」는 폐쇄적이고 절망적인 공간 설정을 통해 도시빈민의 치열한 삶의 고통을 리얼하게 진술하고 있다. 화자의 시각으로 목격한 도시빈민은 농촌에서 이주한 사람들로 신경림 시의 대상은 농민에서 도시빈민으로 전이를 하지만 결국은 하나의 범주로 묶을 수 있다. 「그날」과 「山 1番地」는 시제가 현재형으로 진술되는 공통점이 있는데, 이러한 표현은 과거형을 사용했을 때보다 더 현장감과 생생한 느낌을 준다.

해가 지기 전에 찾아오는 '바람'은 시의 의미구조에서 중요한 기능을 하고 있다. 그 바람은 자신의 의지와는 상반되는 객체로 불가시적 존재이나 시의 내적 구조에서는 우리를 힘들게 하는 가시적 존재이다.

숨은 화자—숨은 청자의 계열에서 초기 등단시 2편 「갈대」와 「墓碑」
는 시의 구심점이 自我에서 출발하고 있다. 인간 본연의 서정성과 존재
에 대한 의식을 허무와 서정으로 표현하고 있는 것이다. 시인은 발전적
이고 적극적인 삶의 방식이 차단된 역사적 현실 앞에서는 허무의 빛깔
로 노래할 수밖에 없었다. 그러나 그는 "서정시는 나를 제한시키는 장
르"[14]로 생각하여 그 틀을 벗어나고자 하였다. 그런 노력이 다음의 시편
에서 드러나고 있다.

말하자면 「갈대」가 '나' 시인 자신에게 말하고 있는 서정시의 모습이
라면, 이 외에 「그날」과 「山 1番地」는 시적 화자의 시각으로 본 상황을
전달 목적으로 삼고 있는 시다. 그러므로 언어의 표현 면에서도 은유보
다는 요약적 제시, 보여주기를 하고 있다. 시어 자체가 관념적이지 않고
일상적이며 진술도 서술형을 택한 이유가 바로 이러한 전달성을 목표에
두고 있기 때문이다. 시인 신경림은 등단 후 10여 년간의 공백 후 그의
작품을 통해 형식이나 시어 면에서 많은 변화를 드러낸다. 이러한 변화
는 곧 시인의 개성적 선택이 이루어지고 있음을 대변하는 것이다.

2) 숨은 화자 — 드러난 청자의 통화체계

「深夜」·「1950년의 銃殺」·「밤새」는 숨은 화자와 드러난 청자 계열
이다. 그러나 이 계열의 시는 많지 않다. 등단 시 가운데 이 계열의 시가
있어 함께 논의하고자 한다. 위의 시에 드러난 청자는 정상적으로 소통
이 이루어지지 않는 상대다. 청자는 자연이거나 죽은 사람, 일반 대중이
다. 이런 청자들은 화자의 감정을 그대로 수용할 수밖에 없는 대상으로
화자의 일방적 듣기 대상일 뿐이다. 이 형식의 시는 화자가 텍스트 표면

---

14) 이동순, 「우리시대의 시정신과 시적 진실」, 『신경림 문학앨범』(웅진출판,
    1994), 96쪽 재인용.

으로 나오지 않아도 그의 존재는 뚜렷해진다. 또한 화자는 바로 시인이며 시의 내용은 고백과 독백형으로 이루어지고 있다.

      1
      쓸쓸히 죽어간 사람들이여.
      산정에 불던 바람이여.
      빛이여.
      지금은 모두 저 종 뒤에서
      종을 따라 울고 있는 것들이여.

      이름도 모습도 없는 것이 되어
      내 가슴속에 쌓여오고 있는 것들이여.

      2
      어느날엔가
      나도 그들과 같은 것이 되어
      그들 처럼 어디론가 쓸쓸히 돌아가리라. 그날
      내가 가서 조용히 울고 있을
      어느 호수여.

      누군가의 슬픈 가슴이여.

—「深夜」 전문

「深夜」는 엄격히 말하면 1에서는 숨은 화자—드러난 청자 계열이나 2에서는 화자가 작품의 표면구조로 드러나 있다. 이런 경우 혼합담론이라는 말을 사용하기도 하나, 본고에서는 1에 초점을 맞추어 논의하고자 한다. 청자의 모습은 하나가 아니다. 죽어간 사람, 바람, 빛, 호수, 슬픈 가슴, 울고 있는 것들, 가슴속에 쌓여오고 있는 것들 모두가 청자다. 여기서 종 뒤에서 울고 있는 것의 정체는 소리 반향이다.

이러한 청자의 모습을 몇 갈래로 나누어 보자. '가슴', '가슴에 쌓여 오는 것'은 화자가 청자인 경우요, '바람 빛 소리 호수'는 자연이 청자인 경우이고 '죽어간 사람'은 그대로 청자다. 그러나 화자 자신이 청자인 경우 외는 어떤 청자도 정상적인 통화가 이루어질 수 없는 상대다. 이런 경우는 청자는 형식적인 것으로 사용되었을 뿐이다. 그러나 의미구조에서 화자는 가슴에 담긴 무거운 감정을 토로하고 싶은 경우이다. 이런 경우의 시는 독백형식의 시가 된다.

이 시어를 분석하면 호수·사람·바람·빛·소리·가슴을 같은 계열로 묶을 수 있고 '죽어감', '사라짐', '없어짐', '쓸쓸히 돌아가리라'를 묶어 하나의 의미구조로 묶을 수 있다. 이 구조에서 호수의 이미지는 조용하나 작은 움직임에도 무한히 파문을 일으키는 불가시적 세계의 슬픔을 형상화하고 있다.

> 느티나무 밑을 도는
> 상여 쫓기다가 꿈을 깬다.
> 문득 새소리를 들었다.
> 억울한 자여 눈을 뜨라
> 짓눌린 자여 입을 열라
>
> 원귀로 한치 틈도 없는
> 낮은 하늘을 조심스럽게 날며
>
> 저 밤새는 슬프게 운다
> 상여 뒤에 애처롭게 매달려
> 그 소년도 슬프게 운다.

―「밤새」 전문

"억울한 자여, 짓눌린 자여"는 청자다. 이 청자는 민중이다. "입을 열고 눈을 떠라"고 말하는 화자는 1연에서 "상여에 쫓기어"라고 표현한 것은 민중의 틈으로 나아가지 못한 자의식의 고통을 그린 것이다. 화자는 숨어서 민중의 이름으로 살다 억울하게 죽은 혼을 '밤새'로 상징하고 '한치의 틈도 없는 낮은 하늘'은 억압과 자유가 없는 그리고 희망이 없는 현실을 말하고 있다. '밤새', '소년'은 시의 매개물이며 시의 지시적 구조에서 동일한 형태를 이룬다. "저/ 밤새는/ 슬프게/ 운다."와 "그/ 소년도/ 슬프게/ 운다." 대치된다. "소년도 운다"에서 '도'의 사용은 천진하고 명랑해야 할 어린아이도 울어야 하는 극적이고 기막힌 현실의 고통을 형상화한 것이다.

3) 드러난 화자 — 숨은 청자의 통화체계

신경림의 詩 가운데 많은 詩가 이 계열의 詩다. 화자가 드러날 경우 서정시의 미적 효과가 상실되기도 하나, 신경림의 시에서는 그러한 문제점이 발견되지 않고 오히려 이런 구조에서 그의 특징이 선명하게 드러난다. 「겨울밤」·「山邑紀行」·「장마뒤」·「廢鑛」·「農舞」·「시골큰집」·「제삿날밤」 등은 이같은 계열이다.

> 징이 울린다. 막이 내렸다
> 오동나무에 전등이 매어달린 가설 무대
> 구결꾼이 돌아가고 난 텅 빈 운동장
> 우리는 분이 얼룩진 얼굴로
> 학교 앞 소줏집에 몰려 술을 마신다
> 답답하고 고달프게 사는 것이 원통하다.
> 꽹과리를 앞장 세워 장거리로 나서면
> 따라붙어 악을 쓰는건 쪼무래기들 뿐
> 처녀애들은 기름집 담벽에 붙어서서

철없이 낄낄대는구나
보름달은 밝아 어떤 녀석은
꺽정이 처럼 울부짖고 또 어떤 녀석은
서림이처럼 해해대지만 이까짓
산구석에 쳐박혀 발버둥친들 무엇하랴
비료값도 안 나오는 농사 따위야
아예 여편네에게나 맡겨두고
쇠전을 거쳐 도수장 앞에 와 돌 때
우리는 점점 신명이 난다
한 다리를 들고 날날리를 불거나
고개짓을 하고 어깨를 흔들거나

—「農舞」 전문

이 시에서 화자는 우리다. 우리는 나와 너를 함께 말하는 것으로 화자
는 숨은 청자를 시 속으로 끌어들인다. 시의 지시적 구조는 1연은 춤을
추고 난 후의 심정, 2연은 춤을 추는 현장에서의 느낌, 3연은 시의 주체
(서정적 자아)의 허탈감, 4연은 역설과 반어의 몸짓으로 표현하는 화자
의 의식으로 되어 있다. 1연의 이미지는 삶의 현장이 고달픈 군상의 모
습이며, 1행~3행은 서사물에서 보이는 배경 구실을 하고 있다.

시간적 구성으로 보면 시의 맨 마지막에 와도 좋은 연이다. 그러나 신
경림은 신나는 농무의 몸짓을 맨 마지막에 배치함으로써 구조의 변화를
주고 있다. 2연과 3연에 나타난 인물들은 철없고 순박한 농민의 모습으
로 원통함과 절망감을 극복할 능력이 없는 소외계층일 뿐이다. 마지막
4연의 11행 - 마지막 행은 화자 자신이 처한 사회의 실상을 폭로하면서
괴로움의 몸짓을 농무의 가락에 실어 역설과 반어로 실의와 허탈을 표
현하고 있다. "비료값도 안나오는 농사 따위야"라고 한 것은 농민의 삶
을 피폐시키는 위정자 혹은 현실에 항거하는 의미이다.

이 시에서 화자는 개인적 삶의 문제가 아닌 민중의 삶의 문제를 다루

고 있으면서 춤이라는 행위를 통해 시의 박진감을 드러내지만 고통과
신명이라는 의미의 이중성도 함께 드러내고 있다. 이러한 것들이 시의
호소력이며 시의 미학으로 표출된다. 화자가 '나 일인칭 단수'가 아니고
'우리'로 설정한 것은 사회적 현실에 대한 호소력을 지니게 된다. 이것
은 신경림 시에 흔히 드러나는 특징이다. '나―일인칭'에서 '우리―복수
형'으로 나아가는 경우 화자와 청자는 일체감과 공감대를 형성하기도
한다. 이 시는 일상어가 시어로 채용되고 상징이나 은유의 기교가 많이
사용되지 않았음에도 시는 살아 움직이며 독자들에게 감흥을 준다.

우리는 협동조합 방앗간 뒷방에 모여
묵내기 화투를 치고
내일은 장날. 장꾼들은 왁자지껄
주막집 뜰에서 눈을 턴다.
들과 산은 온통 새하얗구나. 눈은
펑펑쏟아지는데
쌀값 비료값 애기가 나오고
선생이 된 면장 딸 애기가 나오고.
서울로 식모살이 간 분이는
아기를 뺐다더라. 어떡헐거나.
술이라도 취해볼거나. 술집 색시
싸구려 분 냄새라도 맡아볼거나.
우리의 슬픔을 아는 것은 우리뿐.
올해에도 닭이라도 쳐볼거나.
겨울밤은 길어 묵을 먹고.
술을 마시고 물세 시비를 하고
색시 젓갈 장단에 유행가를 부르고
이발소집 신랑을 다루러
보리밭을 질러가면 세상은 온통
하얗구나. 눈이여 쌓여
지붕을 덮어다오 우리를 파묻어다오.

오종대 뒤에 치마를 둘러쓰고
숨은 저 계집애들 한테
연애편지라도 띄여볼거나. 우리의
괴로움을 아는 것은 우리뿐.
올해에는 돼지라도 먹여볼거나.

―「겨울밤」 전문

「겨울밤」은 주막이라는 공간을 중심으로 일어나는 시골의 겨울밤 이야기다. 이 시에서 주막이 공간적 배경이라면 시간적 배경은 겨울밤 곧 흰 눈 내리는 밤이다. 시골의 주막과 밤은 같은 공간적 의미를 갖는다. 밤이 내밀한 공간이라면 주막 역시 좁고 어두운 서민적 삶의 고통의 현장이다. 이 내밀한 공간에서 화자는 삶의 모습을 드러낸다. '서로 에피소드들이 단순히 꼬리에 꼬리를 물고 이어져 나란히 놓여진'[15] 사드의 음유시처럼 다른 이야기가 복합적으로 연결되고 있다. 우리와 눈은 상보적 관계다. 화자는 눈에게 지붕을 덮고 우리를 파묻어 달라고 한다. 이것은 현실을 기피하고 싶은 심정을 말한 것이며, 눈은 초월적 세계관으로 드러난다. 우리는 구속과 현실에 얽매인 존재라면 눈은 자유로운 '해방의 의미'[16]를 가지고 있다. 이러한 모습은 존재의 양상을 드러낸다. 여기서 신경림의 현실인식, 즉 갈등을 수용하고 해결하려 인식의 태도를 엿볼 수 있다. 그는 현실을 수용하여 시의 원리로 삼되 절망과 고통을 직설적으로 분출하기보다는 서정적이고 평화롭게 그려내고자 노력한 시인이다.

「겨울밤」은 화자의 말을 분석하면 세 가지 층위의 이야기가 존재한다.

① 겨울밤 주막________ 눈내리는 날

---

15) Vincent Jouve, 하태한 옮김, 『롤랑 바르트르』(민음사, 1995), 63쪽.
16) 유종호, 「서사충동의 서정적 탐구」, 구중서 외, 앞의 책, 55쪽.

화투를 치고
비료값얘기 나오고
면장딸얘기 나오고
분이얘기 나오고

② 묵을 먹고
물새 시비를 하고
유행가를 부르고

③ 겨울밤 주 막__________ 눈내리는 날
술에라도 취해볼거나
올해에는 닭이라도 쳐볼거나
연애편지라도 띄여볼거나
올해는 돼지라도 먹여볼거나

①은 화자가 청자의 입장에서 들은 것이요, ②는 화자가 동참한 입장에서 표현한 것이다.

③은 화자 자신의 느낌과 생각이 우세하다. 우리는 화자, 즉 시인 자신과 주변의 인물을 통칭하며 같은 시대적 고통과 슬픔을 겪는 사람들이지만 엄격히 구분하면 화자 곧 시인 자신은 농촌의 거친 일은 하지 않음이 드러난다. "연애 편지"와 "돼지라도 먹여 볼까"라는 부분에서 화자는 곧 농부가 아님을 드러낸다. 그러나 이것이 시의 미학을 해치지는 않는다. 오히려 순수한 농부가 아니면서 이토록 농민의 서정과 밀착된 시를 쓸 수 있는 것은 그의 시세계가 토착민의 정서와 가장 순수한 삶의 가치를 깊이 인식하고 있었음이 드러난다. 화자를 설정하여 독자에게 말을 걸고 있는 것이다. 서정시의 함축적 언어가 아니라도 시에서 보여주기가 가능한 것이다. 진술을 현재형으로 하여 같은 사실들을 패러디화하여 반복하는 표현은 신경림의 독특한 이야기성의 방법이다.

4) 드러난 화자 – 드러난 청자

「친구여 네 손아귀에」·「추방」·「친구」·「어둠 속에서」에서 드러난
화자나 드러난 청자의 모습을 찾을 수 있다. 신경림의 시의 주된 정서가
'울음과 통곡'[17] 하듯이 이 계통의 시의 정조는 울음이다.

(1)

창돌애비가 죽던날은 된서리가 내렸다
오동잎이 깔린 기름틀집 바깥마당
그 한귀퉁이에 그의 시체는 거적에 싸여 뒹굴고
그의 아내는 그 곁에 실신해 누웠다

창돌이와 나는 팽이를 돌렸다
무서워서 끝내 돌아가지 못하고
싸전 마당에서 저물도록 팽이만 돌렸다

(2)

소주잔을 거머진 네 손아귀에 친구여
날카로운 칼날이 숨겨져 있음을 나는 안다
상밥집에서 또는 선술집에서 다시 만났을 때
네 눈 속에 타고 있는 불길을 나는 보았다
네 편이다 아무리 우겨대도
믿지 않는 네 어깻짓을 나는 보았다

거적에 싸인 시체 위에 떨어지던 오동잎
친구여 나는 보았다

—「친구여 네 손아귀에」 전문

---

17) 김 현, 『분석과 해석/보이는 심연과 안보이는 심연 전망』(문학과 지성사,
1993), 81쪽.

화자인 나와 청자인 친구는 앞에서 보인 바와 같이 정상적인 소통의 대상이 아니다. 친구는 죽은 사람이다. 죽은 친구의 시체 앞에서 독백의 어조로 노래하고 있다. 창돌애비인 친구의 허망한 죽음은 "거적에 싸여 뒹굴고"와 "거적에 싸인 시체 위에 떨어지는 오동잎"에서 비극성이 극명하게 드러난다. 비참하고 잘못된 죽음 앞에서 화자는 자신의 무능하고 무책임을 무서워하고 있는 것이다. 자신의 자책감 때문에 끝내 돌아가지 못하고 팽이만 돌리고 있다. 자책감은 친구의 눈빛에서 보았고 칼날이 숨겨져 있음을 알고도 막지 못한 자신의 비적극성을 탓하고 있는 것이다.

1에서 상황이 묘사되면서 뒷부분 팽이만을 돌렸다는 것은 어떤 의미를 갖는가? 창돌이와 날이 저물도록 팽이만을 돌린 시적 화자는 바로 팽이와 같은 존재인 것이다. 스스로 돌지 못하는 팽이, 자신의 현실을 직시하지만 그러나 해결력이 없는 자신에 대한 관조가 드러나고 있다.

2에서는 친구에 대한 회상이다. "날카로운 칼날이 숨겨져 있는", "네 눈속에 타고 있는 불길"은 바로 친구의 모습이다. 그러나 "믿지 않는 네 어깻짓을" 나는 수긍하지 않으면 안 되는 현실을 보고 말았다.

신경림 시에서 몇 가지의 모티프를 찾는다면 죽음과 가난이다. 죽음은 자연 발생적 죽음이 아니라 젊은이의 억울한 죽음, 비참한 죽음이다. 이러한 죽음이 모티프가 된 시가 바로 「친구여 네 손아귀에」이다. 시의 중요한 모티프로 작용하는 죽음은 체험의 시학인 셈이다. 이 시는 주제 면에서 매우 단순하지만 서정성을 획득하고 있다. 드러난 청자의 경우 일반적으로 목적 지향이 되기 쉽다. 그러나 신경림의 시에서는 목적 지향의 시가 아닌 서정시가 되고 있음을 알 수 있다.

3. 결 론

이상에서 살펴 본 바와 같이 신경림 시의 네 가지의 담화 형태는 결국 두 가지로 요약할 수 있다. 숨은 화자 계열과 드러난 화자 계열이다. 숨은 화자 계통의 시는 정효구의 표현대로 나 - 나 체계가 된다. 그러나 신경림의 숨은 화자가 드러난 청자를 설정하면서부터 점점 개인적 정서에서 사회적 정서로 이동하고 있음을 발견할 수 있다. 비교적 초기시들은 숨은 화자 - 숨은 청자, 숨은 화자 - 드러난 청자 체계로 서정성이 짙고 존재나 삶의 원초적인 것에 대한 내면 탐색이 이루어지고 있다. 소재는 죽음, 삶의 보편적 문제가 시의 대상이 되고 있다. 그러나 드러난 화자의 경우는 나의 문제보다는 이웃의 문제, 민중의 삶과 죽음이 구체성을 띠며 시의 중심 소재로 사용되고 있다. 이러한 체계에서 그의 독특한 시세계가 드러나는데 이야기성이 두드러진다. 신경림 본인의 말처럼 "비현실적 관념적으로 곱고 아름다운 것이 아니라 삶과 밀착되어 있는 것", 즉 삶에서 생기는 때와 얼룩이 묻어 있는 민중적 서정을 그려내고 있다. 신경림 시의 특징은 한마디로 시인의 시각이 원거리에 맞추어져 있지 않고 근거리에 맞추어져 있다. 그렇기 때문에 시어들은 구체성과 일상성을 가지며 진술형을 선택하게 된다. 또한 신경림은 표층(시어)에서는 현실의 문제를 다루되 심층(정서)에서는 서정시의 본령인 서정성을 다룸으로써 시적 깊이를 이루고 있다. 이 외에도 신경림의 시에서 발견되는 특징은 현실문제를 다루되 시간성보다는 삶의 현장이 초점화되어 있고 수평적 공간이동이 통일성 있게 다루어지고 있는 점이다.

"개인적 체험에 의거하여 세계의 허위를 드러내는 김수영의 시세계와 다르지만 공적 세계를 지향한다는 점에서 공통점이 있고 개인적 감정을 외적 정경 묘사로 대치하는 김춘수와도 다른 세계이나 개인의 사적 감정을 제어한다는 점에서 공통적이다."18)라는 지적처럼 통화체계를 분석하면, 개인적 감정을 절제하면서 주변의 풍경, 인물, 시대적 사건을 보여주고 있어 서사성을 지닌 1970년대 시의 전범을 보여주고 있다. 그의 독특한 서사성이 드러나는 시들은 드러난 화자 계열이 우세하다. 이 계열의 시는 주제적인 측면에서 개인적인 것보다 역사적이고 사회적인 보편적 삶의 가치를 다루고 있다. 그렇기 때문에 1970년대 시 가운데 신경림의 시가 돋보이는 것이다.

1970년대 대부분의 시들이 난해하고 모더니즘의 기법으로 표현될 때 신경림의 시는 새로운 시였다. 신경림의 시에서는 농촌 그리고 도시의 빈민의 현장 등 체험적 소재와 민중의 삶을 공간이동을 통해 시대의 고통을 보여주고 있다. 이것은 시도 서사 장르처럼 사회의 일면을 리얼하게 표현할 수 있는 가능성을 반영한 것이다. 신경림 시의 미학은 시 장르에서 표현할 수 있는 최선의 리얼리티를 표현한 점이다. 이러한 목적 지향인 시일 경우 전락하기 쉬운 서정성의 결여를 불식하고 호흡처럼 자연스러운 가락에, 민중의 애환과 고통을 얹어 성숙한 정서로 표현한 점이다. 민중의 고통과 현실의 고발을 시로 표현하되 작가의 목소리는 화자의 목소리로 대변되어 직설적인 노출을 피하고 있는 점도 성공한 민중시의 일면을 보여준다.

---

18) 김 현, 앞의 책, 85쪽.

여성시인의 새로운 시적 변화
— 김승희 · 최승자 · 고정희 시를 중심으로

1. 서 론

해방 후 우리의 시단은 다양한 양상으로 발전을 거듭하였고 여성시인들도 양적, 질적인 면에서 엄청난 속도로 늘어나 눈부신 활약을 하게 된다. 또한 6 · 25를 지나면서 여성시단은 더욱 풍요롭고 다양해져 1960년대에 이르러 더욱 다양한 발전을 이룩하게 된다. 그리고 1970년대에 와서는 전통적 서정시의 특성을 이어받으면서도 한편으로는 자신의 개성을 드러내는데 주저하지 않는다. 특히 1970~80년대는 과거와는 달리 여성시인들도 사회적 참여 의식이 높아져 사회적 관심을 적극적으로 표명하기 시작한다. 말하자면 여성시인들도 자본주의의 팽창으로 인한 불균형의 삶을 치열하게 인식하고 표현한다. 뿐만 아니라 현대사회의 물질문명의 그늘에서 상실해 가는 삶의 가치를 문학의 내부로 끌어들이면서 시적 표현 또한 과감해진다.

1970~80년대의 대표적인 여성주의 시인이라 할 수 있는 김승희 · 최승자 · 고정희는 과거 여성시인들이 즐겨 표현한 서정적 자기 표현에 만족하지 않고 보다 치열한 태도로 현실적인 문제를 표현한다. 즉 소외된

계층과 여성의 정체성의 확립, 그리고 공동체적인 삶의 보편성을 시의 중심과제로 삼는다. 이들이 천착한 현실적이고 진정한 삶의 문제는 개성적인 문체로 드러나는데, 이들이 표현한 개성적인 문체는 시대적인 흐름과 변화와 무관하지 않다. 여성시인들이 표현한 구체화된 시어 사용과 솔직하고 노골화된 자기 노출은 여성이라는 한 개인적 삶을 문제 삼는 것이 아니라 현대사회의 그늘에 가려진 물화된 삶이 문학의 내부에 자리하면서 발생하는 현상이라 할 수 있다.

다시 말해서 평등과 자유, 진정한 여성적 삶의 가치를 시적 주제로 삼은 김승희·최승자·고정희 시인들은 과거 여성시인들에게서 찾아볼 수 없는 시적 특성을 지닌다. 이들의 시에서 공통적으로 표출되는 특성은 어조의 변화다. 어조는 시의 의미와 양식을 결정하는 주요한 요소다. 과거의 여성적 어조가 순종적이고 부드러운 것이었다면 이들의 시에서 드러나는 어조는 반대적 양상으로 거부와 부정의 공격적 어조가 바로 그것이다. 그러나 이들은 시종 일관 거부와 부정의 어조만을 고집하는 것이 아니라 주변의 일상을 비틀고 거부하면서 보다 큰 새로운 삶을 지향하는 긍정과 수용의 어조를 창출한다. 이것은 이들의 시적 관심이 현실의 모순을 고발하고 자아를 부정하는 데 있는 것이 아니라 화해를 시도하고 현실을 극복하는 데 그 시적 의의가 있다.

김승희·최승자·고정희의 어조는 관념적 언어를 벗어 던지고 일상성과 비속성으로 출발한다. 이들의 어조는 과거 여성시인들의 어조와는 확연히 다른 저돌적 특성을 지닌다.

말하자면 이들은 "대상의 거부, 시니피앙의 유희, 패러디, 비속어, 무의미의 탐색과 소재의 일상성으로 지극히 사소한 개인의 삶이 시적 보편의 세계로 편입"[1]하는 경향을 드러낸다. 이러한 시적 경향은 1970~80년대의 공통적인 특성의 하나가 되기도 하지만 여성시의 어조의 변화

---

1) 한영옥, 『한국현대시의 의식탐구』(새미, 1999), 119쪽.

를 짐작케 하는 것들이다.

시대적 각성과 참여의식이 맞물려 표현된 1970~80년대의 여성시의 특성이 이렇게 어조의 변화로 드러나는 것은 당연한 것인지도 모른다. 그러나 시인의 문체를 변화시키고 미학으로 작용하는 어조의 탐색은 여성주의 시의 경향을 설명하기 위해 필요한 작업이다.

물론 세 여성시인의 어조가 동일한 것은 아니지만 여성적 삶과 인간 존재에 대한 탐구를 기본으로 한다는 점에서 닮아 있고, 처절한 허무의 어조와 부정을 통한 적극적인 희망의 어조로 시를 풀어낸다는 점이 공통적이다.

그러므로 본고에서는 세 여성시인들의 어조를 '거부와 초월' 그리고 '화합과 재생'의 두 가지 어조로 구분하여 여성시의 새로운 변화의 양상을 고찰하고자 한다. 단순한 공격성이나 파괴, 그리고 세상을 향한 분노의 발산이 아니라 궁극적으로 가장 순수하고 참된 삶으로 다가가는 과정으로 보이는 여성어조의 변화를 '여성의 눈으로 새롭게 읽어'[2] 여성시의 한 양상을 살펴려는 데 목적이 있다.

2. 여성시인들의 어조 변화

전통적 여성시의 어조는 복종과 희원의 어투로 나타난다. 그리고 시적 자아의 모습을 간접화하는 경향이 뚜렷하다. 그러나 해방 후 삶과 죽음의 현장이 얼마나 비극적이고 처절한 것인지를 경험한 후 인간의 실존은 더욱 주요한 시적 테마가 되었다. 그리고 산업화의 물결은 인간의 삶을 계층화하여 또 다른 비극을 초래하였다. 이런 와중에 여성시인들

---

2) Kate Millet, The Sexual Politics, 정의숙·조정호 역, 『성의 정치학』(현대상사, 1976).

은 항상 시의 중심에서 비켜나 있었던 여성들의 보편적이고 일상적인 삶을 시의 중심으로 부각시키기 시작한다. 또한 1960년대 이후 본격화된 페미니즘의 경향이 여성시인들의 시에서 서서히 싹트고 민중의 삶이 시의 내부에서 작용하기 시작하면서 시의 중심에서 밀려났던 여성적 문제는 더욱 직접적이고 본격적인 시의 주제로 대두되기 시작한다.

1970~80년대 페미니즘을 표방하는 시인들의 시에서 여성적 인식의 자각은 곧 시적 표현으로 이어진다. 이러한 시적 표현은 주로 시적 일탈로 나타난다. 이 일탈은 시의 내용과 형식에 영향을 주는데 주로 어휘의 변화와 어조의 변화로 표출된다. 과거 여성시에서 표현된 어조와는 다른 양상으로 드러난다. 이러한 징후는 탈개성화의 현상이면서 시인의 시대인식의 결과이기도 한 것이다.

김승희·최승자·고정희의 시에서 발견되는 경향 중의 하나가 화합과 구원의 어조라 할 수 있다. 세 여성시인의 시에서 공통적으로 발견되는 이러한 어조의 특성은 시대적 변화의 반응이며 개성의 표출이라 할 수 있다. 세상을 향한 삶의 부정적 측면을 강조한 것과는 다른 모습으로 세상과의 화해를 시도하는 것이며 자기 모순의 극복을 지향하는 것으로 풀이할 수 있다. 이러한 양상을 세 시인의 시를 중심으로 살펴보면 거부와 부정의식으로 일관하던 태도에서 참된 자기 발견과 아울러 세계와의 화해지향으로 나타나는데 대개가 여성의 모성성으로 드러나며 이 모성성은 엄격히 '사랑'의 표출로 나타난다. 그리고 이 모성적 표현은 지금까지 억압하고 부조리한 현실에 대한 저항에서 한 차원 승화된 모순의 이해로 드러난다. 즉 "쟁취나 도전보다 오히려 설득력 있는 통합과 조화의 원리인 사랑·그리움·기다림 등의 봉사의 전통적 아름다움"[3]으로 그 어조가 변한다.

---

3) 정영자, 『한국 페미니즘 문학연구』(좋은날, 1999), 206쪽.

1) 거부와 부정[4]의 어조

> 꿈 꾸도다
> 나의 생이 안개의 먹이로 환원되는 것을
> 나는 바라지 않기에
> 살기위해 더 많이 사랑할 것을
> 오직 나는 바라기에
> 나는 감히 상상하도다
> 영원의 궤도 위에서 나의 불이 태양으로 회귀하는 것을.
>
> — 김승희, 「태양미사」에서

> 나는 아무의 제자도 아니며
> 누구의 친구도 못 된다.
> 잡초나 늪 속에서 나쁜 꿈을 꾸는
> 어둠의 자손, 암시에 걸린 육신.
>
> 어머니 나는 어둠이예요.
> 그 옛날 아담과 이브가
> 풀섶에서 일어난 어느 아침부터
> 긴 몸둥어리의 슬픔이예요
>
> 밝은 거리에서 아이들은
> 새처럼 지저귀며
> 꽃처럼 피어나며
> 햇빛 속의 저 눈부신 천성의 사람들
>
> 저이들이 마시는 순수한 술

---

4) 모더니즘과 포스트모더니즘의 차이를 설명함에 있어서 모더니즘은 공간성
을 강조하지만 포트모더니즘은 공간으로부터의 초월을 강조하는데 이런 맥
락에서 부정은 초월의 개념과 일치하기도 한다(S. Conner, *Beyond Spatialism*,
Postmodernist Culture, Bassil Backwell, 1989, 117~122쪽, 이승훈, 앞의 책 재인용).

갈라진 이 혀 끝에는 맞지 않구나.
잡초난 늪 속에서 온 몸을 사려감고
내 슬픔의 독이 전신에 발효하길 기다릴 뿐

뱃속의 아이가 어머니의 사랑을 구하듯
하늘향해 몰래몰래 울면서
나는 태양에의 사악한 꿈을 꾸고 있다.

— 최승자, 「자화상」 전문

치마자락 휘날리며 휘날리며
우리서로 봇물을 트자
옷고름과 옷고름을 이어주며
우리 서로 봇물을 트자
할머니의 노동을 어루만지고
어머니의 보습을 씻어주던
차랑차랑한 봇물을 이제 트자
벙어리 삼년 세월 봇물을 트자
눈먼 삼년 세월 봇물을 트자
달빛 쏟아지는 봇물을 트자
할머니 밥이 아니어도 좋아라
어머니 떡이 아니어도 좋아라

— 고정희, 「우리 봇물을 트자」 전문

위의 세 시인에게서 공통적인 모습을 찾는다면 당연히 세계에 대한 거부와 부정적 시각을 들 수 있다. 그런데 세 시인의 거부와 부정적 태도는 나약성으로 이어지지 않는 공통점이 있다.

「태양미사」는 김승희의 첫 번째 시집에 실린 시인데, 이 시는 삶에 대한 인식과 현실에 대한 시인의 자각 현상을 표현하고 있다. 여기서 시인이 추구하는 구심점은 자아의 초월로써 진정한 이데아다. 이 이상이

'꿈'으로 이어진다. '꿈'은 현실을 비켜 가는 수단이 된다. 그의 말대로 '살기 위해' 그리고 "나의 생이 안개의 먹이로 환원되는 것을/ 바라지 않기에" 그는 꿈꾼다. 이것은 자신에게 주어진 삶을 부딪쳐 싸우지 않고 충실히 살기 위해 그는 우아한 거부의 몸짓으로 현실을 비켜간다. 이 비켜감은 바로 꿈이다. 김승희의 시에서 여성적 자아는 언제나 남성과 대립하지 않고 자신의 가슴깊이, 정신의 끝을 향해 날고 있을 뿐이다. 이것은 김승희의 시에서 '거부'와 '부정'은 이상적 초월로 이어지기에 구체적 대상을 갖지 않는 특징이 있다. 그는 끊임없이 주변 세상의 바깥을 향해 거부한다. 그의 말대로 "사랑도, 눈물도, 진짜가 아닌 것 같애,/ 사랑도 비슷한/ 눈물도 비슷한/ 흔적도 비슷한/ 분노도 비슷한/ 그런 비슷한 것들이 나 비슷한 것들을 감싸고"(「떠도는 환유・5」) 세상은 온통 거짓인 것 같고 진실성이 없어 보인다. 그래서 시인은 불안하고 겉돌기 시작한다. 세상 안으로 가지 않고 자신 속으로 침몰한다. 그가 느끼고 있는 세상을 불신과 절망으로 표현한다. 그러나 김승희는 주변세상에 대한 불신과 회의를 최승자의 어조만큼 절박하게 진술하지 않는다. 김승희는 세상의 불신과 부정을 자신의 내부에서 치유하려고 애를 쓴다.

반면에 최승자는 외부 세계를 향한 부정적 진술이 강렬하다. 그리고 세계에 대한 불만을 정면으로 대치한다. 그리고 그의 시에서 시적 자아는 자기해체의 모습으로 드러난다. 이 해체는 세계에 대한 정면 공격적 자세이며, 이 자세는 새로운 자신의 깨달음을 위한 전초전이다.

김승희에 비해 최승자의 어조는 훨씬 강하다. 최승자의 부정적 어조는 "오 들끓는 식욕으로 다가오는 라면/ 고통과 쾌락의 두 약재로 빚어진/ 우리 시대의 당의정을/ 아시는지?(—「아시는지」)"처럼 강렬한 문명의 거부로 표출되기도 하고 기존의 질서에 대한 반발로 드러나기도 한다. 또한 「여의도 광시곡」에서처럼 "다시 다른 한끝에서 침몰하기 위하여 원효대교, 그 허상의 다리를 넘어/ 섬으로 진입하는 사람들/ 유해 색소의 햇빛에 조금씩 들끓으며 발효하기 시작하는 거대한 반죽 덩어리"

로 도시문명을 비판하지만 동시에 새로운 모색을 위해 시인은 고뇌하기도 한다. 위의 시에서 최승자는 "나는 아무의 제자도 아니며/ 누구의 친구도 못 된다/ 잡초나 늪 속에서 나쁜 꿈을 꾸는/ 어둠의 자손, 암시에 걸린 육신."이라고 회의에 젖는다. 그리고 그녀는 '밝은 거리의 아이'와 '새', '꽃', '햇빛 속의 저 눈부신 천성의 사람'과는 어울리지 않는다고 자신을 규정한다. 이것을 통해 유추할 수 있는 것은 한 개인적 삶을 위한 일 이 아닌 또 다른 삶을 위해 사악한 일을 도모하기에 현실 속에 갇힐 수 없는 것이다. 그는 계속 새로운 탈출을 위해 꿈을 꾼다. 새로운 깨달음을 위한 세계의 부정은 강렬한 어조일 수밖에 없다.

"갈라진 이 혀 끝", "잡초난 늪 속에서 온 몸을 사려감고", "슬픔의 독이 전신에 발효하길 기다릴 뿐"으로 묘사되는 시적 자아의 모습은 세계와 정면으로 대립하는, 그리하여 치유를 지향하는 투쟁적인 자세를 엿볼 수 있다. 이렇게 세계와 대립된 모습으로 표현되는 최정희의 시적 자아는 김승희보다 강렬한 어조를 지닐 수밖에 없다.

그러나 세 시인 가운데 가장 강렬한 어조로 자신의 내면을 드러나는 것은 고정희다. 고정희는 「우리 봇물을 트자」라는 시에서 '트자'라는 술어를 반복하여 구호적이고 선동적인 어조를 표방한다. 이 어조는 표층적으로는 긍정적이지만 심층에서는 사화의 전복을 기도하는 부정과 거부의 어조다. 결국 시인은 과거의 여성들을 억압하던 모든 인습의 거부를 긍정적 어법으로 주장한다. 그러나 이러한 표현은 맥할레가 지적한 문체론적 책략인데, 여기서와 마찬가지로 고정희는 그의 시에서 이와 같은 문체론적 책략을 많이 사용한다. 같은 어휘를 중복 배열하거나 사설시조와 같은 중얼거림, 혹은 무당의 굿판의 어조를 배열하여 이른바, 통사의 해체5)를 한다. 이 통사의 해체는 겉으로 드러나는 의미를 부정하면서 비인간적이고 모순적인 사회를 통렬하게 비판하는 기능을 담당

---

5) 이승훈 외, 『포스트모더니즘과 문학비평』(고려원, 1994), 68쪽.

한다. 고정희는 일관된 어법으로 투쟁적 세계관을 드러낸다. 그리고 시대적 고민과 갈등을 야유의 어조로 나타낸다.

 "오늘날 어찌하여 해방길이 막혔는고 하니/ 허욕정치 허세정치 허물정치 '석삼허' 때문이라"(「허물 때가 있으면 세울 때가 있으니」)와 "독자보다 배부른 시인을 용서하시고/ 백성보다 살쪄 있는 지배자를 용서하시고"(「야훼전상서」) 등의 어투는 결국 세계의 부정과 비판을 위한 수사법으로 사용된다. 이러한 특징이 역시 최승자의 시편에서도 찾아볼 수 있다. "움직이고 싶어/ 큰 걸음으로 걷고 싶어/ 뛰고 싶어/ 날고 싶어// 깨고 싶어/ 부수고 싶어/ 울부짖고 싶어"(「나의 시가 되고 싶지 않은 나의 시」)에서 사용된 시어의 배열을 자세히 보면 동일한 의미의 반복을 통해 탈출과 해방을 추구함을 엿볼 수 있다. 닫힌 세계에서의 벗어남을 추구하는 것이다. 시인이 인식하고 있는 기존의 질서를 파괴하고자 하는 강렬한 욕망이 표출되고 있다.

 이와 같이 여성의 시에서 기존의 서정시에서 보던 바와 다르게 시적 화자의 어조를 통하여 많은 의미를 강조한다. 이것은 시에서 시적 화자의 어조가 의미에 많은 비중을 두지 않던 종전의 서정시와는 달리 어조의 반복적 구성의 기법으로 문장의 표면과 심층적 의미의 경계를 허물어 시적 의미를 강화한다. 이런 시적 화자의 어조층위가 강조되는 경향이 페미니즘 시에서 발견된다. 그리고 여성화자의 어조가 한층 강화되어 시의 문면으로 드러나는 것도 그 한 특성이라 할 수 있다.

 한마디로 세 시인은 여성화자를 통하여 현실의 상황을 거부하고 부정한다. 이 부정의 어조는 기존의 의미를 부정하면서 계속 새로운 의미를 산출하여 텍스트를 메운다. 이렇게 새롭게 의미가 산출되는 것은 어조의 이중성 때문이다. 어조의 이중성은 새로운 언어의 의미를 생성하기보다는 의미를 변형한다. 그리고 이렇게 변형된 어조의 이중성은 여성적 삶의 가치와 더 나아가 현실을 부정하는 것이다. 기존의 질서와 의미체계를 부정함으로써 자유를 획득하는 시적 표현의 바탕에는 기존의 여성적 어조와는 상당히 차이가 나는 대담성으로 표현된다. 그리고 세 시인의 시에서 부정적 어조는 모순과 대립하는 이원구조로 내재한다.

이들 어조의 진정한 의미는 공격성과 파괴성이 아니라 "이성 중심의 의 억압이나 모순으로부터의 자유를 지향하는 것으로, 시간/공간, 본질/현상, 말/문자, 현존/부재 같은 대립과 위계질서가 허구라는 인식"[6]의 표현이다. 그리고 이 허구에 대한 자각은 다시 그들의 어조를 바꾸는 역할을 하기도 한다.

2) 화합과 구원의 어조

> 쓰러질 때까지 사랑했던 사람
> 쓰러질 때까지 일했던 사람은
> 그가 어느 나무 아래 길을 걸었다
> 하더라도
> 결국은
> 보리수나무 아래 길을 걸은 것이라고
>
> 이제야 비로소 난
> 모든 사람의 길과 나 자신의 길을
> 이해하고 사랑할 수 있을 듯 하다.
>
>   — 김승희, 「보리수나무 아래로」에서
>
> 거기서 알수 없는 비가 내리지
> 내려서 적셔주는 가여운 안식
> 사랑한다고 너의 손을 잡을 때
> 열 손가락에 걸리는 존재의 쓸쓸함
> 거기서 알 수 없는 비가 내리지

---

6) 이승훈 외, 『포스트모더니즘과 문학비평』(고려원, 1994), 65쪽.

내려서 적셔주는 가여운 평화

— 최승자, 「사랑하는 손」 전문

가슴 밑으로 흘러보낸 눈물이
하늘에서 떨어지는 모습은 이뻐라
순하고 따스한 황토 벌판에
봄비 내리는 모습은 이뻐라
언 강물 풀리는 소리를 내며
버드나무 가지에 물안개 만들고
보리밭 잎사귀에 입맞춤하면서
산천초목 호명하는 봄비는 이뻐라
거친 마음 적시는 봄비는 이뻐라
실개천 부풀리는 봄비는 이뻐라
오 그리운 이여

— 고정희, 「땅의 사람들 6—봄비」에서

위의 세 편의 시는 철저한 자기 해부적 증언을 통하여 얻어진 세계와
의 화해 지향적 어조가 드러나는 시다. 한국적 여인의 애환과 함께 순종
하는 벽을 허물고 자유의 물꼬를 열자는 여성 해방[7]의 실천적 의미를
담고 있었던 부정적 저항의 어조와는 다르게 모성적 어조를 띤다. 어머
니의 어조는 허망하지 않고 진실하다. 어머니는 세상 말할 때도 거짓과
치욕적 어조가 아니라 생명력과 사랑이 넘치는 어조를 사용하듯 이들의
시에서 발견되는 또 하나의 어조는 화해와 긍정의 어조다.

김승희의 「보리수나무 아래로」에서 제목의 보리수는 자아각성의 의
미를 함축하고 있다. 그리고 이 나무 아래라는 의미는 타인마저도 구원
해 주는 깨달음의 始原을 상징한다.

이 시에서 시적 화자는 "이제야 비로소 난/ 모든 사람의 길과 나 자신

---

7) 정영자, 『한국여성시인연구』(평민사, 1996), 316쪽.

의 길을/ 이해하고 사랑할 수 있을 듯하다."라고 고백한다. '모든 사람' 과 '나'는 서로 이해할 수 없는 간극이 있다고 하더라도 이제 서로 대립하지 않고 화합적 태도를 보이고 있음은 분명히 어조의 변화라 할 수 있다. 고통과 외부 세계에서, 권태와 비극적 체험으로 극복하는 길로 보리수나무 아래를 택한 것은 결국 지금까지 시인이 추구하던 세계의 모습은 자기 안에서 다시 구축될 수밖에 없다는 사실을 의미한다.

또한 이 나무를 표현한 '부활과 새로운 탄생의 유일한 길'[8]은 타인을 이해하고 함께 할 때 비로소 새로운 삶을 맞게 된다. 시인 김승희는 「미완성을 위한 연가」에서 "하늘과 강물은 말없이 수 천년을 두고/ 그렇게 서로를 쳐다보고 있었네/ 쳐다보는 마음이 나무를 만들고/ 쳐다보는 마음이 별빛을 만들었네"라고 노래한다. 여기서 우리는 시인의 어조가 새로운 삶의 발견을 위해 혼란의 극복을 지향하고 있음을 발견하게 된다. 그리고 그녀의 시집『달걀 속의 생』에서도 삶의 위기에서 출발한 시인의 자기 이해와 존재의 근본 문제에 충실한 어조를 발견할 수 있다. 시인의 고유한 숙명을 수긍하고 충실하려는 자세는 다시 "하느님 감사합니다./ 나에게 이토록 많은 근심을 주셔서// 하늘은 넓고 갈 길은 막막한데/ 이토록 자잘한 근심들이 없었다면/ 나는 무엇으로 아침을 시작하며/ 무엇으로 밤을 마감할 수 있을까"로 이어진다. 이러한 화자의 어조는 소외나 갈등의 어조이기보다는 정화되고 순응하려는 창조적 어조이고 모성적 어조다. 이렇게 인간의 앞에 놓여 있는 불가시적인 세계와의 관계를 시인은 회피하고 부정하기보다는 시인의 내적 세계로 이끌어 변용을 시도한다.

한편 최승자 시의 어조도 모성적 감싸안기로 변한다. 그녀는 「기억의 집」에서 "한평생의 꿈이 먼 별처럼/ 결빙해 가는 창가에서/ 나는 다시 한번/ 아버지의 나라/ 그 물빛 흔들리는 강가에 다다르고 싶다" 라고 고

---

8) 김성곤 「시인 김승희와 「달걀 속의 생」」, 김승희 시집『달걀속의 생』해설 (문학사상사, 1989), 227쪽.

백한다. 여기서 주목할 것은 시인이 지금까지 사명처럼 절규하던 부정적 어투는 "쉬임없는 파문과 파문 사이에서/ 나는 너무 오랫동안 춤추었다"로 변하면서 외면의 현실로 향하던 눈길을 자신의 내면 세계로 돌린다. 이것은 그의 치유할 수 없는 불안과 소외를 자신의 내부의 울타리 속에서 확인하려는 것이다. 이 때의 어조는 파괴와 폭력이 아닌 구원의 어조가 된다. 이러한 어조의 바탕에는 강한 자아의 존재의 탐험과 긍정이 자리한다.

그리고 시인은 "내가 더 이상 나를 죽일 수 없을 때/ 내가 더 이상 나를 죽일 수 없는 곳에서/ 혹 내가 피어나리라"(「이제 가야만 한다」)고 자신의 새로운 부활을 기도한다. 이 부활의 몸짓은 멈추지 않는 행진을 계속한다. 그 마지막의 도달점은 인간이 꿈꾸는 이상적 세계, 즉 대립과 소와가 해결된 공간이다. 그런데 시인 고정희의 시에서도 이러한 경향을 찾아볼 수 있다.

지금까지 생의 반목으로 인식하던 세상을 허무와 탄식이 아닌 아름다운 시선으로 바라보고 밝게 읊조리는 시인의 어조가 눈이 띈다. "집을 연달아 차지하고/ 땅을 차례로 사들이는 자들아/ 빈터 하나 남기지 않고 온 세상을/ 혼자 살 듯이 차지하는 자들아 / 평등 없는 너희 집이 흉가가 되리라"(「여자는 무엇이며 남자 또한 무엇인고의 3부」) 여기서 시인의 어조는 위의 「땅의 사람들6-봄비」의 어조와는 확연히 다름을 알 수 있다. 이것은 시인 고정희의 시 창작의 목적과도 연류되는데, 말하자면 그녀는 '자신을 성취해 가는 실존의 획득'9)이 시 창작의 기본적이 목적이다. 그러므로 시인은 현실을 바라보아야 하고 거기서 시인의 저항이 싹트고 거기서 화해와 새로운 지향이 변주될 수밖에 없다. 위의 고정희 시에서 "가슴 밑으로 홀러보낸 눈물"이 "언 강물 풀리는 소리를 내며/ 버드나무 가지에 물안개 만들고/ 보리밭 잎사귀에 입맞춤하는 봄비"로 의

---

9) 고정희, 『누가 홀로 술틀을 밟고 있는가』(1979).

미가 긍정적으로 환기되는 것은 시적 화자의 태도, 즉 어조의 선회를 암시한다. 투쟁과 대치의 자세로 묘사하던 현실에서 자연의 발견은 새로운 삶의 발견과 어조의 변화를 가져온다. 환언하면 무질서와 혼란의 시적 세계가 현실에서 자연의 세계로 옮기면서 시인의 어조는 배타적인 어조가 아닌 사랑과 어머니의 숭고한 존재 발견의 어조로 바뀐다. 즉 존재론적 가치 발견을 내포하는 구원의 어조가 된다.

그리하여 시인의 어조는 "아름다워라/ 세석고원 구릉에 파도치는 철쭉꽃/ 선혈이 반짝이듯 흘러가는/ 분홍강물 어지러워라"(「지리산의 봄 4 －세석고원을 넘으며」)라고 노래한다.

프라이에 의하면 봄은 인생에 국면에 있어서 탄생이고 겨울과 죽음이 물러가는 신화의 세계다. 시인은 이 세계에 도달하기 위하여 시적 노력을 하다 돌아갔으며 꾸준히 현실의 감시와 정신적 희생으로 삶을 감내하면서 보이지 않는 세계의 부활을 염원하였다. 그리하여 시인 고정희는 시를 통하여 봄을 찾아 나서고, 지리산 가운데서 자연과 하나되는 방법을 터득하려 하였다. 이 갈망의 염원은 새로운 시적 어조로 삶을 수용하려고 하였다.

3. 결 론

김승희·최승자·고정희 시인의 시에 나타난 어조를 중심으로 여성시의 한 특성을 살펴보았다. 이들은 한결같이 주어진 현실에 안주하여 시를 창작하기보다는 새로운 여성적 삶의 존재론적 가치를 추구하였다. 이러한 시인의 태도는 그들 시의 특성으로 작용하면서 1970~80년대의 여성시의 특성을 반영하기도 한다. 말하자면 이들은 직설적이고 당찬 어조로, 주어진 현실에 대한 부정과 거부를 서슴지 않는다. 또한 이들은 부정과 거부의 어조로 자신을 드러내기에 주저하지 않는다. 이것은 전통적 여성시의 부드러움과 간접화법과는 다른 것으로, 산업화와 물질문명의 발달에도 불구하고 인간의 보편적 삶이 정립되지 않음을 드러내기 위함이다. 그러나 이들은 모순과 대립의 반복적 태도를 견지하지 않는다. 이원화된 대립적 세계를 하나의 통일된 세계로 구현하기 위해 개인적 정서나 서정에 함몰하지도 않는다. 즉 이들은 여성적 삶의 가치 확인과 보편적이고 근원적인 삶의 완성에 도달하고자 노력한다. 이러한 여성시인들의 시적 노력이 그들의 시에서 어조의 특성으로 드러난다. 이 어조의 변화와 특성은 여성시의 한 양상과 시대적 인식을 반영하는 것이 된다.

한마디로 요약하면 김승희의 어조는 개인적 성찰의 어조에서 여성적 보편적인 삶을 성찰하는 어조로 변이되고, 최승자의 어조는 극복해야 할 대상, 즉 물화된 사회에 대한 냉소적 어조를 사용하여 여성적 상실된 가치 세계를 드러낸다. 이러한 시인의 의도적인 어조는 인간의 삶의 심연을 향한 보기 성찰의 어조이면서 현대화된 여성어조라 할 수 있다. 그리고 고정희의 어조는 역사의식을 내포한 강렬하고 비판적 어조이지만 결국은 전체성과 총체성을 획득한다. 이와 같이 세 여성시인들의 노출과 공격성으로 표출된 부정적 어조는 화합과 통일을 위해 무성적이고 범사회적 성격의 고백과 화해 어조로 변이된다.

현대시 연구

인쇄일 초판 1쇄   2001년 06월 15일
　　　　 2쇄   2015년 04월 03일
발행일 초판 1쇄   2001년 06월 20일
　　　　 2쇄   2015년 04월 17일

지은이 배 영 애
발행인 정 찬 용
발행처 **국학자료원**
등록일 1987.12.21, 제17-270호

서울시 강동구 성내동 447-11 현영빌딩 2층
Tel : 442-4623~4 Fax : 442-4625
www. kookhak.co.kr
E- mail : kookhak2001@hanmail.net
ISBN 978-89-8206-605-4 *93810
가 격 12,000원

*저자와의 협의 하에 인지는 생략합니다.